Karl Emil Franzos

# Moschko von Parma

Geschichte eines jüdischen Soldaten

Karl Emil Franzos: Moschko von Parma. Geschichte eines jüdischen Soldaten

Erstdruck: Leipzig, Duncker und Humblot, 1880.

Neuausgabe mit einer Biographie des Autors
Herausgegeben von Karl-Maria Guth
Berlin 2016

Der Text dieser Ausgabe folgt:
Rütten & Loening, Berlin, 1984

Die Paginierung obiger Ausgabe wird hier als Marginalie zeilengenau mitgeführt.

Umschlaggestaltung von Thomas Schultz-Overhage unter Verwendung des Bildes: Ilya Repin, Soldat, um 1870

Gesetzt aus der Minion Pro, 11 pt

Verlag: Henricus - Edition Deutsche Klassik GmbH
Mörchinger Str. 33, 14169 Berlin, info@henricus-verlag.de
Druck: Libri Plureos GmbH, Friedensallee 273, 22763 Hamburg

Die Ausgaben der Sammlung Hofenberg basieren auf zuverlässigen Textgrundlagen. Die Seitenkonkordanz zu anerkannten Studienausgaben machen Hofenbergtexte auch in wissenschaftlichem Zusammenhang zitierfähig.

ISBN 978-3-8430-7897-9

Bibliografische Information der Deutschen Nationalbibliothek

Die Deutsche Nationalbibliothek verzeichnet diese Publikation in der Deutschen Nationalbibliografie; detaillierte bibliografische Daten sind im Internet über www.dnb.de abrufbar.

# Erstes Kapitel

Was in diesem Buche erzählt werden soll, ist nur der Lebenslauf eines armen, verschollenen Menschen, welcher in einem entlegenen Winkel der Erde geboren wurde und nach mancherlei Fahrten und Schicksalen daselbst verstarb, einsam und elend, wie er gelebt. Mit seinem Familiennamen hieß er Veilchenduft, mit dem Vornamen aber nacheinander Mosche, Moschko, Moses, Moriz, Moschko und endlich wieder Mosche. Die Geschichte dieser wechselnden Namen ist zugleich die Geschichte von allem Glück und Unglück seines Lebens, welches man hier ausführlich und der Wahrheit gemäß berichtet findet, von der Wiege bis zum Grabe.

Mitten im Judenviertel von Barnow war er geboren, in einem jener kleinen, düsteren, sumpfigen Sackgäßchen, welche um die alte »Betschul« liegen, und zwar in der kleinsten, schmutzigsten Hütte dieses ärmlichen Gäßchens. In dieser Hütte wohnte sein Vater, Abraham Veilchenduft, welcher nicht weniger als vier Gewerbe betrieb – er wirkte als Schulklopfer, Krankenpfleger, Totenwächter und Schneider – und dennoch häufig, um nicht zu verhungern, genötigt war, zu einem fünften zu greifen: zum Betteln. Denn jene vier Gewerbe bringen, in Barnow wenigstens, nicht viel ein, auch wenn man die seltene Vielseitigkeit hat, sie vereinigt zu betreiben. Als Schulklopfer hatte Abraham ein Gehalt jährlicher zwölf Gulden und mußte hierfür die Betschul in Ordnung halten, viele gottesdienstliche Verrichtungen erfüllen und die ganze Gemeinde zu gewisser Zeit, welche just in den kältesten Winter fällt, im Morgengrauen zum Schulgang wecken. Freilich pflegte er daneben auch Kranke und wachte bei Toten, aber wenn er sich sogar dabei zuweilen ebensoviel verdiente, so sind doch zwei Gulden monatlichen Einkommens nicht viel, wenn man ein Weib und sechs Kinder zu ernähren hat. Denn das war der einzige Reichtum in der armseligen Hütte: drei Knaben und drei Mädchen. Was aber die Schneiderei betrifft – ach! damit ging es schlimm. Denn erstens werden in Podolien die Juden, welche sich einem Handwerk widmen, fast sämtlich Schneider, und auch in Barnow gab es ihrer fünf Dutzend, und zweitens ging seit langen Jahren das unzuverlässige Gerücht durch die Gasse, Abraham Veilchenduft habe einmal die Jacke Nussans, des Fleischerknechts, schief geschnitten und Samuel, dem Dorfgeher, ein Beinkleid geliefert, das kaum zur halben Wade gereicht.

Kurz, Abraham war nicht der Schneider der vornehmen Gesellschaft von Barnow und seine Firma wenig in Mode, was mit anderen Worten heißt, daß er allwöchentlich eine melancholische Hose oder einen lebensmüden Kaftan gegen eine Entlohnung von fünf Kreuzern zu flicken hatte. So war er denn notgedrungen auf jenes fünfte Gewerbe angewiesen, aber dieses ist ja bekanntlich ein überaus freies und die Konkurrenz gerade auch in Barnow erdrückend groß. Freilich konnte sich Abraham einer reichen Verwandten rühmen, seiner leiblichen Schwester Golde Hellstein, aber er mußte sich auch ausschließlich mit dem Ruhme begnügen. Denn diese Frau, welche sich durch ihre Geschicklichkeit zur Köchin des reichen Nachum Hellstein und, nachdem dieser Witwer geworden, durch das Gewicht ihrer Reize (sie wog an drei Zentner) zu seiner Ehegattin aufgeschwungen hatte, war sehr stolz und ließ sich nicht gerne an die arme Verwandtschaft im Sackgäßchen erinnern. Und so kam's, daß Abraham und sein Weib und die sechs Kinder unendlich viel froren, hungerten und weinten. Eine schöne Sage erzählt, daß die Engel jede Träne aufzeichnen, welche jeder Mensch hienieden in seinem Schmerze weint. Wenn dies wahr ist, dann war der liebe Gott sicherlich genötigt gewesen, für die Familie Veilchenduft einen eigenen Engel anzustellen. Und der hatte dann wahrlich auch kein leichtes Leben.

Die geringste Arbeit machte ihm wohl noch der jüngste Sproß der Familie, der kleine Mosche. Nicht etwa, daß diesem ein günstigeres Los gefallen als seinen Eltern und Geschwistern, im Gegenteil! Denn eben weil er just das halbe Dutzend voll machte, war er schon bei seinem Eintritt in die Welt, woran er doch wahrlich unschuldig war, in wenig freundlicher Weise empfangen worden. Not macht hart. Die Eltern hatten sich bis dahin fünf Male unter immer schwereren Seufzern in das Wort der Schrift gefügt, daß Kinder ein Segen Gottes sind; beim sechsten Male jedoch waren sie entschieden überzeugt, daß auch allzuviel Segen ungesund ist. Die Geschwister aber erblickten darin vollends eine Tücke des Geschicks und in dem Ankömmling einen neuen Feind bei ihrem Kampfe um Brot und Suppe. Und als der Knabe heranwuchs, da setzten sich diese Gesinnungen nachdrücklich in Taten um: Not macht hart.

Ob auch die Püffe, die wir auf Erden erdulden, droben aufgezeichnet werden, erzählt die Sage nicht. Aber wenn dem so ist, dann hat Mosche allein in seinen Kindertagen mindestens drei Engel beschäftigt. Dem Tränenengel hingegen machte er, wie gesagt, geringe Arbeit: ob sie ihn auch noch so sehr pufften, er weinte nicht, keineswegs aus Trotz, sondern weil er eben nicht wehleidig war. Freilich lachte er auch nicht, wenn ihm eine spärliche Liebkosung wurde. Bei alledem gedieh er jedoch prächtig und wuchs stark und breit heran, als wäre er der Enaksöhne einer, vor denen sein Volk einst so sehr gezittert, und nicht das Kind des armen Schneiderleins und des verkümmerten Judenweibes, aufgesäugt unter Jammer und Tränen, emporgewachsen unter Not und Schlägen. Wenn es erlaubt ist, in diesen schlicht dem Leben nachgeschriebenen Zeilen ein triviales Wort anzuwenden, so könnte man sagen: Mosche war so recht ein Beweis dafür, daß man nie weiß, wovon der Mensch fett wird. Und das beste wär's wohl, wenn uns dieser bescheidene Witz über die ganze, unsäglich harte Kinderzeit unseres Helden hinwegtragen dürfte. Denn die Menschen hören nicht gerne von traurigen Dingen, und das Allertraurigste auf dieser dunklen Erde ist ja eine Kinderzeit ohne jeden Sonnenschein. Aber es muß doch gesagt werden, wie der Knabe ward.

Er ward stark, weit über seine verkümmerte Rasse, weit über sein Alter hinaus. Er ward stark, und alles, was löblich und tadelnswert an ihm war, wurzelte in dieser Eigenschaft. Darum war er mutig – was konnte ihm auch geschehen? – und hieb gern um sich, nicht trotzig und frech, sondern mit einer Art stillen Behagens. Und mit demselben Behagen half er unermüdlich den Holzhauern und Fleischerknechten des Städtchens bei ihrer schweren Arbeit, weil solche Anstrengung den jungen Sehnen wohltat. Aber es war ihm peinlich, in der kleinen, dumpfigen Winkelschule über den krausen Zeichen zu grübeln, denn da half ihm seine Kraft nichts. Und weil die anderen Judenjungen waren, wozu sie ihr Körper und ihre Erziehung gemacht: fromm, faul, feig, so fiel des Schulklopfers Jüngster früh in der Gasse auf. Er hörte häufig: »Du bist wie ein Christenbub!« Darüber grübelte er nun in seiner Art. Denn er war nicht dumm, obwohl ihn alle dafür hielten, weil er unwitzig und schweigsam war und trotz aller Schläge das Hebräisch-Lesen nur notdürftig erlernt hatte. Ein Christenbub! dachte er anfangs, lächerlich, das sind ja meine Feinde! Und in der Tat wütete zwischen ihm und den Christenjungen des Orts ein ewiger Krieg; grimmiger haben Indianer und Weiße einander nie beschlichen. Weh dem Jungen, den er allein traf, weh Mosche, wenn ihn mehrere trafen! Der letztere Fall ereignete sich sehr oft, denn wenn er auch fast täglich an der Spitze eines lärmenden Haufens auszog, so blieb er doch allein, wenn es zum Treffen kam.

Diese vorsichtige Gewohnheit seiner Kameraden verhalf ihm zu unzähligen Püffen, aber auch zu der Überzeugung: Ich bin doch anders, ich laufe nicht, ich bin wie ein Christenbub! Und als er älter wurde, da grübelte er auch schon ernster: Wie ein Christenbub bin ich und doch ein Jude, was soll aus mir werden? Er ward noch schweigsamer als bisher, und im Winter vor jenem Frühlingstage, an dem er sein dreizehntes Jahr vollenden sollte, hockte er tagelang brütend auf der Ofenbank seiner väterlichen Hütte, indes draußen der Kampfruf seiner Feinde erscholl und die Schneeballen herausfordernd an die kleinen Fenster klirrten. Endlich, an einem Freitagnachmittag, kam ihm die Erleuchtung. Er sprang auf und rief: »Ich hab's, ich hab's!«

»Was ist dir?« fragte die Mutter und schalt.

»Ich weiß, was ich werden will!« rief er und stürzte hinaus, den Feinden entgegen. Der Bann war von ihm gewichen, er schlug drein wie noch nie und bekam Schläge wie noch nie, bis endlich der eintretende Sabbat ihn zwang innezuhalten. Denn da darf man keinen Schneeball werfen und keinen Stock schwingen. Stolz kehrte er heim, lächelnd ließ er seine roten und blauen Flecken bewundern, und selig schlummerte er ein, von den schönsten Zukunftsträumen gewiegt.

Welchen Inhalts diese Träume waren, das sollte bald zum unsäglichen Entsetzen Abrahams und der gesamten Judenschaft von Barnow offenbar werden, eben an jenem Apriltage, da Mosche sein dreizehntes Lebensjahr vollendete.

Mit diesem Tage tritt der jüdische Knabe nach uralter, noch heute heiliggehaltener Vorschrift in den Kreis der Männer, mag er auch noch ein grünes, unreifes, drei Schuh hohes Bürschchen sein. Im Westen, wo Bildung und Gesittung wohnen, wo selbst ein uraltes Gesetz nur nach seiner Vernünftigkeit geschätzt wird, begnügt man sich damit, diese urplötzliche Wandlung des Kindes zum Manne durch einen rein religiösen Akt anzudeuten. Der Knabe legt die Gebetriemen an, er tritt als Gleichberechtigter in die Reihen der Beter. Anders im Osten, wo die Juden nicht bloß eine Religionsgenossenschaft sind, sondern auch noch eine Nation. Mit beispielloser Ängstlichkeit huldigen sie, ein schwächliches Handelsvolk im kalten Norden, noch immer der uralten Ordnung, welche einst den Bedürfnissen kräftiger Hirten, Winzer und Ackerbauern im heißen Jordantale angepaßt worden. Und so gilt denn heute noch in Podolien der dreizehnjährige Judenknabe in fast allen Beziehungen als reifer Mann. Er wählt, besonders wenn er armer Leute Kind ist, nun selbst seine Wege, er darf tun und lassen, was ihm beliebt, sofern er sich nur dabei sein Brot verdient. Wollte er ein Weib nehmen, die Satzung würde ihm nicht entgegenstehen, aber in der Regel tut er's doch erst zwei, drei Jahre später. Kurz, die Anlegung der Gebetriemen ist für ihn ein Freibrief der Selbständigkeit, für seine Eltern aber der Freibrief, sich nicht länger für ihn zu mühen; das heißt natürlich nur, sofern sie dies nicht können oder wollen.

Bei Abraham Veilchenduft traf beides zusammen. Sein Jüngster war ihm nicht sonderlich ans Herz gewachsen, und außerdem erlebte der Mann gerade damals sehr schlimme Tage. Aus Buczacz war ein neuer Schneider gekommen, Selig Diamant, ein Juwel seiner Zunft, der nicht bloß Kaftane von unnachahmlicher Anmut und Würde schuf, sondern selbst die kleinste Flickarbeit nicht verschmähte; der raubte nun auch die letzten Kunden. Zudem war's eine verwünscht gesegnete Zeit, die Leute blieben alle gesund. So ward Abraham immer mehr und mehr auf sein fünftes Gewerbe beschränkt. War's da zu wundern, daß ihm ein Alp von der Brust fiel, als er an jenem Frühlingsmorgen in der alten Betschul die Gebetriemen zum ersten Male um Arm und Stirn seines Jüngsten erblickte?

Nach dem Gebete drängten sich die anderen Männer um den Schulklopfer und seinen Sohn und beglückwünschten sie, wie dies Sitte ist bei solchem Anlaß. Aber was nun ferner Sitte ist: daß der neue »Mann« sich gleichsam einkauft in die Gemeinschaft der Gläubigen, indem er sie in der Vorhalle der Betschul mit Schnaps, Rosinen und Mandeln bewirtet, das wäre diesmal schier unterblieben, hätte sich nicht der reiche Nachum Hellstein des Brudersohns seiner gewichtigen Gattin angenommen. Und so tranken denn alle und waren gerührt. Weil aber Abraham am tiefsten gerührt war, so trank auch dieser arme, alte Mann am meisten.

Erst in später Vormittagsstunde ging er am Arme seines Jüngsten heim, wankend und schluchzend vor ungewohnter Rührung. Dann saß er nieder auf der Ofenbank in seiner Stube, hieß den Sohn sich daneben setzen und sprach so zusammenhängend und feierlich, als ihm sein erregtes Gemüt gestattete: »Mosche, du mein Jüngster, du mein Benjamin, was soll aus dir werden? ... Heute mußt du dich entscheiden, denn ich kann dich nicht länger füttern. O du mein Benjamin, du mein teurer Sohn ... du abscheulicher Lump, nichts hast du gelernt, als dich prügeln mit den Christenjungen und Holzsägen. Was soll das werden? Nachum, mein Schwager, ist ein braver Mensch, Schnaps hat er gezahlt, Rosinen hat er gezahlt, gesegnet hat er dich, auch ich wünsche dir alles Gute … am Galgen wirst du endigen, wenn du es so forttreibst … o Gott, am Galgen, mein Jüngster! Also mußt du etwas wählen, wodurch du dein Brot verdienen kannst, und dann suche ich dir in zwei Jahren ein Weib, o Gott! wenn ich nur die Freude noch erlebe! Aber es wird ein sauer Stück Arbeit sein, denn wer wird *dir* seine Tochter geben wollen?! … Aber es wird schon gehen, mach dir nur heute keine Sorgen darüber, heute ist dein Freudentag, armes Kind! Wir werden schon eine Häßliche finden, die sogar noch etwas Geld hat, oder eine, die sonst keiner mag – o wenn mir nur Gott das Leben schenkt, ich will nur diese Freude noch erleben! … Meine anderen Kinder sind versorgt, ich habe meine Pflicht getan, Gott wird es mir lohnen! Dein ältester Bruder, Manasse, ist Schneidergesell, es wird ihm gut gehen, er ist sehr geschickt, besonders im Zuschneiden, natürlich, er ist ja mein Sohn! Und Mendele, mein Zweiter, ist ein goldener Mensch, er ist so fromm und so gelehrt, daß ihm der Schwiegervater umsonst das Essen und Trinken gibt, damit er nur über den Büchern sitzen kann. Auch zwei neue Anzüge gibt er ihm jährlich, nur das letzte Mal war ein gewendeter Kaftan dabei, und nicht einmal von mir hat er ihn wenden lassen, sondern vom Selig, von diesem Buczaczer Stümper, den Gott verdammen möge … Und dann deine drei Schwestern, ich bitte dich, du Galgenstrick, schau dir deine drei Schwestern an! Alle drei sind Mädchen – Gott hat mich hart gestraft –, aber sie dienen ehrlich in schönen Häusern, und alle drei sind brav und gottlob recht dick, und ich hoffe immer, sie machen auch noch so ein Glück wie meine Schwester Golde. Also sage ich dir, Moschele, du mein Benjamin, Segen sei auf deinen Wegen, aber ich füttere dich auch nicht einen Tag länger, und was willst du werden, du Lump?«

Der junge Riese blickte den gerührten Vater scheu an. »Zu einem Erwerb will ich schon kommen«, erwiderte er gedrückt, »aber ein Weib werde ich dabei nicht brauchen können, weder in zwei noch in zwanzig Jahren. Bei diesem Handwerk nimmt man kein Weib!«

»Bist du verrückt?« schrie der Vater entsetzt, und so groß war das Entsetzen, daß ihm die Rührung fast verflog. »Hat man je gehört, daß ein jüdisch Kind ledig bleibt? Und du, du allein willst eine so furchtbare Sünde gegen Gott auf dich nehmen? Aber was ist das nur für ein verfluchter Erwerb? Sogar der Schinder nimmt ja ein Weib! Was willst du werden, du Galgenstrick?«

»Das werdet Ihr schon zu rechter Zeit erfahren«, erwiderte Mosche.

»Jetzt will ich's erfahren!« rief der Schulklopfer und griff zu dem Attribute seines zweiten Handwerks, der Elle.

Der Bursche sah dem gleichmütig zu. »Ich sage es doch nicht«, sagte er, »Ihr würdet mich zu hindern suchen, aber auch das würde nichts nützen!«

Die Elle begann ihre Wirksamkeit und setzte sie lange fort, aber des Vaters Hand wurde müde, und es nützte wirklich nichts. Da jagte er den Sprößling vor die Tür und lief zu den Nachbarn, Trost und Rat zu suchen.

Der junge Enaksohn biß die Zähne übereinander und rieb sich langsam und nachdenklich den Rücken. Dann schritt er ruhig die Gasse hinab. An zwei christlichen Lehrjungen, welche ihm begegneten, teilte er gewissenhaft die Schläge aus, die er soeben empfangen. Dann ging er weiter durch die engen, schmutzigen Gäßchen, gleichmütig und langsam, wie immer. Gleichzeitig mit ihm ging aber auch schon durch diese Gäßchen das unheimliche Gerücht, des Schulklopfers Jüngster wolle ledig bleiben und ein Handwerk wählen, so entsetzlich, daß er es selbst dem Vater nicht zu gestehen wage. Und als Mosche flußabwärts zur Maut kam, wo die letzten Häuser stehen, da wichen ihm bereits die Menschen entsetzt aus. Denn hierher war das Gerücht in zwei gleich furchtbaren Varianten gedrungen; die eine besagte, er sei verrückt, die andere, er wolle zu den Dominikanern gehen, ins Kloster.

Aber auch dies Gerücht blieb an Entsetzlichkeit noch weit hinter der Wahrheit zurück. Diese Wahrheit verbreitete sich am nächsten Tage durch Barnows Gassen und erregte überall unermeßliches Staunen und Grauen. Die Weiber kreischten und stöhnten, die Männer fluchten und beteten; es traf alle wie ein gemeinsames Unglück. Selbst der Mann, den noch niemand im Städtchen traurig gesehen, Klein Mendele, der ewig trällernde Vorsänger der Betschul, wurde ernst und rief: »So was läßt einen ein jüdisch Kind erleben!« und schlich betrübt heim. Ein anderer Mendele, der goldene Mensch, der jährlich zwei neue Anzüge bekam, weinte bittere Tränen, denn sein Schwiegervater hatte in der ersten Aufwallung erklärt, der Bruder eines so verworfenen Burschen könne kaum länger sein Tochtermann bleiben. Der alte Rabbi des Städtchens konnte an dem Tage vor Kränkung kaum sein Mittagbrot verzehren und quälte dann seine Schüler und sich mit Fragen ab, wie man wohl das Unglück etwa doch noch verhüten könne. Und ein Handelsjude aus

Bessarabien, der sich Geschäfte halber einige Stunden im Städtchen aufhielt, beschloß, in Barnow zu übernachten, nur um den seltsamen Knaben zu sehen, über den ein so fürchterlicher Gedanke gekommen …

Was aber wollte Mosche werden?

»Sellner!«

## Zweites Kapitel

Sellner!

So heißt im Jargon der Soldat, der Söldner. Aber die bloße Übersetzung macht es noch nicht klar, warum die Juden von Barnow diese Standeswahl so entsetzlich fanden, warum der Entschluß des Knaben sie traf wie ein Blitz. In der Tat wie ein Blitz; er blendete ihr sonst so scharfes Auge. Diese Leute, gewohnt, jede Sache schärfstens und von allen Seiten zu betrachten, vergaßen diesmal das Wichtigste: *wer* es war, der diesen Entschluß gefaßt, daß es ein Knabe war, trotz seiner Größe und Stärke fast noch ein Kind, dem die Ausführung unmöglich gelingen konnte. Sie vergaßen es und grübelten nur erschreckt darüber, wie ein solcher Gedanke überhaupt in ihrer Mitte hatte geboren werden können. Denn ein Sellner werden, das ist nicht bloß ein Unglück, sondern auch eine Schmach, ja eine Beleidigung Gottes. Wie konnte ein jüdisch Kind dies freiwillig auf sich nehmen und sich selbst zu den Toten werfen, zu den verachteten Toten, deren man nicht weiter gedenken mag? Denn wie einen geliebten Toten beweinen sie auch denjenigen, den ohne sein Zutun dies Schicksal trifft, und flehen zu Gott, daß er ihm seine Sünde vergebe. Es ist kaum zu unterscheiden, ob sie das Sterben für ein größeres Unglück halten oder den Soldatenrock. Darum ist ihnen kein Opfer zu groß, kein Weg zu krumm, diesem Schicksal zu entgehen.

Warum? Weil der Jude feig ist, hört man häufig. Aber diese Antwort ist nicht die richtige. Wohl gibt es sehr viel Feiglinge unter den Juden des Ostens, und es wäre auch seltsam genug, wenn dem nicht so wäre. Mut ohne Körperkraft ist kaum denkbar. Der Jude aber ist, der frühen Heiraten wegen und weil durch den Glauben jede Rassenkreuzung ausgeschlossen ist, schwächlich, und die Erziehung leistet überdies an Verweichlichung und Unnatürlichkeit das Schlimmste. Mut ist ferner nicht denkbar ohne Selbstvertrauen. Und wie hätte dies in den Abkömmlingen eines Volkes Wurzel schlagen können, dessen Heldentum durch Jahrhunderte im Dulden bestand, das ruhelos über die Erde gehetzt wurde wie wildes Getier, das noch heute im Osten hier und da nicht jene Stufe der Behandlung erklommen, deren sich nützliche Haustiere erfreuen! Fürwahr, es gehört große Unvernunft dazu, sich darüber zu wundern, daß ungestümer kriegerischer Sinn just nicht ein Hauptzug der jüdischen Volksseele geworden!

Aber die Frage über Mut oder Feigheit gehört sehr wenig zur Sache. Und wären alle podolischen Juden Helden wie Judas Makkabäus, sie würden deshalb doch nicht gern k. k. Soldaten werden. Und zwar hindert sie daran jenes Moment, um dessentwillen sie leben: ihr Glaube, direkt durch seine Satzungen, indirekt durch die Weltanschauung, welche er in seinen Bekennern herausgebildet. Durch seine Satzungen – aber man darf dies nicht mißverstehen. Der jüdische Glaube verbietet den Kriegsdienst nicht, und er gebietet, dem Staate, in dem man lebt, treu anzuhangen. Aber dieser Glaube gebietet auch, die Speisegesetze streng einzuhalten und alle Zeremonien des Gebetes treu zu erfüllen. Wer dies nicht tut, begeht eine ebenso schwere Sünde, als wenn er etwa die Hand gegen die Eltern erhübe. Denn er erhebt die Hand gegen Gott, er tritt seine Gebote mit Füßen. Und wäre es das Unbedeutendste, was er verbrochen, schon die leiseste Mißachtung eines Gebotes drängt den Sünder aus der Schar der Gläubigen; das altgläubige Judentum kennt keine Kompromisse. Wer aber Soldat wird, kann die Formen des Gebetes nicht einhalten und muß froh sein, wenn er überhaupt ein Stücklein Fleisch bekömmt, auch wenn ein christlicher Metzger den Ochsen geschlagen. Kurz, wer Soldat wird, ist kein Jude mehr, er verliert die Anwartschaft auf die Freuden des Jenseits. Das Jenseits aber ist der einzige Trost dieses armen, verdüsterten Volkes, das selige Land, wo der Jude nicht mehr verachtet und verhöhnt wird, sondern stolz einhergeht vor dem Antlitz seines Gottes. Einst, als dies Volk als herrschender Stamm in stolzer Machtfülle auf seinem eigenen Erbe saß, da kannte es den Gedanken der Unsterblichkeit nicht, es brauchte ihn nicht; die Erde genügte ihm. Aber als es ein Paria und Ahasver unter den Völkern wurde, da faßte es diesen Gedanken, da hielt es ihn fest als einzigen Trost. Und noch heute hängt niemand so innig an diesem Glauben wie der Jude. In all seinem Tun und Lassen hält er als Ziel fest, das Anrecht auf die Freuden des künftigen Lebens nicht zu verlieren. Wer sündigt, verliert dieses Anrecht und geht entsetzlich arm durch das Leben, ohne zu wissen, wozu und wohin … Und jeder Sellner muß ja »sündigen«!

Aber auch seine Weltanschauung läßt den Juden in dem Soldatenrock die Verkörperung alles Unglücks erblicken. Je heftiger die Dränger einst von außen einstürmten, desto enger schlossen sich die Juden aneinander, desto fester ward ihre Überzeugung: hier, im Inneren des Familienlebens, im Inneren der Gemeinde, sei alles gut, draußen alles schlecht; die Außenwelt ward ihnen zu einem unverständlichen, feindlichen Chaos, das sie grollend und drohend umflutete, vor dem sie einzig Rettung fanden im Bannkreise des Ghetto. Die Zeit ward milder, milder ward man auch gegen die Juden; aber was Jahrhunderte bewirkt, vermögen Jahrzehnte nicht auszutilgen. So bangt dem Juden auch heute noch unsäglich vor der Welt, und ein Schritt in die Fremde ist ihm ein Schritt ins Elend. Und als Sellner muß man ja fort, in die fremdeste Fremde, wer weiß wohin?!

Darum faßten es die Juden von Barnow nicht, daß einer von ihnen freiwillig Sellner werden wollte. Aber warum empfanden sie dies als ein Unglück für die Gesamtheit, welches die Gesamtheit abzuwehren verpflichtet sei? Der alte Rabbi sprach es aus: »Wir müssen etwas tun, denn er will Gott beleidigen, und wir haben die Pflicht, Gottes heiligen Namen vor jeder Schmähung zu schützen. Und dann, führt er den Frevel aus, so spottet ganz Israel über unsere Gemeinde, wie wir unsere Kinder erziehen. Und wenn sich nach Jahren wieder ein solcher Frevler findet, so werden sie mit Fingern auf uns weisen und sagen: ›Von ihnen ist das böse Beispiel ausgegangen!‹ Also tun wir etwas; ich weiß nur noch nicht, was. Gut wenigstens, daß wir es rechtzeitig erfahren haben!«

Was das letztere betrifft, so war der arme Mosche allerdings anderer Ansicht als jener würdige Greis. Freilich hatte er nur unter erklecklichem Zwange sein Geständnis abgelegt. Was die harten Worte und die Elle des Vaters nicht vermocht, das bewirkten am Tage darauf die milden Reden und die Faust der Mutter. Sie sprach dem Sohne gütig zu, ihr sein verstocktes Herz zu offenbaren, und vergrub dabei die Faust immer dichter in sein krauses, schwarzes Haargestrüpp. Diesen Mitteln widerstand er nicht und rief endlich jammernd: »Ein Sellner …«

Entsetzt schrie die Frau auf und fiel, ein Büschel Haare in der Rechten, in Ohnmacht. Sie kam sehr bald zur Besinnung. Und wie die Kunde im Städtchen wirkte, ist gleichfalls schon berichtet. Aber nicht jeder war so ratlos wie jener fromme Greis. »Die Eltern sollen ihn schlagen«, empfahlen die einen. Aber das nützte nichts, obwohl die Elle zerbrach und viele krause, schwarze Haare in des Schulklopfers Stube umherflogen. »Der Rabbi soll beten«, meinten die anderen. Aber auch das fruchtete nichts, Gott hörte das Gebet nicht, obwohl der alte Mann beängstigend schrie. Und so war man schon im Begriffe, fremdem Rate zu folgen, dem jenes Handelsjuden aus Bessarabien. Er empfahl, Mosche zum Wunderrabbi von Sadagóra zu führen und ihm von diesem gewaltigen Manne, welcher mit Engeln und Dämonen auf gleich gutem und vertrautem Fuße stehe, den Soldatenteufel austreiben zu lassen. Da fand sich aber in Barnow selbst Rat und Hilfe: sie kahl von Isaak Türkischgelb, dem »Marschallik« des Städtchens.

Der Mann spielt eine wichtige Rolle in dieser Geschichte, schon darum will er gebührend gewürdigt sein. Aber da muß vor allem gesagt werden, was ein Marschallik ist, und das ist schwer. Sehr schwer! Mit der bloßen Übersetzung des Namens ist hier vollends nichts getan. Das Wort stammt aus dem Polnischen, in dieser Sprache bedeutet es Haushofmeister. Aber der hat sich ja nur um eine Familie zu kümmern, und zudem auch nur in gewissen Beziehungen. Der Marschallik aber hat sich um alle zu kümmern und um alles.

Um *alle* und *alles*! Aber dabei hat er doch anscheinend absolut nichts zu tun. Ihr könnt ihn an Wochentagen während der Betstunden in der »Schul«, die übrige Tageszeit hindurch auf der Gasse und im Wirtshause finden; am Sonnabend aber macht er außer den Betstunden regelmäßig Besuche bei den Honoratioren. So ist es ein Rätsel, wovon er lebt, und er ist auch zumeist ein blutarmer Teufel. Aber was kümmert sich auch ein Marschallik um sich selbst; er hat ja keine Zeit dazu! Er weiß alles, ohne Ausnahme alles, was in der Gemeinde vorgeht, und berichtet ebenso genau, in welchem Gliede den alten Rabbi das Zipperlein quält oder wieviel Essig Frau Golde Hellstein trinkt, um magerer zu werden, wie er bei Heller und Pfennig herzählen kann, welchen Profit Nathan Silberstein an seinem letzten Tokaier gemacht. Er ist stets bereit, mit jedermann zu plaudern, ihm fehlt es nie an Zeit, nie an einer erheiternden Neuigkeit, nie an guter Laune. Seine Zunge ist stets gleich scharf gespitzt und weiß der besten Sache, dem edelsten Menschen eine lächerliche Seite abzugewinnen, aber auch wieder jeder trüben Sache eine helle, heitere Seite. So ist er Klatschbase und Neuigkeitskrämer, öffentliches Gewissen und Zeitvertreib zugleich, mit einem Worte: das lebendige, ewig durstige, auf zwei Beinen einherschlotternde Lokalblatt der Gemeinde.

Aber das ist noch gar nichts! Die Zeitung kann man vielleicht entbehren, aber wer wäre so vermessen, zu behaupten, daß man einen Marschallik entbehren kann? Ohne ihn wäre ja keine Beschneidung möglich, keine Verlobung, keine Hochzeit, kein Familienfest. Denn er lädt die Gäste ein, er dekoriert die Feststube, er bestimmt die Speisen und die Weine, er kennt die Formen und weiß, wann sich dies schickt, wann jenes, er unterhält die Gesellschaft, er bringt die Trinksprüche aus, er improvisiert, er erzählt Schwänke, er macht Witze, kurzum: er ist die Seele des Festes, und ohne ihn ist es tot. Man kann dreist behaupten, daß bei einer Hochzeit eher der Bräutigam fehlen könnte als der Marschallik. Denn wenn der Bräutigam fehlt, so langweilt sich nur die Braut, fehlt aber der Marschallik, so gähnt die ganze Gesellschaft.

Das ist schon immerhin etwas, aber noch lange nicht das Wichtigste. Wißt ihr wohl, daß ohne diesen Würdenträger (freilich erwirbt oder ererbt man diese Würde nicht, kann auch hiezu nicht gewählt werden, sondern sie fällt dem Talent von selbst in den Schoß; zum Marschallik muß man geboren sein, wie etwa zum Dichter), daß also ohne den Marschallik das Menschengeschlecht in Podolien, wenigstens insofern es jüdischen Glaubens ist, glattweg aussterben müßte?! Das soll keine zarte Anspielung auf die unbestreitbare Tatsache sein, daß der Marschallik ebenso regelmäßig mit einem Überfluß an Kindern gesegnet ist wie mit einem Überfluß an Geldmangel – nein! er erwirbt sich, von diesem direkten Wege abgesehen, auch noch anderweitig hundertfältige Verdienste um die Vermehrung der Menschheit. Denn er ist das einzig autorisierte und patentierte Heiratsbüro. Er führt ein Verzeichnis aller nur erdenklichen »Partien« in der Gemeinde und auf zehn Meilen im Umkreis, ein Verzeichnis, in welchem kein Jüngling zwischen vierzehn und achtzehn fehlt und keine Jungfrau zwischen dreizehn und siebzehn. Darum kann er auch jeder Nachfrage entsprechen. Sucht ihr einen gesunden, stattlichen Jüngling? Er kennt einige, gegen welche der Riese Simson ein Krüppel wäre! Oder eine schöne Braut? Hier sind welche, neben denen sich die leibhaftige Sulamith nicht sehen lassen dürfte! Oder fragt ihr nach Reichtum? Hier sind Millionen! Oder seht ihr auf eine vornehme Familie? Er kennt ein Dutzend Sprößlinge aus Davids königlichem Stamme! Der Marschallik ist mit allem versehen, er kommt nie in Verlegenheit. Würde ihm jemand sagen, er sei gesonnen, nur aus

Neigung zu heiraten, er könnte ihm allsogleich sogar eine Braut mit Neigung liefern. Und er eröffnet nicht bloß die Präliminarien, sondern er allein setzt auch die Verhandlungen fort und führt sie zum gedeihlichen Abschluß.

Aber nicht bloß verwaister Herzen nimmt er sich an, sondern auch der verwaisten Gemeinde, des ratbedürftigen Staates. Er ist patentierter Agitator, er macht den Gemeindevorstand und entwickelt auch bei den Landtagswahlen ungeheure Emsigkeit. Nur von einem Zweig öffentlicher Tätigkeit hält sich der Marschallik ferne: Bestechungsagent bei der Rekrutierung ist er nicht. Dazu ist der arme Teufel zu ehrlich.

Nun wißt ihr beiläufig, was ein Marschallik ist. Freilich nur eben beiläufig, denn die ganze wundersame Vielseitigkeit und Bedeutung dieser Würde zu offenbaren ist dem armen, dürftigen Menschenwort unmöglich.

In Barnow bekleidete, wie erwähnt, Herr Isaak Türkischgelb diese Würde. Er war ein Marschallik im vollen, ganzen Sinne des Wortes, damit ist genug gesagt. Sein Spitzname »Itzig Schicker« erregte Schmunzeln im ganzen Kreise, wo immer er genannt wurde. Es war dies ein ehrenvolles Prädikat, ein nom de guerre, den er sich redlich erkämpft. Mit welchen Waffen? Man sah's ihm deutlich an. Denn er trug auf dünnen Beinen ein dickes Bäuchlein und im Gesichte einen feuerroten Berg, eigentlich ein Bergsystem, an jener Stelle, wo andere Menschen eine schlichte Nase tragen. Der Mann haßte jedes geistige Getränk mit der ganzen Kraft seiner Seele und vertilgte es daher, wo er es antraf, in unglaublichen Quantitäten. »Schicker« heißt Trunkenbold. Aber obgleich Itzig Schicker schwerlich den Bodenstedtschen »Mirza-Schaffy« gelesen, so hielt er es doch mit diesem Weisen, sein Rausch war nichts als gesteigerte Begeisterung.

Als jedoch über alle Leute von Barnow der Rausch des frommen Entsetzens kam, da blieb er allein nüchtern und heckte einen Plan aus, das verirrte Schäflein zu retten. Der Plan war verständig, einfach, das Ei des Kolumbus, und darum war er gut. Und er offenbarte ihn auch zu guter Stunde.

Das war an jenem Sabbat, welcher die schläge- und folgenreiche Woche im Leben Mosches beschloß, und in der Dämmerung. Da standen und saßen die Männer nach verrichtetem Nachmittagsgebete müßig vor der alten Betschul und erharrten das Erscheinen der ersten drei Sterne am Himmelszelte, um das Abendgebet beginnen zu dürfen. Es ist dies

eine Stunde, wo man sich so recht vergnüglich und mit Muße ausspre-
chen kann. Das geschah auch heute, nur daß das Gespräch gar nicht
vergnüglich klang. Und ganz besonders laut jammerte Abraham Veilchenduft.

Da trat der Marschallik auf ihn zu.

»Was klagt Ihr?« fragte er würdevoll. »Hört mich an! So wahr mir
der Herr Kreishauptmann voriges Jahr gesagt hat: ›Türkischgelb‹, hat
er gesagt, ›Sie sind ein feiner Kopf!‹ – so wahr bring ich Euer Jüngel
zur Vernunft zurück und zu einem ehrlichen Brot. Was nützt das
Schlagen? das kann ein Bauer auch! Die Vernunft ist die Hauptsache,
versteht Ihr?! ein feiner Plan! Und so einen Plan hab ich mit Euerem
Mosche, und ich werd ihn ausführen, wenn mir Gott hilft und wenn
Ihr mir mindestens fünf Gulden gebt für meine Mühe!«

Des Schulklopfers bekümmertes Antlitz erglänzte freudig. »Was hab
ich immer gesagt?« beteuerte er und erhob die Hände gegen Himmel. 21
»Ein feiner Kopf ist er, hab ich immer gesagt, aber ein gut Herz hat er
auch! Also wollt Ihr mich wirklich erretten aus meiner Not? Gott wird
Euch gewiß helfen bei dem guten Werke und Euere Mühe tausendfach
lohnen, aber wo soll ich fünf Gulden hernehmen?«

Der Marschallik wiegte sich bedächtig in den Hüften und musterte
dabei seine Fußbekleidung, welche allerdings genauerer Betrachtung
wert war, denn sie war merkwürdig zerrissen. »Ach ja! hab ich's Euch
schon erzählt?« fragte er dann, wie aus tiefem Sinnen emporfahrend.
»Gestern früh war ich bei dem krummen Manasse, dem Schuster. Ich
hab ihn gebeten, daß er mir neue Schuhe oder mindestens neue Absätze
an die alten Schuhe macht, Gott wird ihm die Mühe tausendfach lohnen.
Schaut selber nach, ob er's getan hat!«

Die Umstehenden lachten. Aber Nachum Hellstein sagte: »Wenn Ihr
es wirklich zuwege bringt, Reb Itzig, könnt Ihr Euch bei mir einen
Gulden abholen!«

»Und bei mir fünfzig Kreuzer!« rief ein anderer reicher Mann. Dann
versprach ein dritter vierzig, ein vierter zwanzig Kreuzer, und so fort.
Schließlich fehlte nur noch ein Sechser, das geforderte Honorar voll zu
machen. Besagten Sechser spendete nach längerem Zögern Froim Luttinger, genannt »Froim Chammer«. Letzteres Prädikat ist nicht sonderlich
ehrenvoll, denn »Chammer« heißt zu deutsch Esel. Aber dieser jugend-
liche Hausvater war besser als sein Ruf, ein weitsichtiger Denker, das
bewies die Motivierung seiner Gabe. »Ich opfere es«, sagte er, »weil gar

niemand berechnen kann, was über ganz Israel kommen würde, wenn einer von uns freiwillig Sellner würde.«

»Es wird nicht geschehen!« versicherte der Marschallik feierlich. »Freilich ist mit den fünf Gulden nicht alles getan. Jetzt müßt ihr mir noch für mich und Mosche ein Fuhrwerk beschaffen, welches uns nach Zalesczyki bringt und wieder zurück. Und schließlich brauche ich natürlich auch die Wegzehrung für uns beide.«

»Nach Zalesczyki?« rief Abraham. »Wozu?«

»Weil ja dort das ›Werbbezirk‹ ist«, erwiderte Herr Türkischgelb mit ruhigem, überlegenem Lächeln.

22 »Das ›Werbbezirk‹?« brach der Lärm aus zwanzig Kehlen zugleich los. »Er will den Verrückten noch selber hinführen! Er foppt uns! Keinen Heller geb ich!« klang es im wirren Chorus. Am lautesten schrie Froim Luttinger.

Der Marschallik ließ den Lärm vertoben. Dann sprach er wieder ruhig und würdevoll: »Gottlob, jetzt hab ich gefunden, was ich mein ganzes Leben vergeblich gesucht hab, den Unterschied zwischen Froim und einem Esel. Jetzt weiß ich's: wenn ein Esel schreit, so schweigen die Pferde, aber wenn Froim schreit, so schreit ihr alle mit. Aber ihr solltet mich doch besser kennen! Bin ich ein Frevler? werd ich spaßen, wo es sich um Israel handelt? Bin ich ein Narr? werd ich spaßen, wo es sich um fünf Gulden handelt? Ich sag euch nur kurz: laßt mich mit Mosche zum ›Werbbezirk‹ fahren, dort kurier ich ihn. Bring ich's nicht zustande, so schlagt mich tot, oder nennt mich sogar mit demselben Namen, welchen sich Froim bei euch verdient hat!«

Diese Energie wirkte. Simon der Kutscher erklärte, er habe am nächsten Morgen ohnehin einen Wagen voll frommer Weiber zum Wunderrabbi nach Sadagóra zu fahren, und da könnten auch noch die beiden hinten aufsitzen und bis zur Kreisstadt mitkommen. Auch die übrigen Schwierigkeiten lösten sich durch die Freigebigkeit Nachum Hellsteins. So verrichteten schließlich alle beruhigten Gemütes das Abendgebet. Der Marschallik wird es schon richten, dachten sie.

In der Tat machte sich der Mann ihres Vertrauens auch noch am selben Abend ans Werk, indem er dem vielgeprügelten Gegenstande seines Experiments einen Besuch abstattete. Aber Mosche war unsichtbar, in stummem, drohendem Schweigen kauerte er hinter dem väterlichen Ofen. Türkischgelb mußte alle seine Beredsamkeit entfalten, um den jungen Riesen zur Reise zu bestimmen. Endlich gelang's. »Gut«, sagte

Mosche und kam zögernd hinter dem Ofen hervor, »ich will mit Euch fahren. Aber wenn Ihr nur so einen Spaß mit mir vorhabt oder gar noch Schlimmeres, dann« – er ballte die Fäuste –, »dann fahr ich Euch an die Kehle!«

»Gut«, erwiderte der Marschallik freundlich und fuhr über das durch Mutterliebe so arg gelichtete Haar des Jungen, »dann, Moschele, darfst du mich erdrosseln, wenn es dir Spaß macht, warum nicht? – ich will sogar keinen Muck tun.«

## Drittes Kapitel

Am nächsten Morgen rasselte der schwere, leinwandgedeckte Korbwagen Simon des Kutschers (der Ahn des Mannes mußte jener kaiserlich-königlichen Militärkommission, welche zu Josefs II. Zeit den Juden Galiziens Familiennamen oktroyierte, wenig imponiert haben, denn sie hatte ihm den Namen Galgenstrick erteilt) vollgeladen zum Städtchen hinaus. Herr Simon Galgenstrick führte diesmal zwölf Passagiere. Ganz hinten auf dem Korbe, welcher das Heu enthielt, thronte der rotnasige Mentor mit seinem ungebärdigen Telemach. Im Wagen aber saßen zehn Weiber, die sämtlich zum Wunderrabbi nach Sadagóra fuhren. Sie hatten sehr verschiedene Anliegen an diesen gewaltigen Mann. Die eine fuhr hin, um Segen und Rat für ihr armes, krankes Kind zu erbitten, das inzwischen vielleicht in fremder Pflege starb; die zweite wollte durch das Gebet des Rabbi zu einem passenden Schwiegersohn für ihre Tochter kommen, welche bereits achtzehn Jahre alt und – eine ungeheure Schande, ein unsägliches Unglück in den Augen der Juden jener Landschaft! – noch immer ledig war; die dritte fuhr im Auftrage ihres Mannes, um nachzufragen, ob dieser einen Handel mit moldauischen Weinen beginnen sollte; die vierte hatte einen Erbschaftsprozeß beim Kreisgericht in Tarnopol und wollte sich den Ausgang segnen lassen; die fünfte lebte in kinderloser, darum unglücklicher Ehe, und das Gebet des Rabbi sollte ihren Schoß fruchtbar machen; der sechsten war der Sohn zum Militär abgestellt worden, und da dies ohne Wunder nicht mehr rückgängig zu machen war, so wollte sie den Rabbi um so ein kleines Wunder bitten; die siebente hatte ein harnäckiges Magenleiden und wollte es sich besprechen lassen, wogegen die achte sich reuig dem Rabbi zu Füßen werfen wollte, um durch seine Fürsprache von Gott die Vergebung für ein fürchterliches Verbrechen zu erhalten. Sie war nämlich in einer Nacht von Freitag auf Sabbat aus schreckhaftem Traume emporgefahren und hatte in ihrer Verwirrung, des Sabbats vergessend, Licht gemacht – Licht am Sabbat! die Feder versagt bei dem Versuche, die Schwere dieses Verbrechens auch nur annähernd anzudeuten! Die neunte und zehnte Pilgerin verfolgten sehr verschiedene Ziele: die eine die Scheidung von ihrem Gatten, die andere, daß der Rabbi durch seinen Machtspruch die geplante Scheidung verhüte.

Als der Wagen nur noch mäßig rasselnd im tiefen Kote der Heerstraße dahinschlich, begannen die Weiber, einander ihr Herz auszuschütten und ihre Reisezwecke darzulegen. An dieser Unterhaltung nahm unaufgefordert Herr Isaak Türkischgelb eifrigst teil und fand hiebei so reichlich Gelegenheit, sein mitfühlendes Herz und seine natürliche Beredsamkeit zur Geltung zu bringen, daß selbst der finstere Knabe lächeln mußte und dem munteren Simon Galgenstrick vollends die Tränen stromweise über die roten Backen liefen. Die Weiber freilich nahmen dieses Mitgefühl sehr übel und brachten endlich durch ihre vereinigten Leistungen auf dem Gebiete höherer Höflichkeit selbst den Marschallik zum Weichen. »Vor tausend Teufeln«, seufzte er resigniert, »würde ich mich nicht fürchten, aber vor zehn Weibern graut es mir!« Dann wandte er sich an den jungen Riesen.

»Moschele«, begann er vertraulich flüsternd, »jetzt solltest du mir wenigstens sagen, warum du ein Sellner werden willst.«

Aber der Knabe schwieg. Erst nach längerem Zureden begann er zögernd, fast stotternd: »Also gut – ich will – aber Ihr dürft mich nicht auslachen. Also – selbst ernähren muß ich mich jetzt, aber was soll ich werden? Ich bin so stark – und groß über mein Alter, soll ich ein Schneider werden? Oder ein Schuster? Da muß man immer sitzen und hat am Ende doch nichts zu essen! Oder ein Dorfgeher oder sonst ein Handelsmann? Ich hab ja kein Geld und hab auch keinen Verstand zum Handel. Auch ein Rabbi oder ein Lehrer kann ich nicht werden; alle Lehrer sagen, ich hab einen harten Kopf. Aber stark bin ich und arbeiten kann ich und prügeln kann ich – oh! Reb Itzig! Warum bin ich ein Jud?«

»Wie kommst du darauf?« fragte der Marschallik erstaunt.

»Ich weiß es selbst nicht«, erwiderte zögernd der arme Junge, »ich hab nur so gemeint. Wär ich ein Christ, so könnt ich bei einem Bauer als Knecht einstehn oder bei Wassilj dem Schmied als Geselle. Aber so, wer nimmt mich? Der Jud ist faul, werden alle sagen und mich fortjagen. Oder auch: du bist ein Jud, ihr habt Gott gekreuzigt, ihr seid alle Hunde, geh zum Teufel! Aber bei den Sellners, wo sie starke Menschen brauchen, da nimmt man auch Juden. Der Jud hat dort dieselbe Montur wie der Christ. Also, darum will ich ein Sellner werden. Also, jetzt wißt Ihr's. Was sagt Ihr dazu?«

Aber der Marschallik sagte nichts; er war in tiefe Gedanken versunken. Wenn ich nicht wüßt, dachte er, daß des Schulklopfers Weib von jeher nicht bloß sehr brav war, sondern auch sehr häßlich, so könnt ich's mir noch erklären. Aber so! wie kommt das Jüngel auf solche Gedanken? Der Mensch weiß gar nicht, was für eine Merkwürdigkeit er ist. Ums Geld könnt er sich zeigen lassen! … Und jetzt seh ich erst deutlich, was für ein kluger Mensch ich bin. Hätt man's ihm ausreden können? Nein! Aber so rennt er sich selber den Kopf beim »Werbbezirk« ein, und ich krieg fünf Gulden und hab die Reise umsonst. Denn nach Zaleszczyki hätt ich ohnehin müssen: ich soll ja für Josef Sauersteins Rosel einen Mann kriegen!

In der Kreisstadt kamen sie am späten Nachmittag an. Der mitfühlende Türkischgelb konnte nicht umhin, hier von den Frauen so innigen Abschied zu nehmen, daß sie ihm wohl eine Viertelstunde nachfluchten. Heute noch das »Werbbezirk« aufzusuchen, war es zu spät; so gingen denn die beiden in eine Herberge. Hier traf der Marschallik unvermutet auf einen seiner grimmigsten Feinde: echten, alten Moldauerwein. Aber er fürchtete sich nicht, sondern lieferte ihm ein vernichtendes Treffen; freilich unterlag er schließlich und schnarchte bis in den lichten Morgen, während sich der arme Junge schlaflos auf seinem Lager wälzte.

Am nächsten Morgen gingen sie zum »k. k. Ergänzungskommando«. Vor dem Tore lagen einige faule Schlingel in Kommißuniform und sonnten sich. »Schau, wie die arbeiten«, sagte Türkischgelb zu dem Knaben, der vor Erregung zitterte, »man bekommt ein wahres Mitleid, wenn man ihnen zuschaut! Wie sie sich anstrengen!« Dann nahm er von ihm Abschied. »Geh zum Hauptmann«, meinte er treuherzig, »und sag ihm deutlich, was du willst. Behält er dich, so bleib gesund und werd bald General, wenn nicht, so findest du mich bis zwei Uhr in der Herberge, und wir können zusammen heimfahren.«

Sie schieden, und als der Marschallik von der nächsten Straßenecke zurückblickte, sah er, wie Mosche schon mitten unter den Soldaten stand und wie diese ihn an seinen Wangenlöckchen zerrten und sonstige zarte Witze mit ihm trieben. Ich bin neugierig, dachte der schlaue Mann, wieviel Prügel er bekommt, bis er mit dem Hauptmann sprechen kann, und wie schnell er wieder die Stiege hinunterfliegt, wenn der Hauptmann erfährt, daß er erst dreizehn Jahre alt ist. Aber das tut nichts! die Barnower Prügel waren überflüssig, aber die hiesigen werden ihm gesund sein. Dann jedoch machte er sich rasch auf den Weg, um für Fräulein Rosel Sauerstein aus Barnow einen würdigen Lebensgefährten zu erkunden.

Ob er ihn gefunden, gehört nicht hierher, und es bleibt der Phantasie des Lesers unbenommen, sich Fräulein Rosel Sauerstein sogar noch gegenwärtig unverehelicht zu denken. Als Tatsache sei nur verzeichnet, daß der Marschallik bei seinen Bestrebungen wieder auf einen seiner Erbfeinde stieß, denn er kam gegen die zweite Nachmittagsstunde sehr schwankenden Schrittes zur Herberge. Aber jählings wurde er vor Schreck nüchtern, als er den Knaben dort nicht vorfand.

»Am Ende haben sie ihn doch behalten!« rief er und rannte schleunigst zum »Werbbezirk«. Aber die Soldaten, welche draußen noch immer im Sonnenschein umherlungerten, gaben ihm eine etwas orakelhafte Antwort. Sie begnügten sich nämlich, auch ihn bei den Wangenlöckchen zu zerren. Als aber der Marschallik zwei Kreuzer als Prämie für die geforderte Auskunft aussetzte, sagte endlich einer: »Der Herr Hauptmann hat das jüdische Hundsblut geohrfeigt, und darauf ist der Bursch da hinuntergerannt, zum Wasser.«

»Zum Wasser?« Dem Marschallik gerann das Blut zu Eis, und er rannte so schnell, als ihn nur immer die Beine tragen wollten, an den Dnestr und dann unter lautem Rufen den Fluß entlang. Da traf er wirklich den Vermißten. Mosche stand am Wasser und blickte in die Flut.

»Was tust du da?« schrie der Marschallik.

Der junge Riese fuhr zusammen und starrte ihn mit verstörten Augen an. Über diesen unheimlichen Blick erschrak der Marschallik noch mehr, umkrallte fest des Knaben Arm und drängte ihn langsam der Stadt zu. Erst als sie wieder nächst der Herberge waren, fragte er ihn: »Narr, was hast du am Wasser gesucht?«

Moschele schüttelte den Kopf. Dann erwiderte er dumpf: »Ich hab überlegt, was besser ist: ins Wasser zu springen oder mit Euch nach Barnow zurückzufahren. Aber ich hab's nicht entscheiden können; es ist beides gleich bitter.«

Darauf wußte sogar Türkischgelb nichts zu erwidern und sorgte nur doppelt rasch, daß sie ein Fuhrwerk zur Heimfahrt bekamen. Erst als sie den Dnestr und das »Werbbezirk« weit hinter sich hatten und das kleine Fuhrwerk munter in die dämmernde Nacht hineinpolterte, kam dem Marschallik wieder der Humor. »Narr!« sagte er, »jetzt im April will er ein Bad nehmen! Und warum? Du hast noch gar nicht gesagt, warum?«

Aber dazu schien der Knabe auch jetzt wenig Lust zu haben. Der Marschallik drang lange in ihn, bis er erzählte: »Also, ich komm zum ›Werbbezirk‹ und frag die Sellners: ›Wo ist der Herr Hauptmann?‹ Fragen sie mich: ›Du jüdisches Hundsblut, wozu brauchst du das zu wissen?‹ Sag ich: ›Weil ich auch eintreten will!‹ Lachen sie und ziehen mich bei den Haaren und schreien: ›Der Kaiser braucht keine jüdischen Hunde!‹ Besonders war da einer, ein kleiner, gelber Kerl, ein Korporal, der war der ärgste. Dem geb ich einen Stoß und sage: ›Dich wird der Kaiser nicht fragen!‹ Darauf fangen sie alle an, mich zu prügeln. Da schaut der Herr Hauptmann zum Fenster hinaus und ruft: ›Warum schlagt ihr den Juden?‹ Da lassen sie von mir ab, und ich rufe hinauf: ›Weil ich eintreten will!‹ Da lacht der Hauptmann und sagt: ›Komm herauf!‹ Ich geh hinauf in die Kanzlei. ›Wie alt bist du?‹ fragt er. ›Im Vierzehnten.‹ – ›Das ist nicht wahr‹, sagt er, ›so schaut kein Knabe von vierzehn Jahren aus, du bist vielleicht achtzehn. Aber was willst du?‹ Da sag ich: ›Dreizehn Jahre bin ich vorige Woche geworden und eintreten möcht ich als Freiwilliger.‹ – ›Was?‹ sagt er, ›Kinder brauchen wir hier nicht, pack dich.‹ – ›Aber ich bin so stark‹, sag ich. ›Aber ein Jud bist du‹, schreit er. ›Es ist genug, wenn wir euch feiges Hundsblut bei der Rekrutierung nehmen müssen! Marsch!‹ Da sag ich: ›Wir sind kein Hundsblut, wir sind Menschen!‹«

»Das hast du gesagt?« unterbrach ihn der Marschallik ungläubig.

»Ja! und darauf hat er mich geohrfeigt und hinausgeworfen. Und da bin ich zum Wasser gelaufen, weil ich gesehen habe, daß auch hier keine Gleichheit ist. Nirgendwo will man einen Juden ...«

Der Marschallik widersprach nicht; er schwieg und dachte nur immer: Warum ist dieser Bursche anders als wir andern Juden? Warum?

# Viertes Kapitel

Weit draußen vor dem Städtchen, abseits der Heerstraße, an dem Feldwege, der gegen Korowla führt, liegt eine einsame Hütte; da haust und hämmert der Schmied von Barnow, Wassilj Grypko. Er ist sehr geschickt, und darum kommen die Leute aus der ganzen Umgegend zu ihm, aber ohne Zweck kommt sicherlich niemand, denn er ist finster und unheimlich, der alte Riese. Ganz einsam haust er, wozu braucht er auch Gesellschaft? Wer solches erlebt hat, wie es einst über diesen Menschen gekommen, ist am liebsten allein, und was etwa die Furcht vor Dieben und Räubern betrifft, so ist die Kasse des Steueramtes mitten im Städtchen minder sicher behütet als dieses Mannes Besitztum in der einfachen Feldschmiede. Denn die Leute kennen seinen riesigen Hammer und wissen, daß selbst das Eisen schmerzlich aufkreischt, wenn dieser niedersaust; kein Schädel ist so hart, daß er ihm widerstehen könnte, und an dem Hammer klebt aus vergangenen Tagen eines Menschen Hirn, auch das wissen die Leute. Schreckhafte Geschichten gehen über diesen Mann; die Wahrheit, ohnehin düster genug, ist im Munde des Volkes zur schauerlichen Sage geworden. Aber wer ihn sieht, möchte sogar der Sage glauben. Es ist fast unheimlich: er ist hoch in den Sechzigern, aber die Jahre gehen spurlos an ihm vorüber. Nur sein Haar haben sie gebleicht, und dieses silberweiße Haar hängt wirr und langsträhnig um das berußte Antlitz. Aber seine Körperkraft ist ungebrochen, die hünenhafte Gestalt auch nicht um eine Linie gebeugt und das plumpe Antlitz wie festgemeißelt, es ist kein Fältchen darin. Aber wie festgemeißelt liegt auch auf diesem Antlitz ein Zug unsäglicher, dumpfer Trauer. Wer ihn so den Hammer schwingen sieht in der öden Schmiede, immer schweigsam, die Lippen zusammengepreßt, die Stirn drohend gefurcht, die Augen halb geschlossen und glanzlos, den überkommt der Gedanke: Das ist ein Verdammter der Hölle, der unaufhörlich, hoffnungslos, stumpf seine Arbeit verrichtet, weil er weiß, daß es keine Erlösung für ihn gibt.

Und Wassilj ist wirklich ein Verdammter; er ist verdammt zu leben. Warum der Mann den Hammer nicht einmal, statt ihn auf das glühende Eisen fallen zu lassen, gegen das eigene Haupt kehrte, ist eigentlich unerklärlich. Aber der Schmied hat es einmal gesagt: »Es ist mir schwergefallen, zu warten, jedoch ich warte auf den Tag, da wir Ruthenen unsere

Rechnung machen mit den Polen. Und an dem Tage möchten wir, ich und mein Hammer, nicht fehlen wollen.«

Es ist ein furchtbares Wort, aber es kann nicht befremden im Munde dieses Greises. Einst, vor langen Jahren, war er ein fröhlicher, glückseliger Mensch gewesen. Der junge Schmied sang den ganzen Tag, und so hell, daß seine Stimme den dumpfen Hammerschlag übertönte; warum auch nicht? Er war gesund, hatte seinen guten Erwerb und sein eignes Haus und in diesem Hause das schönste Weib in der Runde; noch heute sprechen die alten Leute in Barnow mit Entzücken von der blonden, üppigen Marina. Um sein Glück voll zu machen, hatte ihm sein Weib ein liebes, holdes Töchterchen geboren. Aber just, als das Kind drei Jahre alt geworden, kam einmal der Herr Staroste aus Wegnanka, Jan von Lipecki, vorbeigefahren und ließ seine Pferde beschlagen. Während dies geschah, spielte er mit dem Kinde und plauderte mit dem Weibe, denn er war ein leutseliger Mann, der Herr von Lipecki. Und von da ab wurde Wassilj merkwürdig oft ins Schloß zu Wegnanka geholt, um da Pferde zu beschlagen oder die Gartengitter auszubessern. Und sobald er sich zur Arbeit eingefunden, ritt oder fuhr der Staroste davon. So spann sich die Sache fort, bis eines Tages der Kutscher des Starosten den lustigen Wassilj im Schloßhofe antraf: »Wir sind beide Ruthenen, er ist ein Pole, also höre!« Und er flüsterte ihm etwas zu. 30

Von jenem Augenblicke ab hat den lustigen Schmied niemand mehr lustig gesehen. Seinen Hammer nahm er auf und stürmte heim. Er fand den Herrn Starosten im Stübchen bei der schönen Marina. Aber Wassilj schrie nicht, er tobte nicht, ganz gelassen fragte er den Herrn Jan, der zitternd dastand: »Wie hat sich Ihnen das Weib ergeben? Haben Sie viele Mühe gehabt, bis Sie ihr Gewissen betäubt haben?«

»Nein«, beteuerte der Pole, »nach der ersten Stunde war sie mein.«

»Sie haben einen alten Vater«, fuhr Wassilj fort, »schwören Sie mir bei seinem Leben, daß Sie nicht lügen.«

»Ich schwöre«, sagte der Starost fest.

Der Schmied wankte wie ein Trunkener. »Marina!« sagte er dumpf, »wehre dich gegen diesen Menschen! Eine Ehebrecherin bist du, aber zu einer gemeinen Metze macht dich erst sein Wort. Wehre dich, wenn du kannst!«

Aber sie schwieg und umklammerte seine Knie. Und darauf verfuhr der Schmied sehr einfach; die Leute von Barnow stritten noch lange darüber, ob dies klug gewesen oder töricht, feig oder mutig. »Da hat dann der Hammer nichts zu tun«, sagte er gleichmütig und griff zum Ochsenziemer. Mit dem prügelte er zuerst den Starosten durch und dann sein Weib, warf darauf zuerst den Starosten hinaus und das Weib ihm nach. Er ließ es auch nie wieder über seine Schwelle. Das war alles. Die schöne Marina blieb die Geliebte des Starosten, bis er sie an seinen Verwalter abtrat und dieser an seinen Oberknecht. Und darauf ward sie eine Soldatendirne und verkam in Not und Schande.

Ihr Kind aber blühte heran und wurde ein schönes Mädchen. Da fügte es sich, daß der Sohn des Jan, der junge Victor von Lipecki, eines Tages an der Schmiede vorüberritt und das Mädchen sah. Es gefiel ihm sehr gut; das Mädchen war schön wie die Mutter, und der Sohn hatte den Geschmack seines Vaters. Da er aber dem Mädchen nicht gefiel und da es für einen Starostensohn unziemlich gewesen wäre, das Gelüste seines Herzens zu bezähmen, so brach er einst nachts, als der Schmied just abwesend war, mit einigen Knechten ins Haus und richtete das arme, schöne Kind mit Gewalt zugrunde. Als Wassilj heimkam und die Untat erfuhr, sagte er nichts, sondern griff nur zum Hammer, wie einst, und ging fort. Erst am nächsten Morgen kam er wieder, nachdem er zwei Dinge verrichtet. Zuerst hatte er dem jungen Herrn auf offener Heerstraße mit dem Hammer die Stirn zerschmettert, und dann war er in das Schloß zu Wegnanka gegangen, dies dem alten Starosten selbst zu melden. Niemand hat die Worte vernommen, welche die beiden Männer zueinander gesprochen. Es muß wohl ein furchtbares Gespräch gewesen sein, denn der Schmied ging frei davon, und der junge Starost wurde in aller Stille beerdigt. Wenige Monate darauf begrub auch Wassilj sein Kind, das langsam hingewelkt war, und hantierte nun einsam fort in der öden Schmiede – ein unheimlicher, weißhaariger Riese …

Die Leute hielten viel auf seine Geschicklichkeit und sein Wort, aber im persönlichen Verkehr beschränkte sich jeder gern auf das Notwendigste. Und obwohl er bei der vielen Arbeit gerne einen Helfer genommen hätte, so fand sich doch selten ein Geselle oder Lehrling, der bei ihm einstehen wollte. Noch seltener hielt's einer lange aus; der Meister war zu unheimlich. Da fand sich endlich ein Bursche, der es sich als eine Gnade erbat, in der Schmiede bleiben zu dürfen. Das war Mosche Veilchenduft, und eine Woche nach seiner Rückkehr aus Zaleszczyki trat er als Lehrling bei Wassilj Grypko ein.

Diese Woche hatte im Gemütszustande des Knaben wenig Veränderung hervorgebracht. Nur daß er, statt am Dnestr zu stehen, hinter seines

Vaters Hause saß. Aber noch immer brütete er darüber, ob es bitterer, ins Wasser zu gehen oder in Barnow den Hohn der Leute zu ertragen.

Es ist traurig genug, wenn ein Mann über derlei Fragen grübelt, aber wenn ein Knabe auf solche Gedanken kommt, so mag dies einem Menschen, der von Natur nicht allzu hart ist, leicht ans Herz gehen und das Mitgefühl wecken. Und der Marschallik war kein harter Mensch, höchstens was guten, alten Moldauerwein betrifft. Darum blieb er, als er zufällig hinter des Schulklopfers Hause vorüberkam, mitleidig vor dem Knaben stehen, und als dieser sein blasses, abgehärmtes Antlitz zu ihm erhob, gab es ihm schier einen Stich durchs Herz. Aber er war ja nicht bloß gutherzig, sondern auch, wie ihm dieses Knaben Vater einst nachgerühmt, ein »feiner Kopf«, und während er unseren Mosche durch allerlei Witze und Schmeicheleien zu erheitern suchte, arbeiteten das gute Herz und der feine Kopf gemeinsam in der Stille.

Was soll man, dachte er, mit diesem merkwürdigen Jüngel anfangen? Es ist nicht auszuklügeln, warum er anders ist als wir Juden, aber er ist nun einmal anders. Ein Schneider oder Schuster will er nicht werden, weil das zu wenig Mühe macht, zum Dorfgeher ist er zu ehrlich, denn die Bauern werden ihn beschwindeln, statt daß er sie betrügt. Zum Rabbi oder Lehrer ist er zu dumm, und als Schnorrer wird er noch schwerer sein Fortkommen finden, weil er dafür zu gesund ausschaut. Also was wird aus ihm, wenn man ihn so müßig in der Gasse herumlaufen läßt? Entweder ein Narr, der einmal statt in den Dnestr in unseren Sered geht, oder ein Dieb, ein schlechter Mensch. Und warum dies alles? Weil er stark ist, weil er gern arbeiten möcht! Das wär eine Sünde an dem armen Jüngel. Warum soll er nicht zum Beispiel Schmied werden? Ist denn das durch die Thora verboten oder durch das Gesetz des Talmud? Kein Wort steht darüber in den heiligen Büchern, keine Silbe! Freilich, kein Jude wird Schmied! Aber warum nicht? Weil er zu schwach dazu ist und dann, weil er sich vor seinem eigenen Hammer fürchten tät! Aber der ist nicht zu schwach und fürchtet sich nicht einmal vor einem Korporal, ja nicht einmal vor einem Hauptmann! Also warum sollt der kein Schmied werden? Wenn ihn nur Wassilj als Lehrling aufnimmt! Aber der wird keinen Juden nehmen wollen! Wie bringt man diesen verrückten Menschen dazu? …

So weit war der Monolog still, aber nun wurde er plötzlich überlaut.

»Halt«, schrie Türkischgelb, »ich hab's, ich hab's!« Und dabei drehte er sich dreimal um sich selbst, daß die Kaftanschöße nur so flogen und Mosche erschreckt aufsprang. »Was habt Ihr?« fragte er.

»Ich hab, was du brauchst«, erwiderte der Marschallik atemlos und zog den verdutzten Knaben eifrig mit sich fort und zur Judengasse hinaus. Hei! wie wälzte sich das Bäuchlein rasch auf den dünnen Beinen vorwärts, und wie leuchtete die Mutternase samt allen Töchternasen in tiefrotem Glanze! Und dies alles im Bewußtsein eines schlauen Gedankens und im Eifer, eine gute Tat zu vollbringen!

So kamen die beiden auf die Heerstraße, der Knabe immer zögernd hinterdrein, und dann auf den Feldweg gegen Korowla, bis sie dicht an der Schmiede standen.

»Weißt du nun, was ich habe?« wandte sich hier der Marschallik triumphierend zu seinem Schützling, »ich will mit Wassilj sprechen, daß er dich aufnimmt. Widersprich mir aber nicht vor ihm! Hörst du? Und nun fürcht dich nicht und komm!«

Sie traten auf die Schwelle. Es war just kein freundliches Bild, das sich ihnen bot. Die düstere, rußige Schmiede, in der trotz Tageslicht und Feuerschein ein seltsames Zwielicht herrschte; im Vordergrunde der finstere, weißhaarige Riese, der eben auf einen glühenden Eisenblock loshämmerte, daß Hunderte von Funken umherstoben …

»Fürcht dich nicht«, wiederholte der Marschallik etwas zaghaft, »treten wir näher.« Aber während der Knabe darauf in die Schmiede trat, blieb er selbst vorsichtig auf der Schwelle stehen und rief, mit den Augen blinzelnd, sooft ein Schlag fiel: »Guten Tag, Meister Wassilj! Wie geht's? Immer frisch bei der Arbeit?«

Der Riese blickte auf. »Was willst du?« fragte er kurz.

»Was wir wollen?« erwiderte der Marschallik. »Euch helfen, den Polen einen Trotz zu tun, das wollen wir. Aber ich bitt Euch, laßt Euch nicht stören, macht nur vorher Eure Arbeit fertig. Und geht's nicht schnell genug, so denkt Euch, der Block da sei ein Polenkopf, und Ihr müßtet ihn weich schlagen!«

Des Alten Antlitz verzerrte sich einen Augenblick, das war wohl ein Lächeln. »Ein Polenkopf«, murmelte er, »eines Herren Kopf« – und die Schläge fielen doppelt wuchtig auf den Block – »der Jud hat recht, ein Polenkopf – So – oh!« Dann trat er an die beiden heran. »Nun redet!«

»Ich hab's schon gesagt«, erwiderte der schlaue Türkischgelb. »Ein Geschäft, den Polen zu Trutz und Euch zu Nutz! Schaut Euch diesen

Burschen an! So stark und groß ist kaum ein Christ von fünfzehn Jahren, aber dieser Jud da ist kaum dreizehn vorbei. Dreizehn Jahre! schaut Euch diese Hände an, wahre Bärenpratzen! Und dabei fürchtet er sich auch gar nicht, und sein liebstes Geschäft ist Prügeln. Darum wollte er freiwillig zu den Soldaten. Ich bin sein Onkel, also fahre ich mit ihm nach Zaleszczyki, wo das ›Werbbezirk‹ ist, und wir gehen dort zu einem Hauptmann. Es war ein Pole, und wie ich das merke, will ich gleich umkehren; die Polen sind mir nämlich gar zu verhaßt. Aber es war gerade der Hauptmann, welcher die Freiwilligen aufzunehmen hat, also muß ich dableiben und ihm sogar gute Worte geben. ›Herr Hauptmann‹, sag ich, ›wollen Sie diesen Knaben zu Ihrem Regimente nehmen?‹ Da sagt der Pole: ›Diesen Juden nehm ich nicht! Dem Kaiser dienen nur Ruthenen und Polen. Die Polen werden Feldwebel und Offiziere, aber die dummen Ruthenen bleiben ewig Gemeine, die gehen überhaupt nur zum Militär, den Polen die Stiefel und die Gewehre zu putzen. Aber Juden sind nicht einmal dazu gut.‹ Ich schweige, mein Zorn schnürt mir die Kehle zu, aber dieser Bursche, so wie Ihr ihn anschaut, tut den Mund auf und sagt: ›Das ist eine Lüge, was Ihr da von den Ruthenen und Juden gesagt habt. Ihr lügt wie alle Polen!‹ Der Hauptmann wird wütend, aber an uns zwei traut er sich natürlich nicht heran und läßt fünf Soldaten kommen. Die haben uns hinausgeworfen.«

Der Schmied stand regungslos da, aber seine Faust hatte sich unwillkürlich geballt. Der Jude fuhr fort:

»»Nun‹, sag ich zum Mosche da, ›Soldat kannst du nicht werden, weil dich diese verdammten Polen nicht nehmen wollen. Aber du bist stark und willst arbeiten, wie wär's, wenn du ein Schmied werden möchtest? Das ist ein sehr schönes und ehrbares Gewerbe. Ich selbst wäre für mein Leben gern Schmied geworden, aber die Kräfte!‹ Und da sagt er: ›Ich habe die Kräfte, ich werd es!‹ Da gehen wir gerade an einer Schmiede vorüber, sie steht gleich bei der Dnestrbrücke in Zaleszczyki. ›Probieren wir's hier‹, sag ich, und wir treten ein, und ich erzähle dem Schmied ausführlich, wie wir beim Hauptmann waren und daß wir von Barnow sind und was wir von ihm wollen. Aber wißt Ihr, Meister Wassilj, was er uns erwidert? Er lacht höhnisch und schreit: ›Ich bin selbst ein Pole, und der Hauptmann hat recht gesprochen, Ruthenen und Juden sind gar keine Menschen!‹«

Der Riese zuckte zusammen, und in seinen glanzlosen Augen begann es unheimlich aufzulohen.

»›Ruthenen und Juden sind gar keine Menschen‹«, wiederholte der Marschallik nachdrücklich. »›Und darum‹, sagt er, ›kann ich keinen solchen Lehrjungen brauchen. Aber Ihr seid ja aus Barnow, dort ist ja der Schmied Wassilj Grypko. Der ist selbst so ein Ruthene, freilich mehr Narr als Schmied, aber für einen Judenbuben wird er als Meister noch gut genug sein.‹ Da haben wir auch dem unsere Meinung gehörig gesagt, und jetzt sind wir zu Euch gekommen und fragen Euch: Wollt Ihr den Knaben da als Lehrling annehmen? Ihr braucht ihm nichts zu geben, nicht einmal das Essen und eine Schlafstelle, dafür sorgen wir selbst. Also, was sagt Ihr?«

Aber Wassilj sagte nichts; er brütete still vor sich hin. »Doch nur ein Jude!« murmelte er und stierte dann wieder vor sich hin. Aber plötzlich ging er auf den Knaben zu und legte ihm die schweren Hände auf die Schultern. »Hassest du wirklich die Polen?« fragte er.

»Ja!« erwiderte der Knabe fest.

»Und willst du ein ehrlicher Schmied werden?«

Mosches Augen glänzten. »Ja!« rief er freudig.

»Nun, dann komm nächsten Montag morgens hieher. Jetzt aber – geht!«

Als die beiden wieder auf dem Feldwege waren, blieb Mosche stehen und faßte die Hand seines Begleiters. Dem Jungen standen die Tränen in den Augen. »Wie soll ich Euch danken?« fragte er stammelnd.

»Du Narr«, rief Türkischgelb heftig, aber dabei mußte er selbst lebhaft mit den Augen zwinkern … »Wofür hast du mir zu danken? Alle jüdischen Kinder sollen vor so einem Glück bewahrt bleiben. Aber was soll man mit dir anfangen? Du hast es ja so gewollt! Und dann, was dankst du mir *jetzt*? Brauchst du mich denn nicht mehr? Jetzt muß ich ja erst deinetwegen noch zwei Wunder tun!«

Und er tat die beiden Wunder, ein größeres und ein kleineres, sofort und ohne Säumen.

Die ganze Gemeinde stemmte sich dagegen, daß Mosche ein Schmied werde, und der Marschallik brach den Widerstand der ganzen Gemeinde, Abraham Veilchenduft nicht ausgenommen, selbst Froim nicht, den Inhaber des höflichen Prädikats. Ein richtiges Wunder! denn: »Ein jüdisch Kind soll Schmied werden!«, das klang so ungewohnt, so unerhört, daß es den Leuten auch gotteslästerlich dünkte. In der Tat, einige grübelten darüber, ob nicht etwa Gott durch solche Berufswahl beleidigt werde. Ach! durch was alles wähnen nicht diese armen Menschen, auf denen ihr Aberglaube wie ein Alp lastet, ihren gestrengen Herrn zu verletzen! Wundert euch das? Ach! so ist nun einmal vom Urbeginn der Tage bis heute und von heute bis zur Stunde, da einst auf der erkalteten Erde das letzte Wesen veratmet, uns beladenen Menschensöhnen das harte Los gefallen: was uns das Höchste und Herrlichste ist – Gott und die Liebe –, das wird uns auch zum schlimmsten Fluch. Und nicht etwa selten nur, nein! alltäglich sehen wir's, wie diese beiden höchsten Güter nicht helle, stete Leitsterne sind über dem Leben der einzelnen und der Völker, sondern tückische Irrlichter, hineinlockend in Nacht und Moor … Ob Itzig Schicker, der Marschallik von Barnow, Ähnliches dachte? Ihr lächelt? Nun, wer weiß?! – er war ein kluger Mann, und der erste wäre er nicht gewesen unter den Leuten mit Kaftan und Schmachtlöcklein, über den solche Gedanken gekommen; der Talmud ist ein seltsames Buch und streut seltsame Saat in die Gemüter! Aber gleichviel! weil er ein kluger Mann war, ließ er sich in keinen Disput ein, sondern fragte nur kurz und bündig: »Wo steht es geschrieben?« Nun steht glücklicherweise nirgendwo ausdrücklich geschrieben, daß ein Jude kein Schmied werden darf; man konnte es höchstens aus einer oder der anderen Talmudstelle spitzfindig herausklügeln. Tat man dies, so machte sich der weise Lustigmacher den Scherz und klügelte aus derselben Stelle das pure Gegenteil heraus. Das war just kein Zauberstücklein; der Talmud eignet sich vortrefflich zu solchen lustigen Übungen. Dann packte aber unser Mann die Leute von Barnow da, wo sie schön und menschlich fühlen: Der Jude des Ostens hat warmen Sinn für die Ehre der Gesamtheit; verlottert sich ein Jude, sinkt er in Schmach und Schande, so tut dies allen weh. Auch dies hat jene eiserne Klammer von außen her bewirkt; so niederträchtig schwarz ist eben kein Ding auf Erden, daß nicht sein lichtes Flecklein hätte. Nun hielt also der Marschallik vor der Betschul, im Wirtshaus und auf der Gasse lange Reden, schöne Reden, flammende Reden, welche, so verschieden sie klangen, doch stets denselben unerbittlichen Schluß hatten: »Des Schulklopfers Jüngster wird entweder ein Schmied oder – ein Dieb!« Und das Wunder geschah. »Schmied oder Dieb!« das ist eine harte Wahl, aber schließlich schickte sich die Gemeinde doch lieber in das erstere.

Und nun schmiedete der Mann das Eisen, solange es warm war, und brachte auch gleich das andere, weit größere Wunder zustande. »Ein Schmied wird er also!« sprach er düster und energisch, aber die rote

Nase blinkte fröhlich dazu, und das Bäuchlein schien sich doppelt stattlich zu runden. »Er wird ein Schmied, und da es keinen jüdischen Meister gibt, so muß er das Handwerk bei Wassilj erlernen. Ich war schon bei dem Alten, er nimmt ihn gerne! O wie gerne! Eine ganze Stunde hat er mir gedankt, daß ich ihm einen so gesunden Lehrling bringe, und auf beide Backen hat er mich geküßt, wie einen Bruder. ›Ein so starker Bursche!‹ Getanzt, ich sag euch, getanzt hat der alte Narr! Nun, darum will er ihm auch eine Schlafstelle geben und das Essen. Aber dürfen wir das zulassen? Hm, was meint ihr? Ich glaube: nein! Es geht gegen unser Gewissen. Denn in eines Christen Hause zu hämmern ist keine Sünde, wohl aber an seinem Tische zu essen. Also, wir bedanken uns für Wassiljs Güte und wollen selbst für Moschele sorgen. Die Schlafstelle erhält er bei seinem Vater, das Essen bekommt er von uns; denn tun wir das nicht, dann muß er eben bei Wassilj essen, dann treiben wir ein jüdisch Kind selbst aus der Jüdischkeit heraus, dann – mag Gottes Grimm über unser Haupt kommen!«

So schloß der Lustigmacher düster und drohend. Dann aber wandte er sich an Nachum Hellstein und fragte lächelnd: »Was meint Ihr, würdet Ihr es deshalb nötig haben, bei mir zwei Sechser zu leihen, wenn das arme Jüngel jeden Sabbat bei Euch Freitisch hätte?«

Der reiche Mann lächelte und nickte, und ebenso lächelten und nickten im Laufe des nächsten Tages sechs andere Familienhäupter und – das zweite große Wunder war vollbracht: eine podolische Judengemeinde ließ auf ihre Kosten einen aus ihrer Mitte bei einem christlichen Meister das Schmiedehandwerk erlernen.

Itzig Türkischgelb, du bist, weiß Gott, keine allegorische Figur! Du hast gelebt, deine dünnen Beine haben dein stattliches Bäuchlein wirklich und wahrhaftig durch den Kot dieser Erde getragen, und in durchaus irdischem Lichte hat deine Nase geflammt. Aber als der verkörperte, gesunde Menschenverstand magst du in dieser Historie erscheinen, als der schlaue, zähe Bekämpfer erbgesessener Unvernunft. Gegen sie kämpfen – der Dichter hat recht – die Götter vergebens; die Begeisterung und der Idealismus verbluten sich gegen die Dummheit. Aber du besiegst sie doch, du Itzig Türkischgelb, du, der nüchterne Menschenverstand! …

# Fünftes Kapitel

So ward Mosche Lehrjung bei Wassilj Grypko und blieb es durch vier Jahre. Dann kam der Freudentag, an welchem sich der Lustigmacher im Kampfe mit seinem Todfeind die größte Begeisterung seines Lebens erstritt und auch Abraham einen unerhörten Grad von Rührung erreichte; der festliche Tag, da Mosche freigesprochen wurde und Grypko unter den Freibrief sein Kreuz setzte: »Sein Handwerk kann er, Gott helfe ihm weiter, obwohl er nur eben ein Jude ist!« Aber das war kein Abschiedswort; der junge Schmiedegeselle blieb dann noch weitere drei Jahre im Hause seines düsteren Meisters.

Von seinen äußeren Schicksalen während dieser sieben Jahre wäre sehr wenig zu berichten. Aber desto mehr ist von seinen inneren Schicksalen zu erzählen. Es muß gezeigt werden, wie Mosche ward, als er so mit einem Teil seines Wesens draußen in der Schmiede Wurzel faßte und mit dem anderen im Ghetto wurzeln blieb. Wie er mit seinem Lehrherrn auskam, wie mit seinem fröhlichen Mitgesellen Hawrilo Dumkowicz, wie mit seinen Glaubensgenossen. Welche Gedanken ihm kamen, wenn er fünf Tage der Woche mächtig schaffte und zwei andere, den Sonnabend und Sonntag, notgedrungen müßigging. Und schließlich, wie er »sein Herz entdeckte«. Freilich geschah dies in so wenig poetischer Art, daß es ihm die Antipathie aller romantesken und zartbesaiteten Gemüter zuziehen dürfte. Denn bei Mosche Veilchenduft äußerte sich die Liebe nicht wie bei dem Helden einer Novelle in Goldschnitt, sondern wie bei einem – Schmiedegesellen in Podolien ...

Mosche Veilchenduft war ein glücklicher Bursche, und darum wurde er ein guter Mensch. Wie die Pflanze, welche vollen Sonnenschein genießt, gerade und tadellos heranwächst, so wird ein Herz, welches sich glücklich fühlt, brav und gut. Nur muß das Glück echt sein, und nicht etwa ein erlogenes, wie es Reichtum und Ansehen häufig sind. Mosche fühlte sich wohl, weil er Behagen fand an selbsterwählter Tätigkeit. Solches Behagen ist echtes Glück, vielleicht das einzige auf Erden.

Ein guter Mensch also ward Mosche, aber durchaus nicht ein Ideal, ein Ausbund aller Tugenden. Ein stillfröhlicher, gesetzter, fleißiger Bursche ward er, der auch zuweilen log, trank, raufte, fluchte, einer Dirne nachlief – aber alles mit Maß. Ehrgeizig war er wohl auch, aber sein Streben richtete sich äußerlich nur darauf, von Halbjahr zu Halbjahr einen schwereren Hammer schwingen zu können, wobei ihm Wassiljs Rieseninstrument als Ideal vorschwebte.

Freilich war des Meisters Hammer nur anscheinend das Ziel; in Wahrheit schwebte diesem jungen Juden Höheres vor, wobei der Hammer nur Mittel zum Zwecke war. Mosche Veilchenduft wußte, daß er der erste Mensch seines Glaubens war, der in diesem Lande das Schmiedehandwerk erlernte. Also muß ich zeigen, sagte er sich, daß auch ein Jud dazu taugt. Dies Bewußtsein machte ihn fleißiger, ernster und darum auch tüchtiger, als er sonst geworden wäre. Das war alles; stolze Gedanken über seine Bedeutung als Vorkämpfer kamen ihm wahrhaftig nicht. Höchstens dachte er zuweilen: Wenn ich einmal Meister bin und ein jüdisch Jüngel will Schmied werden, so nehm ich ihn auf. Aber dann werden ihn auch vielleicht Christen nehmen, denn sie werden ja an mir sehen, daß auch ein Jud dazu taugt.

Es fand sich aber zunächst kein solcher Nachfolger, denn diese Menschen sind sehr zähe und halten fest an ihren Vorurteilen. Bezüglich unseres Mosche schickten sie sich freilich allmählich ins Unabänderliche und betrachteten ihn trotz seines Handwerks nach und nach wieder als einen der Ihrigen. Kam ein Mann aus Barnow in die Nachbarschaft, so erzählte er gewiß von ihm, nicht als von einem, auf den man stolz sein darf, durchaus nicht! – aber wie man eben von einer Kuriosität erzählt, deren man sich just nicht zu schämen braucht. Und zum Schluß hieß es immer: »Er betet täglich, er hält alle Gebote. Wir haben's nicht gerne zugelassen, aber man müßte lügen, wenn man sagen wollte, daß es ihm an seiner Jüdischkeit geschadet hat.«

Aber da irrten die Juden von Barnow. Mosche ward allmählich ein anderer Jude als sie. Er arbeitete am Sabbat nicht und betete täglich und hielt alle Gebote – das ist wahr. Aber in seinem Kopfe ging es eigen zu, und über sein Herz kamen schwere Kämpfe. Er blieb gläubig, er zweifelte nicht einmal an dem Wunderrabbi von Sadagóra, viel weniger an Gott. Aber er ahnte, daß der Mensch zunächst ein Mensch sei und dann erst ein Christ oder ein Jude. Er zweifelte nicht, daß es Gott wohlgefällig sei, wenn ihn jeder nach seinem Bekenntnis verehre, aber er grübelte darüber, warum Gott die verschiedenen Religionen gestatte und damit den Haß und Streit unter den Menschen. Er rüttelte nicht daran, daß ein Jude keine Christin heiraten dürfe, aber das Herz tat ihm dabei weh, und wieder forschte er nach den Gründen für diese Notwendigkeit und wieder vergeblich.

Die Leute von Barnow erfuhren es nie. Wir aber wollen es sogar des näheren erkunden. Es ist vielleicht der Mühe wert. Ja! es ist der Mühe wert, zu sehen, wie sich jene großen, ewig gültigen Gesetze, nach denen sich alles geistige Wachstum auf Erden richtet, das gesamte Treiben der Menschheit regelt, auch im einzelnen offenbaren. Und nicht bloß in einer herrlichen, machtvollen Persönlichkeit, sondern im Geringsten und Unscheinbarsten: in dem armen Herzen eines rohen Arbeiters in einem armseligen Winkel der Erde. Die Liebe und die Arbeit, sie allein brechen unsere Ketten und geleiten uns aus der dumpfen Niedrigkeit gemeiner Instinkte und trüber Vorurteile auf die Höhe reinen Menschentums. Die Arbeit erhellt uns das Hirn, die Liebe – die Geschlechts-, die Eltern-, die Kindesliebe – erhellt uns das Herz. So bei den Völkern, so bei den Heroen der Menschheit und nicht anders bei Mosche Veilchenduft.

»Wie ein Wurm hat es sich mir eingebohrt«, pflegte er später darüber zu erzählen, »schreien hätte ich manchmal mögen, wie es so gebohrt hat, aber ich bin still geblieben. Wem hätte ich auch klagen sollen oder wen anklagen? Es war ja niemand daran schuldig, ich selbst, ich allein habe mir jenen Wurm in das Herz gesetzt.«

Da irrte er freilich. Es war auch nicht sein Verschulden, nicht sein Wille gewesen. Jener »Wurm«, der in jedem Menschen schlummert, war ohne sein Zutun in ihm wach geworden, während er so vom Morgen bis zum Abend einsam bei der Arbeit stand und die müßigen Gedanken unwillkürlich den Gegensatz erwogen zwischen seinem eigenen Geschick und dem der Glaubensbrüder drüben im Ghetto.

Der äußere Anlaß zu solchen Vergleichen bot sich oft genug. Da war er einmal bei einem Familienfest gewesen. Seinem Bruder Mendele, dem goldenen Menschen mit den zwei Anzügen, hatte der liebe Gott nun auch einen Sohn beschert. Die Beschneidung wurde überaus reich und fröhlich gefeiert. Und da sah er sich so den blassen, hochmütigen Menschen an und wie gut es ihm erging. Er arbeitete nichts, er war nur Tag und Nacht »fromm«. Und doch ehrten alle den Müßiggänger, und ihn, Mosche, der so mühsam arbeitete, blickten sie scheel an. Ist das gerecht? fragte sich der Bursche, als er wieder vor seinem Amboß stand. Sie sagen, das sei Gott wohlgefällig. Aber kann es Gott gefallen, wenn ein Mensch müßiggeht? Und kann es Gott mißfallen, daß ich arbeite? Die Weisen sagen es so, aber vielleicht verstehen sie nicht, was Gott als

Gesetz hat aufschreiben lassen. Oder wenn sie es verstehen, dann ist das Gesetz schlecht!

Nein! nein! rief es in ihm. Was Gott will, ist vernünftig. Bei uns muß es eben anders zugehen als bei den Christen. Wir sind ja *sein* Volk … Wir müssen uns heiligen, und darum ist ihm das Lesen im Gesetze die liebste Arbeit. Wir müssen uns heiligen, wir müssen stolz dastehen vor anderen Völkern.

Stolz! Er richtete sich hoch empor und schwang den Hammer wuchtiger. Aber jählings brach er zusammen wie unter dem Druck einer Riesenfaust. Über ihn war der Gedanke gekommen, wie erbärmlich es in Wirklichkeit um sein Volk stand. »›Hundsblut‹ pflegt man uns zu rufen«, seufzte er, »ach ja, schlechter als Hundsblut werden wir behandelt!« Er erinnerte sich, was er neulich zufällig auf der Straße mit angesehen. Da war der Herr Baron Starsky durch die Stadt geritten. Beer Blitzer, der Faktor, war demütig herangetreten und hatte gefragt, ob der gnädigste Herr nichts brauche. Der gnädigste Herr brauchte nichts, er spie dem Juden schweigend ins Antlitz. Und was tat Beer Blitzer? Er trocknete sein Gesicht und sagte: »Also vielleicht ein andermal!« Beer Blitzer war der schlechteste Mensch in der Gasse und ein schamloser Kriecher. Aber angenommen, es hätte ein anderer Jude die Schmach erfahren. Nicht er, Mosche, er hätte den Baron vom Pferde herabgerissen und entsetzlich zugerichtet. Aber jeder andere? Er hätte schweigend sein Gesicht getrocknet und wäre stumm davongeschlichen, ohne den entsetzlichen Schimpf zu rächen. Und wir sind *sein* Volk! schrie es in Mosche. Und wir sind auserwählt vor allen Völkern! Es dünkte ihm wie Hohn, bitterster, grimmigster Hohn!

Das waren die ersten, schweren Kämpfe, die seine Seele durchringen mußte. Der Gedanke senkte sich ihm bleiern in die Glieder, er fühlte sich müde davon, müder als von der schwersten Arbeit. Aber diesmal fand er noch den Ausweg. Das Jenseits fiel ihm ein. Aller Jammer ist ja nur in dieser Welt, tröstete er sich. Drüben sind wir ja wirklich das auserwählte Volk. Da gehen wir in einem schönen Garten spazieren, wo ewiger Frühling ist, und essen und trinken sehr gut. Niemals Arbeit, niemals Not. Und die Christen? Die müssen in der Hölle sitzen, in der dunklen, eiskalten Hölle und beben und hungern …

Aber der schöne Garten und das gute Essen im Jenseits blieben nicht lange sein Trost. Schon die spärlichen Gespräche mit dem düsteren, wortkargen Meister ließen jenen »Wurm« immer wieder erwachen.

Da war einmal am Freitag eine dringliche Bestellung gekommen. Sie mußte bis zum nächsten Morgen erledigt sein. Aber als die Sonne sank, legte Mosche den Hammer aus der Hand und rüstete zum Gehen. »Es wird Sabbat, Meister.«

»Könntest du nicht heute doch vielleicht dableiben?« fragte Wassilj.

»Nein!« sagte Mosche erschreckt. »Was würde mein Vater sagen – und die Leute!«

»Die Leute!« Der Riese grinste. »Sie schreien und beten genug in 43 euerer Schule, jeder schreit für drei, da könnte es auch für dich langen.«

»Aber Gott würde mich strafen!«

»Bitte ihn morgen um Verzeihung, oder beichte es dem Rabbi, der absolviert dich.«

»Wir haben keine Beichte, Meister«, sagte der Bursche. »Und unser Gott verzeiht nicht so leicht eine absichtliche Sünde. Er ist ein Gott der Rache.«

»Der Rache!« Der Greis nickte beifällig. »Weißt du, daß mir euer Gott ganz gut gefällt? Gerechtigkeit! Rache! Die Rache ist das Notwendigste auf Erden. Was meinst du? Aber du bist noch zu dumm dazu! – Nun – geh heim – ich will dich nicht verführen, daß du diesen Gott der Rache beleidigst. Er gefällt mir. Geh!«

Mosche hatte dieses Gespräch bald vergessen, aber der Meister nicht. Einmal – es waren Wochen seit jenem Abend vergangen – kam er plötzlich wieder darauf zu sprechen. Er ließ den Hammer ruhen, stützte sich nachdenklich auf denselben und rief hinüber:

»Du, Jud, ich will dich um etwas Wichtiges fragen. Darum überlege die Antwort gut!«

»Ja, Meister!«

»Euer Gott ist ein Gott der Rache?«

Mosche nickte.

»Verhilft er auch jedem zu seiner Rache?«

»Ja, ich glaube –«

»Jedem? verstehst du, Jud? Jedem? Ich meine, ob er auch einem Christen dazu verhelfen würde, falls ihn dieser darum anflehen wollte –«

Mosche zögerte. »Da müßte man im Talmud nachschlagen –«

»Dann frage deinen Rabbi!«

In der Tat entledigte sich Mosche des seltsamen Auftrags. Mit welchem Erfolge, läßt sich leicht erraten. Der alte Chassid, den er befragte, erwiderte ihm im Geiste dieser fanatischen Sekte: »Nein!« Mosche berichtete dies dem Meister. Aber dieser glaubte wohl dem Rabbi nicht recht. Nur durch diese Annahme wird das Folgende erklärlich.

Einige Wochen nach jener Unterredung sollte an der Synagoge das große Tor beschlagen werden. Wassilj und sein Lehrling fertigten den Beschlag. Als alles niet- und nagelfest war, kam Jossef Grün, der Säckelmeister der Gemeinde, zu Wassilj, um die Arbeit zu bezahlen. Natürlich war er für jeden Fall entschlossen, aufs äußerste zu feilschen. Aber Wassilj machte ihm die Ausführung dieses Entschlusses recht schwer. Er forderte nur zehn Gulden, einen überaus billigen Preis.

Der Jude war freudig überrascht. »Viel zu teuer!« rief er natürlich doch.

»Nein!« war die ruhige Antwort. »Viel zu billig!«

»Zu teuer!« wehklagte Jossef.

»Zu billig – aber ich nehme auch die Hälfte!«

»Die Hälfte?« Der Vorsteher wußte sich vor Staunen kaum zu fassen. Er beeilte sich, den Papierschein rasch hinzulegen. »Hier sind fünf Gulden. Ich geb Euch, was Ihr selbst wollt.«

»Hol Euch der Teufel!« war die höfliche Antwort. »Nicht Euretwegen hab ich es getan, sondern ...«

Er brach ab und griff zum Hammer.

Als der Vorsteher gegangen war, hörte Mosche den Greis sagen: »Vielleicht hätte ich auch die fünf Gulden nicht nehmen sollen ... Es ist sein Haus, und ich bin ein Greis; wenn der Tag der Rache nicht bald kommt, so erlebe ich ihn nicht mehr!«

Einige Zeit darauf konnte der Lehrling belauschen, wie sich der unglückliche Mann noch in anderer Art auf diesen Tag vorbereitete. Das war im heißen August; der schöne Hochsommertag ging zur Rüste, und der Widerschein der abendlichen Glut erfüllte so hell die Schmiede, daß der Schein des kleinen Feuers dagegen fast verschwand. Der Lehrling wollte es eben gänzlich löschen – denn Arbeit gab es für heute nicht mehr, und morgen war ein Feiertag –, als ihm der Meister befahl, es recht anzufachen, so glühend, als es nur der Ofen vertrage. Mosche gehorchte und sah staunend zu, wie der Meister, der heute noch finsterer war als gewöhnlich, den größten Amboß herbeirückte, der sonst gar nicht in Gebrauch kam. »Und nun geh!« befahl er.

Mosche gehorchte und schlich heim. Aber die Neugier quälte den Burschen, und so machte er sich gegen die elfte Nachtstunde auf und ging zum Städtchen hinaus, gegen die Schmiede. Der Mond lag hell auf der Heide, silbern wogten darüber leichte Nebel, aber schon von weitem sah er dazwischen, wie rotes Gold, das Feuer der Schmiede schimmern; so gewaltig war die Glut, daß der Knabe anfangs heftig erschrak, er glaubte das Haus in Flammen. Dann schlich er näher und duckte sich hinter einen Baum, auf dem sonderbares Licht lag. Über den Zweigen stritt der Mond mit der Herdglut. Nun konnte der Knabe alles deutlich sehen. Drinnen stand hochaufgerichtet der Meister, und sein schwerster Hammer fiel langsam und wuchtig auf ein gewaltiges, unförmliches Eisenstück. Die Funken stoben, das Eisen ächzte, die Schläge dröhnten, aber vernehmbar über all dem Getön schwebte dumpf und feierlich die Stimme des Schmiedes: »Keule, ich weihe dich! Werde schwer, werde hart! Spalte den Polen den Kopf! Bring einem den Tod, bring ihn zweien ... dreien ... vieren.« Und bei jedem Wort fiel der Hammer wuchtiger nieder.

Da übermannte den Horcher das Grauen, und er floh, aber bis in den tiefsten Traum folgte ihm das grausige Bild.

Als er am zweitnächsten Morgen wieder in die Schmiede kam, fand er den Meister ruhig wie immer. Eine neue Eisenkeule lehnte an der Wand. »Die dreißigste«, sagte Wassilj. »Ich habe nicht geglaubt, daß mich Gott dazu verdammen wird, so viele zu schmieden. Aber vielleicht ist es notwendig.«

»Wozu?« fragte furchtsam der Lehrling.

»Zur Vertilgung der Polen! Sooft sich der Todestag meiner Tochter jährt, schmiede ich eine Keule. Daran zähle ich die Jahre, welche ich durchharren muß. Dreißig Jahre! es ist eine lange Frist! Aber vielleicht ist es notwendig, bis das Maß der Leiden voll ist, bis sich mein Volk erhebt.«

Der Riese starrte vor sich hin. Dann fragte er: »Werdet ihr Juden uns auch helfen? Ihr seid ja auch die mißhandelten Knechte der Polen! Wollt ihr nicht auch euere Rache?«

Der Bursche wußte keine Antwort; er schwieg.

»Es ist seltsam!« fuhr der alte Mann fort. »Sehr seltsam! Euer Gott ist der Gott der Rache, und ihr – ihr seid das Volk der hündischen Demut. Ihr werdet uns nicht helfen, ihr seid ja alle feig!«

»Ich bin nicht feig!« sagte Mosche.

»Nein, du nicht, das ist wahr! Vielleicht bist du ein gestohlenes Christenkind. Sonst wär's unerklärlich. Du bist wirklich anders als die

Juden. Freilich, eine solche Nase kann kein Christ haben. Es ist unerklärlich.«

Da hörte der Bursche aus fremdem Munde dasselbe Wort, auf welches er einst selbst in seiner Not geraten. »Anders als die Juden – und doch ein Jude!« Das Wort klang in ihm nach und wollte nicht wieder verstummen. Aber noch stärker begann jener »Wurm« zu bohren, als er einen christlichen Jüngling zum Kameraden bekam.

## Sechstes Kapitel

Das war ein starker, rotbackiger, flachshaariger Bursche, Hawrilo Dumkowicz, der Sohn eines armen Tagelöhners aus Korowla. Nachdem der Vater gestorben war und das Mißverhältnis zwischen dem gesunden Magen des Burschen und den Brotrationen im elterlichen Hause immer greller geworden, entschloß sich seine arme Mutter endlich, ihn zu Wassilj in die Lehre zu geben.

Es kostete sie aber schwere Herzenskämpfe, und ihr Gewissen fühlte sich tief beunruhigt. Wassilj Grypko ging nie zur Kirche! Und nun hatte er sogar einen jüdischen Lehrling im Hause; durfte sie ihren einzigen Sohn mit diesen beiden Menschen verkehren lassen?

Nun, sie entschloß sich doch dazu. Freilich befragte sie vorher eine sehr kompetente Persönlichkeit: den hochwürdigen Herrn Mikita Borodaykiewicz, den griechisch-katholischen Seelenhirten von Korowla. Das war ein dicker Mann, der eine dicke Frau hatte und drei dicke Töchter. Den Polen galt sein Haß, dem Schnaps seine Liebe. Im übrigen war er ein guter Mann, der gern ja sagte und ungern nein. Darum sagte er auch nicht nein, als ihm die Witwe ihren Plan vortrug. Weil er aber sowohl Familienvater als Seelsorger war, so vereinigte er das Angenehme mit dem Nützlichen, indem er einerseits die Gefahr nicht verhehlte, andererseits aber auch die Mittel zur Abwehr in Vorschlag brachte. »Der eine ist ein Heide«, sagte er gewichtig, »der andere ein Jude, das ist freilich wahr. Aber wenn ich den Hawrilo in mein Gebet einschließe, und zwar täglich, so steht die Sache doch anders. In *mein* Gebet, versteht Ihr mich! das Gebet eines Priesters, und noch dazu täglich! Dann könnte ihm sogar der Verkehr mit dem Teufel nichts am Seelenheile schaden!«

Das Gebet eines Priesters! Dem armen Weibe leuchtete dies vollkommen ein. Gleichwohl fragte sie: »Und was wird es kosten?«

»Das Gebet eines geweihten Priesters! Das dürft Ihr nicht vergessen! Also, einen Gulden monatlich wird es kosten!«

Das war natürlich für die arme Witwe viel zu teuer, und sie begann zu feilschen. Vergeblich versicherte der gute dicke Mann, die Sache sei des Preises unter Brüdern wert. »Bedenkt doch nur, täglich muß ich mich seiner erinnern, wenn ich vor dem Altar stehe, das ist keine Kleinigkeit!« Schließlich mußte er doch mit dem Preise herabgehen, tief, ganz tief. Um monatlich dreißig Kreuzer mußte er sich verpflichten, den Hawrilo Dumkowicz täglich Gott zu empfehlen. Freilich bat er auch: »Versprecht mir wenigstens, daß Ihr niemand sagt, wie billig ich es Euch gelassen habe.«

Das Weib versprach es. »Aber du, hochwürdigster Vater«, bat sie, »mußt mir auch etwas versprechen: Du wirst es deshalb nicht schlechter tun, weil du es billiger tust.«

Auch dies gelobte Vater Mikita mit feierlichem Eidschwur. Er hat es sicherlich redlich gehalten. Und dieser mächtigen Verwendung ist es vielleicht zuzuschreiben, daß mindestens in den ersten Monaten das Seelenheil des Hawrilo in der Schmiede keinen Schaden nahm.

Seine unsterbliche Seele nicht. Aber desto mehr das Teil, was vergänglich war: die Jacke und die Hose und das junge Stück Menschheit, welches darin steckte. Die Kleider erhielten täglich andere Risse und die Menschheit andere Püffe. Christentum und Judentum vertrugen sich anfangs in der Schmiede bitter schlecht, und sooft der Meister den Rücken kehrte, gab es ein Gefecht; nach Schluß der Arbeit aber gerieten sie vollends täglich mit größter Regelmäßigkeit aneinander. Und da das Judentum stärker war, so ging es stets triumphierend heim, während sich das Christentum still fortschlich und dabei fortwährend an der oder jener Stelle rieb.

Aber allmählich verloren diese Kämpfe für sie den Reiz der Neuheit, und sie prügelten sich nur noch aus Langeweile und prügelten sich so allmählich in eine Art behaglichen Verhältnisses hinein, ja schließlich in eine Art Freundschaft, eine wahrhaftige Freundschaft, welche durch mancherlei äußere Zeichen befestigt wurde. Aber schier jedes dieser Zeichen machte jenen »Wurm« im Herzen des armen Judenjungen stärker bohren.

Da war wieder einmal »Simchat Thora« im Städtchen gefeiert worden, das Fest, welches die Juden alljährlich in freudevoller Erinnerung daran begehen, daß ihnen Gott die Thora gegeben, die Quelle der Weisheit, den Schlüssel zum Jenseits. Die Erinnerung ist so lebhaft und die Freude so groß, daß an diesem Tage Met, Wein und Schnaps in unglaublichen Quantitäten vertilgt werden. Je frommer der Mann, desto größer sein Rausch. Ob dies die rechte Art ist, Jehova zu ehren, den Gott der Heerscharen, oder wie ihn Wassilj respektvoll zu nennen pflegte: »den alten Herrn Vater vom jetzigen Herrgott« – das bleibe dahingestellt. Genug, es geschieht, es geschieht sehr ausgiebig.

Auch Mosche hatte sich aus Freude über die Existenz des Pentateuch einen mächtigen Dusel angetrunken. Und da es an diesem Tage gleichfalls Sitte ist, in symbolischer Würdigung der vielen geistigen Süßigkeiten der Bibel sehr viele Rosinen und Mandeln zu essen, so hatte er auch dies redlich erfüllt. Aber dabei hatte er doch ein ganzes Säckchen voll der guten Dinge beiseite zu bringen gewußt, und zwar für einen, welcher freilich die Rosinen und Mandeln ohne jede symbolische Nebenbedeutung essen mußte: für Hawrilo Dumkowicz.

So saßen die beiden Jungen am nächsten Morgen – der Meister war über Land gegangen – friedfertig nebeneinander und griffen beide emsig in das Säckchen. Die süßen Rosinen machten auch das Herz des Hawrilo süß und lieblich. Ihn ergriff ein sanftes Fühlen, er gab seinem jüdischen Kameraden einen derben Schlag auf die Schulter und meinte mitleidig: »Ewig schade! Bist ein braver Kerl! Mußt aber deshalb doch in die Hölle, du ungläubiger Jud! – Ewig schade!«

Moschko sah ihn verdutzt an. Dann begann er zu lachen, immer lauter, immer wiehernder – es klang wie ein Brüllen. Die Tränen stürzten ihm über die Backen, die Rosinenkerne gerieten ihm in die Luftröhre, aber er wieherte fort.

Hawrilo sah ihn verdutzt an. »Lach nur«, sagte er ärgerlich. »Wenn dich der Teufel in den Topf steckt und ans Feuer stellt, wirst du schon weinen!«

Aber Mosche lachte nur immer stärker. Es war auch wirklich gar zu komisch! Er, Mosche, hatte die Thora, den rechten Glauben, die Freuden des Jenseits! Er hatte es schwarz auf weiß, in den fünf Büchern und unzähligen dicken Bänden! Er hatte darum gestern Met getrunken und Rosinen gegessen! Nur weil dieser arme Christ nichts im Jenseits hoffen durfte, hatte er ihm wenigstens im Diesseits einige Rosinen zugewendet.

Und nun ward er von diesem armen Jungen, dessen doch ganz bestimmt die Hölle wartete, bedauert! Er, ein »Auserwählter«, dessen vor dem Angesichte Gottes alle möglichen Freuden warteten! Es war zu komisch!

Dann trocknete er sich die Tränen und schob dem Hawrilo das Säckchen zu. »Da! Du armer Teufel, greif hinein und iß. Drüben kriegst du ohnehin nichts mehr. Da hockst du dort in der ewigen Kälte und in der ewigen Dunkelheit und mußt beständig arbeiten, du weißt nicht was und wozu!« So stellen sich die Chassidim die Hölle vor. Bei einem trägen Volke des Südens kann dieses Bild für ewigen Jammer nicht befremden. –

Aber nun ward es an Hawrilo, heiter zu werden. Er, der das Sakrament der Taufe empfangen, er, dessen der hochwürdige Mikita Borodaykiewicz täglich gegen einen Monatlohn von dreißig Kreuzern vor dem Altar gedachte, er in die Hölle kommen! Und der christliche Knabe begann nun seinerseits zu wiehern und Moschko mit, obwohl er diese Heiterkeit eines Kandidaten der Hölle nicht begriff … Vielleicht hat über ihnen beiden irgendwo im All der ewige Weltgeist herzlich mitgelächelt …

Als sich die Jungen müde gelacht, blickten sie einander wieder mitleidig an.

»Ja, du kommst in die ewige Kälte –«

»Aber ich bitte dich, du Jud, so sei doch vernünftig. *Du mußt* ja ins ewige Feuer –«

»*Ich muß?* woher weißt du das?«

»Aber es steht ja in den Büchern –«

»Und in unseren Büchern steht, daß *wir* das auserwählte Volk sind. Und unser ist der Himmel! Und unsere Bücher sind von Gott selbst –«

»Hahaha! Das sind ja die unsrigen. Bei euch steht dummes Zeug –«

»Hawrilo!« Der junge Riese ballte die Fäuste. Dann besann er sich. »Sage mir«, sagte er, »woher weißt denn du, daß eure Bücher von Gott sind?«

»Weil es in den Büchern steht! Und unser hochwürdiger Herr Pfarrer sagt es jeden Sonntag. Und bei den großen Feiertagen, oder wenn er früher getrunken hat, so schluchzt er immer dazu, wenn er es sagt –«

»Der Pope!« rief Mosche verächtlich.

»Der Rabbi!« näselte Hawrilo. »Aber woher weißt du, daß ihr in den Himmel kommt?«

»Weil es in den Büchern steht – und weil es unsere Frommen sagen – und …«

Er hielt inne. Es fiel ihm plötzlich jäh aufs Herz, daß er für seinen richtigen Glauben eigentlich auch nicht bessere Quellen habe als Hawrilo für seinen Irrglauben. Und wer konnte wissen, ob … Er dachte diesen Gedanken nicht aus, er wagte es nicht …

So saßen die Jungen schweigend nebeneinander und aßen die Rosinen und Mandeln, bis das Säckchen leer war.

Da begann Moschko zögernd, wie scheu: »Du, Hawrilo, ich möchte …«

»Was?«

»Genau wissen, wer von uns beiden in die Hölle kommt.«

»Bah! Vielleicht keiner!«

»Oder beide!« sagte Moschko grimmig und sprang auf und eilte in die Schmiede.

Er hämmerte an jenem Tage ganz fürchterlich. Aber seine Gedanken schlug er nicht tot …

Es kommt nicht oft vor, daß Lehrjungen über Religion und Unsterblichkeit grübeln. Auch die beiden Burschen in der Barnower Schmiede machten hierin keine Ausnahme. Wenn sie gleichwohl zuweilen in ein solches Gespräch gerieten, so fügte sich dies naturgemäß, weil der ungeheure Unterschied der Anschauungen, in denen sie erzogen worden, bei mancher Gelegenheit hervortreten mußte.

Da gingen sie einmal im Mondschein heim, von Wolowce nach Barnow. Auf der Heide, welche sie durchschritten, stand wenige Schritte vom Wege ein mächtiges Kruzifix aufgerichtet, übergroß und plump gefügt.

Die Nebel wallten um das Bild des Gekreuzigten, und der Mond schien hell darauf. Fromm entblößte Hawrilo sein Haupt und schlug ein Kreuz. Aber sein Kamerad blickte scheu zu Boden und schritt rasch vorbei.

»Warum grüßest du Gott nicht?« fragte Hawrilo.

»Gott kann man nicht sehen. – Und warum sprichst du so? Willst du wieder einmal Prügel haben?«

»Aber es ist doch wenigstens der Sohn deines Gottes?«

»Wir Juden sind alle Söhne Gottes. Er war ja auch ein Jude. Aber ein Irrlehrer war er.«

Hawrilo ballte die Fäuste. »Moschko –«

»Also sage du, was war er?«

»Gottes Sohn, das Lamm, der Erlöser. Nämlich: die verfluchten Juden haben ihn gekreuzigt, und durch seinen Martertod ist die Erbsünde von uns genommen, und wir Christen kommen alle in den Himmel!«

Moschko dachte nach. »Also ihr kommt in den Himmel, weil ihn die Juden gekreuzigt haben?«

»Natürlich!«

»Und wenn wir ihn nicht gekreuzigt hätten, so wäret ihr noch mit der Erbsünde beladen?«

»Freilich!«

»Nun, dann solltet ihr uns ja nur dankbar sein, daß wir ihn gekreuzigt haben. Sonst kämet ihr alle in die Hölle. Warum verfolgt ihr uns deswegen?«

Darauf wußte der verblüffte Hawrilo nichts zu erwidern.

»Ich glaube aber«, fuhr Moschko fort, »wenn ein Mensch in den Himmel kommt, so geschieht es deswegen, weil er es verdient. Aber nicht, weil jemand vor so langen Jahren gekreuzigt worden ist. Es sind ja schon vielleicht zehntausend Jahre … Übrigens, ich hätte ihn nicht kreuzigen lassen. Wenn er schon den Tod verdient hat, so hätten ihn unsere Leute mit einem Gewehr totschießen sollen. Wozu einen Menschen quälen? Aber man sagt, daß er ein Irrlehrer war. Sage mir, was hat er denn eigentlich gelehrt?«

»Und das weißt du nicht? Also, er hat gelehrt, daß man in der Kirche beten soll und nicht in der Synagoge. Und dann, daß man alles essen darf und nicht so nur einiges wie die dummen Juden. Er hat ausdrücklich gesagt, daß man oft Schweinebraten essen soll. Und dann hat er noch manches anbefohlen, zum Beispiel:

›Liebe deinen Nächsten wie dich selbst!‹«

»Das ist nicht wahr«, rief Moschko, »das kann er nicht gesagt haben! Das steht ja bei uns geschrieben! Rabbi Hillel hat es gesagt! Wir beten es täglich am Morgen!«

»Aber bei uns steht es im Katechismus!«

»Und handelt ihr danach?«

»Nein! – Und ihr?«

»Es ist wahr«, sagte Moschko, »wir beten es, aber wir tun es auch nicht! Sonderbar! Also bei euch ist es auch so? Jeder sagt es, und keiner richtet sich danach – warum?«

Schweigend gingen sie weiter. Dann blieb Hawrilo plötzlich stehen. »Moschko, mir fällt etwas ein. Es gibt einen alten Jäger in Korowla,

Milian Hruszko, der hat einmal in der Schenke gesagt: ›Wenn Christus ein Jäger gewesen wäre, so hätte er nicht gesagt: ›Liebe deinen Nächsten, wie dich selbst!‹ Dann hätte er gewußt, daß dies unmöglich ist. Die Tiere bekämpfen einander, und der Starke mordet den Schwachen, und dasselbe Gesetz ist für den Menschen. Aber‹, hat der Jäger gesagt, ›Christus war ein Gelehrter, war ein Jude, und die kommen selten in den Wald hinaus. Wer im Walde lebt‹, hat der Milian gesagt, ›der lernt die Welt verstehen und weiß, wie töricht jenes Wort ist!‹«

»Wer weiß«, erwiderte Moschko, »vielleicht hat der Jäger recht. Es wäre schwer, nach dem Worte zu handeln. Aber schön wäre es! Und wenn es wirklich unmöglich ist, warum steht es geschrieben?«

Nun wißt ihr, wie der »Wurm« beschaffen war. Aber schwereren Kampf, den schwersten, hat die Liebe über unseren Moschko gebracht.

# Siebentes Kapitel

Es war eine sonderbare Liebesgeschichte, die zwischen dem Moschko Veilchenduft und der Schwester seines Mitlehrlings, Kasia Dumkowicz. Anscheinend handelte es sich in dieser Geschichte gar nicht um zwei Herzen, sondern um Prügel, eine Wurst, zwei hartgesottene Eier und einen Bottich voll Wasser. Schließlich aber wieder um Prügel.

Die Kasia war die leibliche Schwester des Hawrilo, aber sie war lange nicht im Hause der Mutter gewesen. Sie mußte dienen und kam dann mehrere Jahre nicht heim, denn sie war sehr weit weg, ganze fünf Meilen. Das ist bei diesen Leuten, welche so sehr an der Scholle haften, eine ganz respektable Entfernung. Eines Tages aber – sie war damals achtzehn Jahre alt und Moschko neunzehn – kam sie zurück nach Korowla, weil ihr die Mutter einen guten Dienst verschafft hatte bei dem reichen Jacek Hlina. Es hatte zwar dieser Dorfkönig einen berüchtigten Sohn, der auch Jacek hieß, und wegen dieses ebenso hübschen als liederlichen Erbsohnes ging kein anständiges Mädchen gern in dies Haus, aber Kasia fürchtete sich nicht. »Der Alte gibt guten Lohn«, erwiderte sie den Leuten auf ihre Warnungen, »und wenn der Junge mehr von mir verlangt, als ich ihm zu leisten schuldig bin, so habe ich gottlob meine beiden Arme und Hände, und diese Arme können abwehren, und diese Hände können ohrfeigen!« Sie sahen auch ganz darnach aus, diese Hände. Riesig waren sie und rot und derb und schwielig.

Am nächsten Morgen erzählte Hawrilo in der Schmiede seinem Kameraden die Neuigkeit, seine Schwester Katharina sei zurück, um Magd zu werden bei Jacek Hlina, und fürchte sich gar nicht vor dem jungen Jacek.

Moschko hatte sonst ein teilnehmendes Herz, aber diesmal interessierte ihn die Neuigkeit gar nicht. Denn seine Gedanken beschäftigte damals ausschließlich ein anderes Mädchen, seine eigene Braut, und er grübelte eben darüber, wie sie wohl aussehen möge. Denn verlobt war er wohl, aber seine Braut hatte er noch nie gesehen. Er kannte sie nur nach den Beschreibungen des Herrn Itzig Türkischgelb. Der allerdings sagte kurzweg: »Ein Diamant. Ein Brillant. Ein Engel. Schön wie die Sonne. Und wenn sie nicht zwei Zentner wiegt, so darfst du mir den Kopf abbeißen.« Darauf kam es aber unserem Moschko nicht so sehr an. Im Gegenteil! Viel lieber hätte er seinem alten Freunde und Gönner den Kopf dafür abgebissen, weil er ihm eine solche Wagenladung von Liebreiz aufdisputieren wollte. Er wäre gern ledig geblieben, der arme Moschko. Nicht, weil er ein Weiberfeind war; auch der Marschallik erfuhr den wahren Grund nicht, als ihm der Geselle sagte: »Mein Bruder, der Goldene, kann leicht ein Weib haben – wegen seiner Frömmigkeit wird er samt Weib und Kind gefüttert. Aber ich bin ein Schmiedegesell, wer wird das für mich tun?« Der wahre Grund war, weil es ihm ungemein komisch vorkam, sich so früh zu beweiben. Kein Christ tat es, warum die Juden? Und was sollte ihm ein Weib, ihm, der auf die Wanderschaft gehen und die Welt sehen wollte, sofern er der Assentierung glücklich entginge! Denn Soldat werden wollte er nun nicht mehr; ihm schauderte vor dem Müßiggang.

Aber Itzig Türkischgelb hatte es sich nun einmal in den Kopf gesetzt, aus »Rosel Sprinzeles Krämers«, zu deutsch aus Fräulein Rosa Reinkopf, Tochter der Frau Sprinzele Reinkopf, welche einen kleinen Kramladen zu Chorostkow besaß, und dem Herrn Mosche Veilchenduft ein Paar zu machen. Nur im Interesse seines Schützlings wollte er dies. Besagte Rosel war nämlich eine der reichsten Erbinnen in Chorostkow, sie besaß außer den zwei Zentnern ihres Ich auch bare dreihundert Gulden und die Anwartschaft, nach dem Tode der Frau Sprinze den Laden zu erben. Daß sie ein wenig taub war, ließ sich freilich nicht leugnen, aber ihr Äußeres war gewinnend. Nur mußte, wer sie längere Zeit ansah, rasch ein Gläschen Likör trinken, weil sich sonst Sodbrennen bei ihm einstellte, eine Qual, welche ja regelmäßig dem Genusse allzu fetter Substanzen folgt.

Bei Mosche hatte sich diese Erscheinung noch nicht eingestellt. Er hatte, wie gesagt, Sprinzeles Rosel noch nie gesehen. Vergeblich suchte ihn Itzig Türkischgelb nach Chorostkow zu locken, er wußte es stets unter neuen Vorwänden auszuschlagen. Aber der Marschallik war nicht der Mann, ein Vorhaben, das ihn vernünftig dünkte, aufzugeben. Mit tausend Mitteln wirkte er auf ihn ein. Bald erschien das Ehepaar Veilchenduft vor seinem Jüngsten und flehte ihn unter Tränen an, die Schande von der Familie zu nehmen und zu heiraten, die Leute wiesen ohnehin schon mit Fingern auf sie und ihn. Bald wieder mußte der alte Rabbi in Aktion treten und dem armen Burschen mit den kräftigsten Farben die Wahrheit des Spruches ausmalen: »Wer mit sechzehn Jahren nicht verheiratet ist, ist ein Narr, aber wer mit achtzehn Jahren ledig ist, ist ein Frevler und versündigt sich an Gott, der nicht will, daß sein Volk aussterbe!« Am nachdrücklichsten arbeitete aber Türkischgelb selbst, und zwar mit purer Vernünftigkeit. »Vielleicht«, wiederholte er oft, »hat der alte Rabbi recht, und du versündigst dich an Gott, Wenn du Sprinzeles Rosel nicht heiratest, gewiß aber ist, daß du dich an dir selbst versündigst. Ein so schönes, schweres Mädchen und dreihundert Gulden und dann ein Laden – du Narr, greif zu, das kommt nie wieder. Gerade wenn du Schmied bleiben willst, mußt du doch endlich einmal Meister werden wollen, und dazu braucht man Geld. Also entschließe dich. Taub ist sie ein wenig, das ist wahr; aber wenn man von dir spricht, so hört sie alles, so verliebt ist sie schon jetzt in dich – wie soll das erst werden, wenn sie dich kennt! Also – wann fahren wir nach Chorostkow auf Brautschau?«

Aber dazu war Mosche gar nicht zu bewegen. Und als es ihm endlich der Quälereien zuviel wurde, da rief er: »Meinetwegen! ich will heiraten, wenn es sein muß, aber ich will nichts dabei zu tun haben! Verlobt mich, wenn es Euch nun einmal so beliebt, aber ich bleibe in meiner Schmiede, bis ich unter die Chuppe (Trauhimmel) gehen muß.«

Eine Verlobung ohne persönliches Dabeisein des Bräutigams ist gerade keine Seltenheit in Halbasien, wo die Ehe ein Geschäft ist. Itzig Türkischgelb wäre übrigens der Mann gewesen, auch hier sogar Wunder wahr zu machen. So ward Mosche, ohne daß er seine Schmiede zu verlassen brauchte, glücklich ein Bräutigam.

Ein glücklicher Bräutigam freilich nicht. Was ihn quälte, war aber nicht etwa das Gefühl, daß eine unrechte Wahl für ihn getroffen worden, sondern überhaupt die Tatsache, verlobt zu sein. Wie die Braut aussah, war ihm übrigens auch nicht ganz gleichgültig. Er stand im allgemeinen im Banne der Schönheitsideale jener Landschaften oder prosaischer ausgedrückt: auch ihm, wie jedem Halbasiaten, schien ein Mädchen um so schöner, je dicker es war. Eine Venus Kallipygos würde noch den relativ größten Anwert bei diesen Menschen finden, und käme eine »Riesendame« aus dem Wiener Wurstelprater nach Podolien, sie würde viele Herzen liebessiech machen. Was also diesen Punkt betrifft, so war Moschko durch die feierlichen Zusicherungen seines Gönners beruhigt. Aber im übrigen? Welcher Gemütsart war die Braut? Und hatten ihre Ohren wirklich die wundersame Eigenschaft, alles zu hören, sobald man von ihrem Bräutigam sprach?

Darüber also hatte Moschko nachgedacht, als ihm Hawrilo berichtete, die Kasia sei wieder daheim und freue sich des jungen Jacek Hlina wegen, daß sie Hände habe, die nötigenfalls einen Ochsen niederschlagen könnten. Er vernahm es gleichmütig; ob die Kasia dem Jacek Liebe spenden wollte oder Ohrfeigen, war ihm ganz egal. Aber das änderte sich, als er das Mädchen einige Tage später zum ersten Male sah.

Es war gegen Abend, der rote Sonnenglanz lag auf der Heide, da blickte die hübsche, rotbackige Dirne in die Schmiede hinein, in der nur Moschko arbeitete. Der Meister war im Städtchen, Hawrilo im Hofe. Die Dirne trat auf die Schwelle und blickte den Gesellen verächtlich an. Nicht weil er ein häßlicher Junge war, sondern weil er Wangenlöckchen trug und ein schwarzes Käppchen auf dem Haupte und Bindfäden an seiner Weste, die »Schaufäden« – kurzum, weil er ein Jude war. Darum bot sie ihm auch keinen Gruß, sondern fragte kurz: »Jüdchen, wo ist mein Bruder?«

Dem Moschko gefiel sie. Sie war so stattlich, daß sie ein gut Teil der mächtigen Tür einnahm. Sie gefiel ihm sehr. Und darum grüßte er freundlich: »Guten Abend, Mädchen. Du bist wohl die Kasia?«

»Die bin ich. Aber dich geht's nichts an!«

»Warum nicht?«

»Weil du ein verdammter Jude bist.«

Das war dem Burschen nicht neu. Er war den Schimpf so gewohnt wie seinen Namen. Aber diesmal kränkte es ihn; er hatte so freundlich gefragt! »Du grober Klotz!« sagte er, »packe dich sogleich hinaus!«

»Du Hundsblut«, war die Antwort, »zu dir bin ich nicht gekommen!«
»Dann geh!« schrie er laut.

Hawrilo hörte es im Hofe und kam nachzusehen, wem der Gruß galte. Als er seine Schwester so behandelt sah, stürzte er auf Moschko los. »Warum schreist du so? Soll ich dir zeigen, wie man mit meiner Schwester spricht?«

»Zeige ihr zuerst, wie man mit mir spricht. Übrigens dürftest du auch stiller reden, sonst prügle ich dich wieder einmal durch wie schon so oft.«

Niemand läßt sich gerne an empfangene Prügel erinnern. Im nächsten Augenblicke waren Moschko und Hawrilo ein Knäuel. Aber diesmal siegte das Christentum. Die Dirne half dem Bruder so kräftig, daß es dem Juden schwärzlich vor den Augen wurde und bläulich am Rücken. Er war in sehr bedenklicher Lage, als der Meister erschien und alle drei vor die Türe setzte.

Nach verschiedenen Richtungen zogen beide Parteien grollend vom Schlachtfeld ab. Grollend, aber mit einem gewissen Gefühl der Hochachtung voreinander. »Du«, sagte die Kasia ihrem Bruder, »es ist merkwürdig, dieser Jud wehrt sich und prügelt! Das hab ich noch nie gehört!« Und vollends Moschko! Immer wieder sagte er vor sich hin: »Diese Hände! Diese roten Backen! Und schlägt drein, wie ein Mann! Das ist ja eine wahre Freude!«

So kamen sie durch Prügel zu gegenseitiger Achtung, und eine Wurst sollte dies bestärken.

Jacek Hlina, der Dorfkönig von Korowla, hatte ein neues Haus erbaut, richtiger eine neue Hütte, denn Häuser gibt es nicht in den podolischen Dörfern. Aber eine stattliche Hütte war es, denn Fenster waren dran und in den Fenstern echte, wirklich-wahrhaftige Glasscheiben. Und die Hüttentür und das Hoftor sollten Eisenbeschlag haben und Schlösser. Anderen Leuten genügt ein einfacher Querpflock aus Holz, und es ist bezeichnend für die Zustände dieser Landschaft, daß selbst diese bescheidene Vorrichtung selten genug benutzt wird. Tag und Nacht steht die ruthenische Bauernhütte offen oder wird höchstens nur so geschlossen, daß sie auch von außen geöffnet werden kann. Denn gerauft und totgeschlagen wird viel in Podolien, aber feiger Diebstahl gehört hier zu den Seltenheiten. Anderwärts ist es gerade umgekehrt, was man auch Segnungen der Kultur zu nennen pflegt.

Unser Dorfkönig also wollte es anders haben. Und so kamen die beiden Gesellen des Schmieds von Barnow in das neue Gehöft, die Arbeit zu fertigen. Am frühen Morgen hatten sie begonnen, und darum waren sie gegen die zehnte Stunde recht hungrig und blickten sehnsüchtig nach dem Frühmahl aus. Aber als es endlich herangetrabt kam, da verging dem Moschko sein Appetit, oder er entwickelte sich vielmehr nach anderer Richtung. Denn der Korb kam auf den mächtigen Schultern seiner rotbackigen Feindin heran, der Kasia, der Magd des Jacek. Aber ihn würdigte sie keines Blickes, nur den Bruder lachte sie freundlich an. »Da bring ich etwas Gutes«, sagte sie, »rat einmal, was?«

»Fleisch!« rief Hawrilo schnuppernd. Und als er den Deckel vom Korbe gerissen, verzogen sich seine Züge zu seligem Lächeln. »Wurst«, flüsterte er gerührt. »Und Brot und Speck! Kasia, wie gut du bist ...« Das letztere klang schon undeutlich, er hatte eben den ersten ungeheueren Bissen in den Mund gesteckt.

»Will nicht der Jude mitessen?« fragte die Dirne und tat dabei sehr harmlos. Aber die braunen Augen blitzten schadenfroh. »Es ist ja genug für beide und auch für beide bestimmt.«

Grollend stand Moschko abseits, und seine Fäuste ballten sich unwillkürlich. In ihm wütete der Grimm, und dies um so gefährlicher, weil er hungrig war. Ein satter Mensch kann gar nicht so recht zornig werden. »Du bist ein schlechtes, boshaftes Ding«, sagte er und trat dicht an das Mädchen heran. »Ein ganz niederträchtiges Ding.«

»Hundsblut!« rief die Dirne gellend. »Hawrilo, kannst du ruhig anhören ...« Aber Hawrilo war viel zu sehr beschäftigt; von der Wurst war fast nichts mehr zu sehen.

»Ganz niederträchtig!« fuhr Moschko fort. »Du hast mir deshalb Wurst gebracht und Speck auf das Brot gelegt, damit ich nichts davon essen kann ...«

»An dich habe ich gar nicht gedacht!« rief das Mädchen. »An einen solchen Juden denke ich niemals. Und dann: hätten wir vielleicht eigens eine jüdische Köchin für dich aufnehmen sollen?«

»Das habe ich nicht verlangt«, war die Antwort. »Ich habe deinen Herrn gestern gebeten, daß er mir zwei hartgesottene Eier schickt und ein großes Stück Brot. Du selbst bist dabeigestanden, wie ich ihn darum gebeten habe, und in meiner Gegenwart hat er es dir aufgetragen. Also, warum hast du es nicht getan?«

»Ach was!« sagte die Dirne schnippisch, aber rot war sie doch geworden, denn sie fühlte ihr Unrecht. »Wenn man sich merken sollte, was der Alte alles befiehlt … Übrigens, es ist nun einmal geschehen, und wenn du nicht hungrig bleiben willst ...«

»Sie hat recht«, fiel Hawrilo ein. Und gutmütig fügte er hinzu: »Du begehst wirklich keine große Sünde. Die Wurst habe ich ganz gegessen und den Speck vom Brote. Und Brot ist auch nicht viel mehr da. Für diese paar Bissen wird dich dein Gott nicht strafen!«

»Das geht dich nichts an, du Fresser«, erwiderte Moschko grimmig. »Das habe ich mit meinem Gotte selbst auszumachen. Aber ich fordere, was mir gebührt. Du, Mädchen, wirst mir zwei hartgesottene Eier bringen und ein großes Stück Brot, sonst –«

Er ballte die Fäuste und trat an sie heran. Mancher Mann wäre da zurückgewichen, denn Moschko machte in solchen Augenblicken einen etwas unbehaglichen Eindruck. Aber die Kasia war eine mutige Dirne. Trotzig warf sie den Kopf zurück und streckte die Fäuste vor. »Wenn es eine andere tun will – meinetwegen. Aber ich koche dir nichts und bringe dir nichts, gar nichts!«

Noch einen Schritt trat Moschko vor, und seine Fäuste hoben sich. Aber dann ließ er sie wieder sinken. »Frauenzimmer«, murmelte er verächtlich und ging an die Arbeit.

Die Kasia blieb verdutzt stehen. Dann nahm sie rasch den Korb auf und ging dem Dorfe zu. Nach einigen Schritten blieb sie stehen und wandte den Kopf zurück, als wollte sie etwas sagen. Aber dann eilte sie rasch davon.

Als sie verschwunden war, machte sich bei Moschko eine andere Wirkung des Hungers bemerkbar, er wurde sentimental. »So schön!« seufzte er, »so dick! und dabei so schlecht! Ich habe ja der Dirne nie etwas getan, und doch hat sie das Herz, mich fasten zu lassen! Höre, Hawrilo, deine Schwester verdient wirklich nicht, daß Gott sie so schön und schwer gemacht hat!«

Hawrilo hörte des Jünglings Klage nicht mehr. Er verschlief eben auf der halbgehobelten Diele sein Raststündchen. Seufzend zog Moschko seinen Ledergurt enger und streckte sich dann gleichfalls hin. Weil aber nicht bloß Grimm und Sentimentalität aus dem Magen kommen, sondern auch die Träume, so läßt sich denken, welche unbehaglichen Gesichte den armen Gesellen quälten.

Ein Traum war besonders lebhaft und fürchterlich. Da sah er sich im Wagen des munteren Simon Galgenstrick hilflos gegen Chorostkow geschleppt, über ihm der unerbittliche Türkischgelb, mit den Armen immer weitere Kreise in der Luft beschreibend, den Umfang der Braut anzudeuten, der er ihn zuführte. Aber da sie nun in Chorostkow waren, wehe! wie häßlich und mager war Rosele Sprinzeles! Eben wollte er sich entsetzt abwenden, als eine erfreuliche Veränderung an ihr sichtbar ward. Itzig Türkischgelb blies sie aus vollen Backen an, und immer dicker ward sie dabei und schöner. Darum auch immer ähnlicher der Kasia und – es war die Kasia selbst, aber als er sich ihr näherte, da schwang sie plötzlich einen Teller voll Wurst und Speck wie ein Wurfgeschoß gegen ihn, daß ihm die ganze Bescherung an den Schädel flog und da klirrend zerbrach.

Mit einem Angstruf fuhr Moschko empor – das Klirren hatte er so deutlich gehört! Das war kein Traum gewesen! Aber als nun der Bursche sah, woher es rührte, da dünkte es ihm erst recht ein lieblicher Traum. Nichts auf der weiten Welt hätte ihn so sehr erfreuen können, als was vor ihm stand.

Und was war's? Ein Korb. Und in dem Korbe auf funkelnagelneuen Holzschüsselchen vier Eier, ferner ein Salztönnchen und ein Laib Brot, beide ungebrochen. Ganz wie er sich's gestern erbeten. Nur daß hier vier Eier lagen anstatt der zwei, die ihm von Rechts wegen zukamen.

Das übersah Moschko mit einem Blick und sprang dann jählings auf, um noch den Spender zu erspähen oder, wie er hoffte, die Spenderin. Aber weit und breit war niemand zu sehen. Nur fern, durch die Äcker hin, sah er den kleinen, braunen Lysko traben, den Hirten des Hlina. Hatte die Magd den Knaben zum Boten erwählt?

Er setzte sich hin und aß behaglich. Was ihn da freute, war freilich zunächst das Essen selbst. Aber daneben sättigte es ihn auch, daran zu denken, daß die hübsche Dirne ihr Unrecht eingesehen und es sogar durch die doppelte Anzahl Eier gesühnt.

Das lockte ihn noch in ganz andere Gedanken hinein. Und als er längst wieder neben Hawrilo bei der Arbeit stand und mit ihm die schmalen Eisenbänder in plumpen Mustern auf das Tor nagelte, dachte er noch immer an die Kasia. Es müssen eigentümliche Gedanken gewesen sein. Denn plötzlich ließ er den Hammer sinken und fragte heftig: »Wie kannst du deine Schwester in einem solchen Hause lassen?«

Hawrilo blickte erstaunt auf. »Wa-as?«

»In einem Hause, wo der Erbsohn bisher jede Magd zugrunde gerichtet hat!«

»Meine Schwester richtet er nicht zugrunde, so schön und schlau er auch ist. Von der kriegt er Prügel, aber keine Liebe. Übrigens, was geht es dich an?«

Auf diese begreifliche Frage gab Moschko keine Antwort, weil er selbst keine wußte. Rot wurde er dabei auch, zu seinem eigenen Erstaunen. Endlich meinte er zögernd: »Nun – weil ich dein Kamerad bin. Natürlich – warum sonst?«

Als er in der Dämmerung gegen Barnow heimging, dachte er wieder einmal darüber nach. Trotzig ist sie, aber nicht schlecht, sonst hätte sie mir nicht vier Eier geschickt. Es wäre wirklich schade, wenn dieser Jacek –

Er schüttelte den Kopf. Nein, der tut ihr nichts! Aber einen Geliebten wird sie wahrscheinlich haben, wie jede Christendirne. Es ist doch komisch bei den Christen – diese Liebe zum Beispiel! Sehr komisch! Bei uns kommt es nicht vor. Warum? In der Bibel freilich steht es, da ist ja die Geschichte von Jakob und Rachel. Aber heute sind wir Juden anders – nun, wahrscheinlich will es Gott so! Das war eine Erklärung, aber sie genügte ihm nur für fünf Schritte. Dann blieb er stehen und starrte vor sich hin. Es ist doch sehr merkwürdig! Also der Hawrilo und ich! Zwei Menschen, zwei Kameraden! Und doch ein Unterschied wie Tag und Nacht! Hm! hm! wer hat es besser? Er hat eine Liebschaft mit der schwarzen Magdusia, die beim Pfaffen dient, allnächtlich ist er bei ihr, der Schlingel; wird er sie heiraten? Nein! Und sie ist nicht seine erste und nicht seine letzte Liebschaft. Also nur dann, wenn ihm eine besonders gefällt, heiratet er sie; ich aber, der ich auch ein Mensch bin, ich habe eine Braut und kenne sie nicht! Ich bin ein Narr gewesen, ein großer Narr! Und ich will meinem Reb Itzig sagen …

Von ferne kam ein seltsames Klingen, urplötzlich, jäh; Moschko verstummte und horchte. Schrill schnitt es anfangs durch die laue Luft, dann ward der Ton immer weicher, zitternder, leiser. Endlich war's nur noch ein süßer, melodischer Seufzer, der langgedehnt dahinschwamm und endlich ertrank und starb in der Stille des Sommerabends.

Moschko wußte nicht, woher das Tönen rührte, aber er grübelte auch nicht lange darüber. »Ja!« fuhr er heftig fort, »mit dem Marschallik will ich reden. Gefällt ihm die Rosel so gut, so soll er sie selber heiraten. Ich nehme nur eine solche, die mir gefällt! Und wenn er mir sagt: So schau sie dir doch erst an!, so erwidere ich: Mir gefällt überhaupt keine, mit der ich ohnehin schon verlobt bin! – Ja! selbst will ich suchen! War ich der erste Jude, der Schmied geworden ist, so kann ich auch der erste sein, der sich seine Braut selbst wählt! Gleich morgen will ich mit Reb Itzig reden, morgen früh und ...«

Wieder war das seltsame Klingen in den Lüften, aber nicht dies schnitt ihm das Wort entzwei, sondern ein Gedanke, der ihn jählings übermannte. Wie komme ich darauf? Und wenn mir der Marschallik sagt: Gestern hast du mir noch gesagt: Tut, was Euch recht scheint, und heute willst du nichts mehr davon wissen, wie heißt? – was werd ich ihm sagen? Nun, für ihn werde ich schon eine Antwort haben, meinetwegen sag ich ihm: Weil ich heute mehr Verstand habe als gestern und weniger als morgen! – Aber was sag ich mir selbst? Wenn es mir gestern recht war, warum heute nicht?

Ein Name klang in ihm auf, eine Gestalt tauchte vor ihm empor, aber heftig schüttelte er den Kopf und murmelte zornig: »Nein, es ist nicht wegen der dummen Christendirne! Nichts geht sie mich an, gar nichts! Und warum soll ich nicht das Mädel von Chorostkow heiraten? Ich tu's – nein! ich tu's doch nicht ... Ach!« seufzte er plötzlich auf, so recht aus tiefstem Herzen, »was ist mit mir geschehen, daß ich selbst nicht weiß, was ich will!«

Die Klänge waren immer deutlicher geworden, aber auch immer schriller durchtönten sie die Mondnacht. Es war, als strahle sie ein kleines Goldklümpchen aus, welches fern, fern mitten in der silberbeglänzten Heide sich hob. So war es auch. Jenes Goldklümpchen war ein Hirtenfeuer; da lagen die jungen Bursche im Kreise und bliesen auf der Tritschka, der kurzstieligen, helltönenden, ukrainischen Hirtenpfeife. Der Weg des Gesellen führte dicht vorbei. Aber schon von ferne konnte sein scharfes Auge die einzelnen Gestalten unterscheiden. Da saß auch sein Retter aus der Not des Hungers und banger, wursterfüllter Träume, der braune Lysko. Kaum fünfzehnjährig konnte das Bürschlein sein, aber die Einsamkeit reift den Menschen; dieser Hirtenknabe war verwegen und schlau wie ein Mann. Auch in anderer Richtung mochte sein Wissen über die Jahre gehen, denn sehr hell und mit bedeutendem Verständnis begann er plötzlich das Schelmenlied zu singen:

»Braun wie die Haselnuß
Ist meine Dirn,

Und ihre Tugend ist
Dünner als Zwirn.

Daß ein dünn Fädchen reißt,
Das ist ja Brauch,
Doch wären's Ketten, ich
Bräche sie auch!«

Aber der Bursche neben ihm, der blonde Hritzko, der es trotz seiner
Jugend bereits zu der Würde eines Stadtgemeinde-Hirtengehilfen von
Barnow gebracht, war weit sentimentaler aufgelegt. In langgezogenen
Tönen sang er, daß jedes Wort dem Nahenden entgegenschlug:

»Meine Liebste hab ich lieb,
Und sie ist mir teuer,
Wie am staubig-heißen Weg
Ein tiefblauer Weiher.

Wie das erste, süße Kind
Einer Kinderlosen;
Wie dem lang Gefangenen
Duft der roten Rosen!«

Vielleicht war der blonde Hritzko verliebt; blond genug war er dazu.
Vielleicht war er verliebt, denn er sang das schöne, zarte Volkslied
wirklich so, daß es fast zauberhaft über die mondhelle Heide klang.

Auch auf Moschko übte es seine Wirkung. Er blieb stehen und
lauschte. »Dummes Zeug!« brummte er dann grimmig. »Schon wieder
etwas von dieser Liebe! Wenn ich nur erfahren könnte, was das eigentlich
ist!« Vielleicht war er gar nicht so weit mehr von dieser Erkenntnis.
Denn es war eine pure List von ihm, eine List gegen sich selbst, wenn
er nun vor sich hin murmelte: »Ich will mich ein wenig zu den Burschen
setzen, weil die Nacht so schön ist.« In Wahrheit zog's ihn nur zu dem
braunen Lysko, weil er mit dem über ein gewisses rotbackiges, boshaftes
und doch gar nicht übles Ding sprechen konnte. »Guten Abend, Bursche«, sprach er und trat in den Kreis.

»Hoi! der Jud, der Schmied!« riefen die Hirten und begannen dann
wie aus einem Munde zu singen:

»Schweinefleisch, willst Schweinefleisch?
Jud! Jud!
Handelst dem Teufel die Seelen ab?
Jud! Jud!«

Das ist das allgemein gebräuchliche Spottlied, mit welchem die Ruthenen ihre kaftanbekleideten Mitbürger begrüßen. Es ist nicht allzuviel Bosheit darin, noch auch, wie man sieht, allzuviel Geist.

Moschko ließ sie ruhig zu Ende singen, was einige Zeit währte, obwohl das Lied nur eben diese zwei schönen Verse hat; aber sie können nach Belieben wiederholt werden. Als die Jungen sich satt gesungen, sagte er ruhig: »Schweinefleisch habt ihr selber nicht, ihr verhungerten Lumpenkerle, und was eure Seelen betrifft, so handle ich sie dem Teufel nicht ab, weil sie keinen Knopf wert sind! Jetzt aber rückt zusammen!«

Das taten sie, und nachdem sich Moschko neben den Hirten des Jacek gesetzt, begann er, indes die anderen weiter johlten und pfiffen, seine diplomatischen Fragen. Aber der schlaue Lysko sagte nichts oder gab verdrehte Antworten.

»Warum bist du mit dem Korbe hinausgekommen?«

»Weil der Korb nicht selber gehen kann!«

»Und wie kamen vier Eier in den Korb?«

»Weil man so viele hineingelegt hat!«

Erst als ihm Moschko als Preis für einen wahrheitsgetreuen Bericht ein Hufeisen versprochen hatte, erzählte der Knabe: »Also, wie ich heimkomme, den kranken Ochsen zu pflegen, da sagt mir die Kasia, die just atemlos gelaufen kommt: ›Du mußt einen Gang für mich tun.‹ – ›Gut‹, sag ich, ›für dich tu ich alles.‹ Und da seh ich, wie sie zwei Eier aus einem großen Korbe nimmt und zwei aus einem Körbchen und sie dann siedet. Da frag ich: ›Warum nimmst du nicht alle aus dem großen Korbe?‹ Und darauf sie: ›Weil die im Korbe dem Bauer gehören, und er hat nur zwei Eier zu geben. Im Körbchen liegen jene, welche mir meine eigene Henne gelegt hat. Und ich gebe zwei Stück von den meinigen; ich tu es nicht gern, und ich tu es doch gern.‹ – ›Das versteh ich nicht!‹ sag ich. – ›Das ist auch nicht nötig‹, sagt sie und tut die Eier und Brot und Salz in ein Körbchen und schickt mich zu dir. ›Und wenn er dich fragt, wer dich geschickt hat, so mußt du sagen: Die alte Magd!‹ Aber du hast geschnarcht, und so hab ich nicht zu lügen gebraucht. Das ist alles. Und wann kann ich mir das Hufeisen abholen?«

»Morgen«, sagte Moschko. »Und, hm! was hat sie für eine Miene dabei gemacht, wie sie dich fortgeschickt hat?«

»Höre, Jud«, sagte der Knabe, »du fragst komisch. Du und die Kasia – ha, ha! Mir scheint, ha, ha! O du Halunke!«

Moschko war feuerrot geworden, aber er wußte sich zu helfen. »Du Galgenstrick«, rief er, »du Lump, was willst du da ehrlichen Leuten nachsagen? Nicht soviel geht mich die Kasia an, nicht soviel wie der Schnee vor zwanzig Jahren!«

»Mich geht sie mehr an«, sagte der blonde Hritzko Stefiuk seufzend.

»Nämlich, weil sie nichts von ihm wissen will!« flüsterte Lysko seinem Nachbar zu, »obwohl er fortwährend hinter ihr her ist, wie der Mönch hinter der Nonne ...«

»Sie hat wohl einen anderen Geliebten?« fragte Moschko.

»Wahrscheinlich! Aber bestimmt weiß es niemand. Sie ist ein braves Ding, das muß man ihr lassen.«

»Schlecht ist sie«, sagte Moschko, »ganz schlecht, ich weiß es. Obwohl sie gewiß nicht liederlich ist«, setzte er hinzu. »Gute Nacht, ihr Bursche!«

»Gute Nacht!« erwiderten sie freundlich, begannen aber doch wieder, nicht aus Bosheit, sondern nur aus purer Gewohnheit:

»Schweinefleisch, willst Schweinefleisch?
Jud! Jud!«

Lange hallte es ihm noch nach. Aber Moschko achtete nicht darauf. In tiefen Gedanken ging er dahin oder blieb stehen und hielt sonderbare Monologe, in welchen er sich selbst mit den ausgewähltesten Schimpfwörtern regalierte. Du Narr, du Hund, was geht dich die Christin an? Aber die beiden Eier gingen ihm doch nicht aus dem Kopfe. Von ihrem bißchen Armut hat sie mich beschenkt. Und keinen Geliebten hat sie! Morgen muß ich mit dem Marschallik reden. Natürlich nicht wegen der Christin – was geht mich die Christin an?

Voll wirrer, streitender Gedanken kam er heim und konnte lange keine Ruhe finden.

# Achtes Kapitel

Am nächsten Morgen suchte er den Marschallik nicht auf. Es wäre zwar gut, verteidigte er sich in Gedanken selbst, aber es ist ja nicht so dringlich. Wohl aber sollte an diesem Tage etwas anderes geschehen, was weder dringlich noch gut war.

Er war nicht mehr nach Korowla gegangen zur neuen Hütte des Jacek Hlina. Nun konnte einer dort die Arbeit richten, und er überließ es dem Hawrilo, den es mächtig hinzog, der Schwester und der Würste wegen. Er selbst blieb in der Schmiede und arbeitete da neben dem Meister.

Der alte Wassilj war heute ungewöhnlich erregt. Sein Antlitz war minder düster als sonst, und zuweilen flüsterte er etwas vor sich hin. Es fiel dem Moschko auf, aber er wagte es nicht, darnach zu fragen. Was der Meister mitteilen wollte, das sagte er ungefragt.

So auch heute. »Du, Moschko«, begann der Greis, »ich habe nachts einen Traum gehabt, so just um Mitternacht, wo die Träume am meisten bedeuten. Ein schöner Traum war's, ich freue mich darüber, und auch du wirst dich freuen, wenn du es hörst.«

»Gewiß, Meister!«

»Nun, so war es: Da liege ich gestern auf meinem Lager, und mein Herz ist dunkel; ich wälze mich hin und her und kann nicht einschlafen. Ich denke nach über die vergangene Zeit, und wie ich einst jung war, und tausend Dolche gehen mir durch die Brust. Und wieder flehe ich zu Gott, wie schon so oft: ›Herr, den sie den Allgerechten nennen, gib mir meine Rache oder laß mich sterben. Welches von beiden du willst, aber eines von beiden gönne mir!‹ Und noch lange wälze ich mich hin und her, und endlich schlafe ich ein. Mir träumt, daß ich in einem tiefen, tiefen Keller liege, in dunkelster Dunkelheit. Aber da fängt es plötzlich am Boden hell zu schimmern an, und er öffnet sich, und empor steigt eine weiße Lilie, und Licht strahlt aus ihrer Blüte. ›Lilie‹, sage ich erfreut, ›liebe Lilie, nicht wahr, du bist mein Töchterchen Marina, welches so jung hat sterben müssen?‹ – ›Ja, Väterchen‹, sagt die Lilie mit einer sanften, schönen Stimme, ›wohl bin ich dein Töchterchen Marina, welches an seiner Schande gestorben ist. Aber die Schande ist unverdient über mich gekommen, und darum hat mich unser Heiland in seiner Barmherzigkeit in eine weiße Lilie verwandelt, und in seinem himmlischen Garten darf ich blühen.‹ Da weine ich vor Freude und sage: ›Töchterchen, wie danke ich dir, daß du gekommen bist; nun habe ich wenigstens einen Trost in meinem dunklen Alter.‹ Und da sagt die Lilie: ›Jawohl, dich zu trösten bin ich gekommen und dir zu sagen, daß deine Zeit nahe ist. Nur noch ein Jahr mußt du dulden und tragen, dann wird erfüllt, was du ersehnest.‹ Da richte ich mich vor Freude jäh auf und – erwache. Ach! wie leid hat es mir getan, daß ich so ungestüm war! – Von der Lilie war gar nichts mehr zu sehen. Aber hell war es noch in der Stube, vielleicht nicht vom Monde allein ...«

Der Greis verstummte. Auch Moschko schwieg, er war tief erschüttert. Nie wäre es ihm beigefallen, daß sein harter, düsterer Lehrherr so weich und gütig sprechen könnte. »Meister«, sagte er endlich, »habt Ihr nie bedacht, warum es so hat kommen müssen?«

»Oft! O wie oft!« klagte der Greis bitter. »Aber ich habe es nie ergründen können. Warum soviel Blut und Jammer? Oh! Das Schicksal ist böse ...«

»Und hätte es sich damals nicht zum Guten wenden lassen?«

»Du Tor!« rief der Greis heftig. »Auf welche Art etwa? Ich konnte nur eines tun, den Elenden töten, und das habe ich getan. Aber ihn zwingen, das Mädchen zu heiraten, das konnte ich nicht; der Tod wäre diesem Polen weit lieber gewesen. Und selbst wenn ich das Unmögliche möglich gemacht hätte, so wäre nur Not und Jammer daraus entstanden. Ein Edelmann eine Bäuerin heiraten? Es wäre geradeso, als wenn ein Christ eine Jüdin heiraten wollte – oder du eine Christin. Es geht gegen die Natur, und darum kann nur Fluch daraus werden. Von Gott sind die Schranken auf Erden aufgerichtet, und wehe dem, der sie überschreiten will!«

Der Jude war sehr bleich geworden. »Ihr habt recht, Meister«, stammelte er und beugte sich tief auf den Amboß hinab.

Das Wort hallte ihm den ganzen Tag im Ohr. Aber als die Sonne sank und der Schatten der Schmiede immer länger auf den Feldweg gegen Korowla fiel, da war's ihm doch, als zeigte ihm der Schatten den Weg, den er gehen müsse. »Meister«, sagte er, »ich will doch nachsehen, wie der Hawrilo die Arbeit gefertigt hat, ehe wir sie übergeben.« Und Wassilj nickte eifrig dazu. Aber da hatte Moschko nur sich und ihn belogen. Der junge Geselle wußte recht gut, warum er nach Korowla ging, und ärgerte sich sehr darüber und blieb oft auf dem Wege stehen, um halblaut die schwersten Ehrverletzungen gegen sich zu begehen – und ging schließlich doch vorwärts auf die neue Hütte zu.

Hawrilo war nicht mehr im Hofe, aber die Kasia war dort. Da stand die stattliche Dirne am neuen Brunnen und schöpfte Wasser in einen großen Bottich. Der Rock war aufgeschürzt und die Arme entblößt; sie war wohl eben daran, die Türen und Fenster zu reinigen. Hätte sie Moschko so sehen können, sie wäre ihm wahrscheinlich jetzt noch hübscher erschienen als je zuvor. Aber er sah sie nicht, oder doch mindestens sehr unklar. Denn bei jedem Schritte nach vorwärts begannen die Hütte und der Hof, der Brunnen, das Mädchen und der Bottich einen immer tolleren Tanz im Kreise um ihn auszuführen. Es wirbelte ihm nur so vor den Augen, daß er alle Mühe hatte, nicht zu stolpern. Der arme Bursche war grenzenlos verlegen.

Die Dirne begann zu kichern, als sie ihn so hilflos dastehen sah, und das brachte ihn wieder einigermaßen zur Besinnung. »Hawrilo hier?« konnte er endlich fragen.

»Bei der Mutter!«

»Ich wollte mir seine Arbeit besehen.«

»Bist du sein Herr?«

»Der Meister hat mich geschickt.«

»Der Meister sollte wissen, daß ein Christ besser arbeitet als – ein anderer. Übrigens, sieh nach, wie lange es dir gefällt.« Und sie drehte ihm den Rücken zu und tat, als wäre er nicht mehr auf der Welt.

Aber just das gab unserem Moschko Mut. Sein ganzes Herz faßte er zusammen und trat auf sie zu. Und obwohl sein Blick auf ihren entblößten Nacken fiel, so stotterte er doch nicht, sondern begann fest: »Höre, Mädchen, endlich geht mir doch die Geduld aus. Ich will ein ernstes Wort mit dir sprechen.«

Sie wendete sich um und blickte ihn halb erstaunt, halb zornig an. Er aber fuhr fort: »Immer wirfst du mir vor, daß ich ein Jude bin. Immer! Warum?«

»Weil du es bist.«

»Aber wenn jemand krumm oder einäugig ist oder ein heimliches Laster hat, so wirft man es ihm auch nicht immer vor, sondern nur, wenn man mit ihm zankt. Also warum tust du es ohne Grund?«

»Ich – ich kann alle Juden nicht leiden«, sagte sie etwas unsicher.

»Warum?«

»Weil ihr Christum gekreuzigt habt.«

»Ich bin nicht dabeigewesen«, beteuerte er.

»Und weil ihr solche Schwindler seid. Im vorigen Jahre hat mir einer Glas für Korallen verkauft.«

»Ich handle nicht mit Korallen.«

»Und weil ihr feig und heimtückisch seid.«

»Ich bin nicht feig«, sagte er stolz. »Und was meine Heimtücke betrifft, so frage deinen Bruder Hawrilo.«

»Es ist wahr, er lobt dich«, gestand sie zu. »Aber Jud bleibt Jud. Und übrigens ist das ja in euren Augen eine große Ehre, ein großes Glück, ein Jude zu sein. Wie kann es dich also beleidigen?«

»Weil es in deinen Augen ein Schimpf ist.«

»Aber in deinen Augen eine Ehre?« fragte sie hartnäckig wieder.

»Weder eine Schande«, erwiderte er, »noch eine Ehre, sondern, wenn es schon etwas Besonderes ist, so ist es – ein *Unglück!*«

Er erschrak fast, daß er so unvorsichtig seinen tiefsten, heimlichsten Gedanken ausgesprochen. Aber sie lachte lustig auf. »Ein Unglück! Etwa, weil du keine Wurst essen darfst und keinen Speck zum Brote?«

»O nein!« lachte nun auch er. »Dafür bekomme ich ja vier frische Hühnereier. Und zwei davon hat mir eine gute, schlimme, schöne, häßliche Dirne aus ihrem eigenen Körbchen geschenkt. Kasia, ich danke dir herzlich!«

Sie war sehr rot geworden. »Es ist ja nicht wahr«, sagte sie. »Wer hat es dir erzählt? Der Lysko? Der lügt immer!«

Er ergriff ihre Hand. »Diesmal hat er nicht gelogen. Und wenn du wüßtest, wie sehr es mich gefreut hat. –«

»Warum?« fragte sie harmlos. »Warst du so hungrig?«

»Nicht deshalb, aber ...« Er wollte sagen: Aber weil es von dir kam! Aber dazu fand er doch nicht den Mut, und überdies ließ sie ihm auch keine Zeit zum Reden.

»Nun geh«, sagte sie, »störe mich nicht in der Arbeit. Diesen Bottich hier muß ich noch voll Wasser füllen und dann einen doppelt so großen drüben auf dem Meierhofe. Das Wasser muß über Nacht stehen, damit sich der Kalk setzt. Das ist eine Arbeit von zwei Stunden, und jetzt dunkelt es schon.«

»Gute Nacht«, sagte der junge Schmied und bot der Dirne die Hand.

»Gute Nacht«, erwiderte sie und schlug sehr kräftig ein. »Gute Nacht, du – du – du Jud!«

Aber sie lachte freundlich dazu, und er fühlte wohl, sie sprach nun das Wort in ganz anderer Weise als bisher. Ganz selig ging er von dannen. Was war das für eine Prachtdirne, wie schön war sie, wie dick war sie, wie herzhaft konnte sie lachen! Und wenn die einem die Hand gab, so spürte man es noch eine Viertelstunde danach.

»Und ganz freundlich war sie zu mir«, sagte er vor sich hin. Vielleicht fiel ihm das nur des Kontrastes wegen auf, denn das erste Mal hatte sie ihn ja geprügelt und das zweite Mal beschimpft.

Daß er die Kasia liebe, des war sich der Bursche wahrhaftig noch nicht klar. Nur eines fühlte er, daß es ihn recht glücklich machen würde, wenn er ihr einen großen Dienst leisten könnte. Am liebsten gleich heute und auf der Stelle. Aber wie? Da fiel ihm der Meierhof ein und der Bottich. Wenn er ihn füllte, so konnte die arme, müde Magd schlafen gehen und brauchte nicht in die Nacht hinein zu schöpfen und zu heben. Rasch lief er auf das Vorwerk zu. Es bestand aus prächtigen Äckern, aber nur ein kleines Hüttchen stand da, in welchem die Eltern des Dorfkönigs hausten, zwei steinalte Leute, die bereits mit den Hühnern schlafen gegangen.

Totenstill lag im taghellen Mondlicht das kleine Anwesen. Und da stand schon neben dem Schöpfbrunnen der eichene Bottich zurechtgerückt. Rasch machte sich Moschko ans Werk; der Eimer flog nur so auf und nieder. »Wie sie sich freuen wird!« lachte er behaglich. »Und wie erstaunt sie sein wird! Und ob sie wohl errät, wer es für sie getan hat?«

Der Gedanke, sie würde es gewiß erraten, machte ihn um so emsiger. Aber der Eimer war klein und der Bottich groß. Es dauerte eine Stunde, bis das Gefäß voll war.

Just als der schlanke Hebebalken zum letzten Male niederging, hörte er rasche, schwere Schritte hinter sich. Die Kasia stand vor ihm. Und wie nun schon einmal der Mond ein Zauberer ist, nun kam sie ihm zehnmal schöner vor als je zuvor.

»Was machst du da?« fragte sie erstaunt. »Du hast die Arbeit für mich getan?« Sie sagte es langgedehnt und in ganz seltsamem Tone.

»Ich dachte – ich wollte – weil du müde bist –« Der arme Bursche stotterte, als hätte sie ihn bei einer Freveltat ertappt.

Aber sie machte in der Tat ein Gesicht, als wär's ein Verbrechen gewesen. »Das war nicht gut«, sagte sie finster. »Das heißt, ich danke dir, du hast es gut gemeint. Aber ...« Sie stockte und blickte ihn scheu an.

»Verzeih mir«, stammelte er.

»Da ist nichts zu verzeihen, da ist nur zu danken. Aber ich bitte dich, tu dergleichen nie wieder. Und ich bitte dich, erzähle niemand, daß du mir den Gefallen getan.«

»Ich hätte ohnehin geschwiegen«, sagte er. »Aber wissen möcht ich doch, warum du es ausdrücklich verbietest.«

»Weil ich« – brach es ihr leidenschaftlich aus tiefster Brust –, »weil ich nicht vertrage, daß mich die Leute in ihren dummen Reden mit einem Juden zusammenbringen!«

Er zuckte zusammen und taumelte zurück, als hätte ihn eine feindliche Faust so recht aufs Herz gestoßen. Aber sie gewahrte es nicht. Heftig fuhr sie fort: »Da hast du dich gestern bei dem Lysko nach mir erkundigt, und du weißt nicht, was das für ein boshafter Schwätzer ist. Und dann war der Hritzko dabei. Du weißt es vielleicht nicht, obwohl es alle wissen: dieser Hritzko ist in mich verliebt. Er ist ein braver Bursche, auch wird er einmal von seinem Onkel ein Gütchen erben, aber trotzdem mag ich ihn durchaus nicht. Warum – das weiß ich selbst nicht, ich habe oft darüber nachgedacht, aber ich bringe es nicht heraus. Er glaubt, weil ich einen anderen liebhabe, und ist eifersüchtig. Nun, und da haben er und der Lysko mich heute geneckt. Deinetwegen, verstehst du! Und da habe ich mich sehr geschämt –«

Der Bursche lächelte bitter. »Es ist auch eine furchtbare Schande«, sagte er dumpf.

Nun wurde sie erst gewahr, wie tief sie ihn verletzt hatte. Sie trat auf ihn zu, der mit gesenktem Haupte dastand. »Du bist böse auf mich, Moschko?« fragte sie.

»Nein, nicht böse, du – du kannst ja nichts dafür!«

»Aber es tut dir weh!«

»Freilich!« sagte er. »Wie wär es anders möglich? Ich bin ja auch ein Mensch, oder glaubst du, daß ein Jude kein Mensch ist?«

»Moschko!« sagte sie, »es ist doch ewig schade, daß du ein Jude bist!«

»Rühr nicht daran«, erwiderte er halblaut, hastig, »es ist nun einmal so. Und weil es so ist, will ich tun, wie du wünschest. Ich will nie von dir sprechen und werde dir nur dann begegnen, wenn ich es nicht ändern kann.«

»Aber du wirst in Freundschaft an mich denken!« bat sie. »Ich bitte dich, verzeihe mir, daß ich dir immer schlechte, höhnische Worte gegeben habe. Es war nicht so böse gemeint. Ich bin nun einmal so ein trotzig Ding –« Eine flammende Röte stieg ihr ins Antlitz; er konnte es im hellen Mondlicht deutlich sehen. »Und«, fuhr sie fast flüsternd fort, »es war vielleicht weniger Trotz gegen dich als – gegen mich selbst. Ich hätte dir weit lieber ganz, ganz andere Worte gegeben. Und weil mich das ärgerte, war ich so böse –«

»Kasia!« rief er jubelnd und faßte ihre Hand.

»Nein, laß mich«, stammelte sie in höchster Erregung. »Nun weißt du alles. Und – auch ich weiß alles. Sage mir nichts, es ist überflüssig. Wir haben keine Schuld daran, das hat Gott gemacht oder vielleicht der Teufel. Denn es könnte nichts als Elend daraus werden, wenn wir schwach wären. Und darum – leb wohl!«

»Leb wohl!« sagte er und ließ die Hand fahren. In seinem Ohr dröhnte das Wort, welches er heute morgens vernommen: »Wehe dem, der die Schranken überschreiten will, welche Gott auf Erden aufgerichtet.« Er beugte sein Haupt und wiederholte: »Leb wohl!«

Nach verschiedenen Richtungen gingen sie auseinander. Aber nun geschah etwas Seltsames zwischen den beiden. Gleichzeitig wandten sie sich um, eins dem andern nachzusehen, und standen so wieder einander gegenüber. Und flugs war er wieder bei ihr.

»Kasia«, bat er, »es ist ja das erste und das letzte Mal! Ich möchte dich einmal küssen.«

»Es ist eine Sünde«, erwiderte sie. <sup>74</sup>

»Weil ich ein Jude bin?«

»Ja! Aber ich nehme es auf mich.« Sie schloß die Augen und ließ die Hände sinken. »Küß mich!« sagte sie.

Er umschlang sie und küßte sie – wohl an die zehn Male. Und sie küßte ihn wieder.

Dann rissen sie sich voneinander los und liefen davon, sie in ihre Kammer, er auf die Heide. Sie barg ihr glühendes Antlitz in das Strohkissen und er ins nasse Heidekraut. Aber das war auch der einzige Unterschied. Denn sie weinten beide gleich bitterlich; er zum ersten Male in seinem Leben. Und beide empfanden sie zwischendurch eine seltsame, wehmütige, bittere Seligkeit …  <sup>75</sup>

# Neuntes Kapitel

So begann diese Liebe, welche zwei arme, rohe, hilflose Herzen in ihren tiefsten Tiefen aufrührte, und mit dem Beginn schien auch das Ende gekommen. Denn jenes Entsagen, welches sie einander zugestammelt, schien ihnen in der Tat notwendig, selbstverständlich. Der jüdische Schmied und die christliche Magd – die Schranken zwischen ihnen hätten nicht unübersteiglicher sein können, wenn er ein Menschenfresser der Südsee gewesen wäre und sie eine deutsche Prinzessin. Das wußten die beiden und verlebten nun trübselige Tage ohne Trost und Hoffnung.

Der Kasia erging es übrigens doch noch besser als dem armen Juden, schon deshalb, weil ihr Gefühl das schwächere war. Daß es nicht tiefer drang, verhinderte wohl ihre Frömmigkeit. Sie wußte, diese Liebe gehe gegen den Glauben, und weil ihr der Glaube hochstand, so fand sie darin einen Trost für den Verlust. Freilich war sie deshalb doch traurig und sehnsüchtig genug. Solange sie mit dem anderen Gesinde beisammen war, zwang sie sich zur Heiterkeit, trug den Kopf hoch und verdrehte auch dem Hritzko zum Zeitvertreib seinen blonden Kopf noch mehr als bisher. Letzteres tat sie wirklich nur aus Langweile oder auch, um jenem grausamen Instinkte zu genügen, welcher im Herzen jedes Weibes lebt, selbst des edelsten Weibes. Aber wenn sie allein war oder doch nur mit den Kühen, da schüttete sie ihr Herz aus. »Muh! Muh!« sagte sie zu ihrem braunen Liebling, einem prächtigen wolhynischen Kalb, »du hast es gut! Hast kein Christentum und kannst nicht sündigen! Und wenn dir die Leute etwas nachreden, so ist dir das gleichgiltig. Muh! Muh! wenn ich doch auch nur so ein unvernünftiges Tier wäre!«

Und noch einem anderen lebendigen Wesen schüttete sie ihr Herz aus, aber dieses hatte eine unsterbliche Seele und sagte nicht »Muh! Muh!« dazu, sondern sehr erbauliche Worte. Das war der hochwürdige Herr Mikita Borodaykiewicz, und es geschah bei Gelegenheit der Beichte. »Väterchen«, sagte die Dirne und drückte ihr glühendes Antlitz gegen die Holzstäbe des Beichtstuhles, »ich habe eine schwere Sünde begangen!«

Der Hochwürdige nickte gutmütig. »Also auch du! Nun, wir wollen den Burschen schon zwingen, daß er seine Pflicht gegen dich tut. Wer ist es denn?«

Röter konnte die Dirne nicht werden, als sie schon ohnehin war, aber zornig wurde sie. »Was fällt dir ein, Väterchen? Es war ja nur ein Kuß!«

»Ein Kuß! Hoho! Himmelkreuzdonnerwetter! Das ist mir seit dreißig Jahren noch nicht vorgekommen! Ein Kuß soll eine Sünde sein? Das heißt, hoho! es ist eine Sünde, aber die Leute beichten's nicht, hoho!«

»Es war aber auch ein besonderer Kuß!«

»Besonders? Hoho! ich verstehe –«

»Nein, Väterchen, wirklich nur ein Kuß, aber ich habe ihn einem Verfluchten gegeben, einem Juden!«

»Himmelkreuzdon ...« Der Hochwürdige war so erstaunt, daß er nicht einmal den Fluch, welcher seinem frommen Munde doch sicherlich sehr geläufig war, zu Ende brachte.

»... nerwetter«, konnte er erst nach einer Pause pusten. »Das ist ja eine Sünde, so fürchterlich, daß sich alle Heiligen die Nase zuhalten müssen, wenn sie von der Erde zum Himmel emporstinkt. Das ist ja nicht einmal mit zwölf Wallfahrten, zwölf Fasttagen, ja sogar nicht einmal mit zwölf Gulden Opfergeld gesühnt! Unglückliches Geschöpf! – ein Jude, welcher den Heiland gekreuzigt hat ...«

»Er schwört, daß er nicht dabei war«, versicherte die Magd. »Und wenn ich auch zum Wallfahrten keine Zeit habe und das Fasten mir schwerfiele, weil ich ja immerfort arbeiten muß, so will ich doch gerne die Sünde durch Opfergeld sühnen! Zwölf Gulden freilich nicht, soviel macht ja mein ganzer Jahreslohn.«

»Und ist dir deine Seligkeit nicht soviel wert?« fiel ihr der hochwürdige Mikita ins Wort. »Wenn ich dir schon den Gang zu Unserer Lieben Frau in Ulaszkowce erlasse und sogar den zum heiligen Knöchelchen der gebenedeiten Wanda im Kloster zu Buczacz – ich sage dir, Mädchen, das ist ein so heiliges Knöchelchen, wie man kein zweites auf der ganzen Welt findet, jenes von Mikulince ist dagegen ein Ochsenknochen! – wenn ich dir also das erlasse und das Fasten dazu, wie könnte ich es dann vor Gott verantworten, wenn ich auch noch ein geringeres Opfergeld von dir annehmen würde?«

Aber die Kasia blieb fest: das Höchste, was sie zur Rettung ihrer Seele opfern könne, sei ein Gulden Konventionsmünze. Mehr habe sie auch nicht an Bargeld. Höchstens noch einige Eier und eine Henne.

Seufzend willigte der gute Mikita ein. Er hätte es nicht getan, wenn nicht die schlaue Dirne so unter anderem davon gesprochen hätte, daß sie sonst vielleicht genötigt sein werde, zu dem heiligen Knöchelchen in Mikulince zu pilgern; dort sei die Absolution billig. Das durfte Mikita nicht zulassen. Das heilige Knöchelchen in Mikulince war sein persönlicher Feind; es hatte ihn, den frommen Hirten, oft genug ein sündiges Schnapsfaß genannt und ihm mehr als einmal das griechisch-katholische Konsistorium in Lemberg auf den Hals gehetzt. Wohl hatte dies alles nicht die fragwürdige Reliquie in persona begangen, sondern ihr Hüter, der gleichfalls sehr wohlgenährte und dem Schnaps nicht grundsätzlich abgeneigte Basilianer Pater Andreas. Aber Mikita schlug den Sack und meinte den Esel. Und wenn er auf das heilige Knöchelchen losschimpfte, so traf er dabei besagten Esel gleichfalls auf – den Sack.

»Also«, rekapitulierte er seufzend, »einen Gulden Konventionsmünze, eine fette, nicht zu alte Henne und zwanzig Eier. Daß mir aber keines davon verdorben ist, Mädchen! … Absolvo te!«

Freudig aufatmend sprang die Dirne aus dem Beichtstuhl.

»Aber halt«, rief ihr Mikita nach, »du hast mir ja noch gar nicht gesagt, mit welchem Juden du die Sünde begangen hast!«

»Das sag ich auch nicht!«

»Aber dann kann ich dich nicht absolvieren!«

»Das hast du ja schon getan, Väterchen«, lachte die Dirne. »Und zurücknehmen läßt sich so was nicht!«

Teils durch die Beichte, teils durch die tröstlichen Unterredungen mit ihren Pflegebefohlenen fühlte sich die Kasia merklich erleichtert und trug es leichter, daß sie ihren jüdischen Geliebten in derselben Stunde gefunden und verloren. Der arme Moschko hatte es lange nicht so gut. Erstlich konnte er nicht beichten, weil das Judentum die Beichte nicht kennt, zweitens hatte er keine Kühe um sich, und mit Menschen mochte er nicht darüber reden. Und drittens hatte er die Kasia weit, weit lieber als sie ihn.

Diese Empfindung äußerte sich freilich nur verstohlen, oft komisch genug. So studierte er zum Beispiel täglich die Gesichtszüge des Hawrilo, weil der Bursche seiner Schwester ähnlich sah. Freilich nur »wie das Schwein der Kuh, sie haben beide vier Füße«, wie sich der poetische Jüngling selber sagen mußte. Aber, sagte er sich auch, »wer keinen Braten hat, frißt Eicheln«. Und darum starrte er dem Hawrilo stundenlang heimlich, verstohlen in das berußte Gesicht. Selbst die schwarze Magdusia, die Magd des Pfarrers, hat ihren vierschrötigen Liebsten schwerlich so oft und so zärtlich angesehen wie Moschko.

Das merkte der Geselle einmal und ließ erstaunt den Hammer sinken. »Höre du«, sagte er, »mit dir ist's nicht richtig. Du schielst ja nach mir wie der Mönch nach der Nonne!«

Moschko wurde verlegen und darum grimmig. »Ich habe nur sehen wollen, wieviel Platz auf deinem Gesichte ist. Jetzt weiß ich es genau. Drei Ohrfeigen kann ich dir nebeneinander geben.«

Aber Hawrilo schüttelte den Kopf.

»Das wird immer verdächtiger!« sagte er. »Nun wirst du sogar ohne Grund zornig. Bursch, was geht mit dir vor? Du wirst ja immer schweigsamer und trauriger! Stumm wie ein Fisch, traurig wie ein Ehemann. Daß du nicht singst, wundert mich nicht, ein Jude singt nie; das hast du auch früher nicht getan! Aber sonst hast du doch gesprochen! Sogar unser Alter ist seit seinem Traume heiterer als du. Also, was geht mit dir vor?«

»Nichts. Kümmert dich auch nicht!«

»Weißt du, auf welchen Gedanken ich komme? Du bist freilich ein Jud, und von Juden hört man sonst dergleichen nicht, aber ich glaube gar, du bist verliebt!«

»Unsinn«, rief Moschko unwillig. Und halb als Ausflucht, halb in bitterem Hohn über sich selbst, fügte er tief aufatmend hinzu: »Wie sollte ich verliebt sein? Weißt du denn nicht, daß ich eine Braut habe?«

»Eben darum!«

»Aber ich kenne sie ja gar nicht!«

»Sag, wie ist das möglich? Seine Braut nicht kennen! Und wirst du sie heiraten?«

»Was weiß ich?«

»Aber wer anderer kann es wissen?«

»Jeder andere eher als ich. Gott oder der Marschallik oder meine Braut. Ich selbst«, fügte er hinzu, »habe wenig dabei zu tun.« Er seufzte tief auf. »Es ist übrigens auch gleichgiltig!«

»Wie kannst du so reden?« verwies ihm Hawrilo. »Aber mich täuschest du doch nicht, du bist doch verliebt! Und ich weiß sogar, in wen du verliebt bist. Ganz genau weiß ich das!«

Moschko wurde unruhig. »Du natürlich, du weißt es!«

»Freilich, weil es mir meine Schwester gesagt hat!«

Der arme Bursche wurde totenbleich und konnte kaum den Hammer in der zitternden Hand halten. »Dei-ne Schwe-ster?«

»Freilich! warum erschrickst du so? Ich sag es nicht weiter. Mich wundert nur, woher meine Schwester es weiß.«

Moschko wäre am liebsten davongerannt; wie ein Knabe stand er da und zitterte. Aber der unerbittliche Hawrilo fuhr fort: »Hast du es ihr selbst gesagt? Oder hat es ihr dein Mädchen gesagt?«

»*Mein* Mädchen? Welches Mädchen?«

»Nun – das Judenmädchen, welches du liebhast!«

»Ich?!«

»Du! Ich bitte dich, verstelle dich nicht so, es nützt dir ja nichts. Meine Schwester hat es mir erzählt, haarklein, alles! Da sage ich ihr neulich: ›Du, wie sich der Moschko verändert hat, gar nicht zu sagen, so traurig!‹ Und da lacht sie: ›Das ist ja kein Wunder, er ist ja verliebt!‹ – ›In wen?‹ frage ich neugierig. Da denkt sie ein bißchen nach und meint: ›Nun, dir kann ich es sagen, weil du sein Kamerad bist, aber plaudere es nicht aus, denn es ist ein Geheimnis. Der Moschko liebt die Tochter des Juden, der in der Roten Schenke sitzt, an der Kaiserstraße von Barnow nach Rozaczywów. Es ist ein Mädchen mit roten Haaren, so rot wie der Anstrich am Hause ihres Vaters, aber sonst ganz dick und schön. Ihr Vater will sie ihm nicht geben, weil er nur ein Schmied ist. Und darum ist der Moschko so traurig.‹ So hat mir meine Schwester erzählt. Du siehst, ich weiß alles, leugnen hilft nichts.«

»Leugnen hilft nichts«, wiederholte Moschko, und obwohl ihm gar nicht fröhlich zumute war, mußte er doch unwillkürlich lächeln.

»Aber höre nur weiter! ›Der Moschko‹, hat meine Schwester ferner gesagt, ›ist ein sehr braver Junge, ich glaube nicht, daß sich unter diesen verfluchten Juden noch ein gleich braver Mensch findet. Also mußt du ihm raten, daß er recht glücklich wird. Denn du bist ein vernünftiger Mensch, Hawrilo!‹ – ja, wahrhaftig, so hat sie gesagt: ›Denn du bist ein vernünftiger Mensch, Hawrilo! Also rede ihm zu, daß er eine heiratet, die ihm gefällt, die Rote aus der Schenke oder sonst eine, die er sich selbst erwählt. Dann wird er glücklich sein. Aber die aus Chorostkow soll er nicht heiraten oder wenigstens nicht früher, bis er sich's gut überlegt hat. Höre, sage du's ihm und rate ihm gut! Denn der Moschko verdient, glücklich zu werden!‹«

Dem armen Burschen war es sonderbar zumute. Und in den Augen hatte er ein ungewohntes Gefühl, seine Lider begannen leise zu brennen … »Danke deiner Schwester«, sagte er ruhig, aber seine Stimme zitterte doch bei den Worten. »Danke ihr recht herzlich in meinem Namen …

Und was das Glücklichsein betrifft – ich werde nie glücklich werden, niemals!« Er wandte sich jählings ab, weil er fühlte, wie ihm die Tränen ins Auge schossen. Hastig griff er zum Hammer und schlug auf das Eisen los, daß eine Funkengarbe aufflog.

»Aber warum kannst du denn nicht glücklich werden?« fragte Hawrilo erstaunt.

Moschko gab keine Antwort. Ihm war sehr bitter zumute: als läge da sein eigen Herz auf dem Amboß und er müßte selbst unerbittlich drauflosschlagen.

Erst eine halbe Stunde später wandte er sich wieder um und sagte: »Dir sage ich es, und du kannst es auch deiner Schwester sagen, wenn du willst: die aus Chorostkow heirate ich *nicht*. Wahrscheinlich heirate ich niemals, wenn es nach meinem Willen geht, sogar gewiß nicht, aber die aus Chorostkow schon gar nicht. Und sobald ich den Marschallik sehe, mache ich der ganzen Geschichte ein Ende!«

Und am nächsten Tage führte er diesen Entschluß wirklich aus. Es war dies ein Sabbat. Bereits am Vormittage war Moschko dem Marschallik in der Schul während des Gottesdienstes begegnet, aber da mochte er ihn nicht ansprechen, zumal in einer, so wenig gottgefälligen Angelegenheit. Erst nach dem Essen suchte er den Gönner auf. Er fand ihn aber nicht allein, sondern in großem Kreise. Da stand unser Herr Türkischgelb in allerrosigster Stimmung vor der Schul, dem Plätzchen, wo sich um diese Stunde alles zusammenfand, was eine gemütliche Konversation liebte, und sein Bäuchlein wackelte behaglich, und sein Nasensystem glühte wie eine Zentifolie im heißen Juli. Wahrscheinlich war es Triumph, was von diesen Hügeln strahlte, Triumph über den Erbfeind, den alten Moldauer. Aber es war kein Pyrrhussieg gewesen. Denn aufrecht stand der Wackere und konnte erzählen, und nur die anderen um ihn her wackelten. Vor Lachen und Vergnügen wackelten sie, denn wie und was konnte der Marschallik erzählen!

Wie und was! Man müßte selbst ein geborener Marschallik sein, um das wiedergeben zu können. Zum Beispiel die Geschichte, wie Abraham Rosenberg, genannt »Avrumele Bronfen«, was zu deutsch Schnaps bedeutet, den Rabbi von Sadagóra mit des Rabbi eigenem Silbergeräte beschenkt und hiefür einen vollwichtigen Segen von dem Wundermanne erschlichen; oder wie besagter Schnaps-Abraham einem Bauer um fünf Gulden des Bauers eigenen Pelz verkauft; oder wie der Rabbi von Nadworna mit dem von Neu-Sandec in Fehde geraten, ob im Jenseits der

Fisch Leviathan in einer Zwiebelsauce den Gottseligen präsentiert werde oder ob man an der Tafel des lieben Herrgotts besagten Fisch süß eingemacht bekomme, mit sehr vielen Zibeben; oder wie Frau Golde Hellstein mit ihrer Köchin rede, und in welcher Tonart; oder – aber was nützt die trockene Aufzählung der Themen, welche Herr Türkischgelb überaus saftig bearbeitete! Genug, es war sehr schön, und die Leute lachten so laut, daß es dem Moschko schon von ferne entgegenhallte, was seine Schritte nicht gerade beflügelte.

Aber der Marschallik hatte ihn schon ersehen und streckte die Arme aus, als wollte er ihn umarmen. »Wer kommt da?« rief er fröhlich. »Ihr werdet sagen: Da kommt Avrumele Schulklopfers Moschele, der Schmied! Ich aber sage euch: Da kommt das gesegneteste Jüngel unter der Sonne! Denn was macht ein Jüngel glücklich? Eine schöne Braut! Und wer hat die schönste Braut in ganz Polen? Dieser Mensch da hat die schönste Braut, und morgen fährt er mit mir nach Chorostkow, und in vier Wochen ist die Hochzeit.«

»Ist das schon so ausgemacht?« fragte der junge Schmied finster.

»Natürlich!« antwortete der Marschallik harmlos, »wie ich vorgestern in Chorostkow war, habe ich es mit Sprinzele Krämerin so ausgemacht. Und dabei habe ich mir deine Braut wieder angeschaut, Moschele, und das Wasser ist mir im Munde zusammengelaufen, mir altem Narren – wenn das mein Weib wüßte! Aber das ist ja auch ein Mädel« – der Marschallik schnalzte mit der Zunge –, »ein Mädel, wenn die nicht drei Zentner wiegt, so will ich mein Lebtag Wasser trinken, ich! Ich sag euch, wenn die im Zimmer auf und ab geht, so ächzt das ganze Haus. Und diese Schönheit ...«

»Möchtet Ihr das nicht mir allein erzählen?« fiel ihm Moschko heftig ins Wort.

»Warum dir allein?« lachte der Marschallik behaglich. »Heißt eine Liebe! Noch niemals gesehen hat er sie und wird schon eifersüchtig, wenn man anderen von ihr erzählt. Moschele, was wird das erst werden, wenn sie dein Weib ist! Aber ich wundere mich gar nicht, die Rosel ist ja auch schon heute deinetwegen eifersüchtig. Und wie! Ich sag euch!« rief er pathetisch, »wie die zwei Leut füreinander passen –«

»Reb Itzig«, sagte Moschko sehr entschieden, »ich habe mit Euch allein zu reden. Seid also so gut oder –« Das »Oder« klang sehr drohend.

»Oder?« machte ihm der Marschallik nach und stemmte so imponierend, als es sein Bäuchlein erlaubte, die Hände auf die Hüften. Dann aber ließ er sie sinken und lachte freundlich. »Gut, Moscheleben, du sollst deinen Willen haben. Hört, ihr Leut, das ist kein Mensch, dem man widerspricht. Das ist ein eiserner Kopf, schon als Jüngel mit dreizehn Jahren war er's. Wißt ihr, was der einmal zu einem kaiserlichen Hauptmann gesagt hat? ›Wir Juden sind auch Menschen!‹ hat er ihm gesagt. Einem kaiserlichen Hauptmann – dieser Mosche da, so wie ihr ihn anschaut! Muß man nicht einem solchen Menschen den Willen tun? Also komm.«

Sie schritten abseit, dort, wo die alte Betschul an den Fluß grenzt. »Also, was willst du, mein Goldjüngel!«

»Euch sagen, daß es mit meiner Hochzeit nichts wird, gar nichts!« Der Bursche stieß es nur so hervor, seine Lippen bebten, und sein Herz pochte.

»Mbh!« machte der Marschallik; er gebrauchte diesen unartikulierten Laut, wo ihm Worte fehlten, und wußte ihm durch die Betonung die verschiedensten Bedeutungen zu geben. Hier klang das »Mbh!« wie der Ausdruck höchster Verwunderung.

»Gar nichts!« wiederholte der junge Schmied. »Gebt Euch keine Mühe, mich zu überreden. Ich heirate die Rosel doch nicht, und wenn sie von lauter Gold wär.«

»Dann hättest du auch nicht viel von ihr«, sagte der Marschallik; er war wieder soweit gefaßt, daß er einen Witz in seiner Manier machen konnte. Dann aber wurde er ernst und fragte: »Warum? Wenn du diese Perle wegwirfst, bist du ein Esel. Ich will wissen, warum du ein Esel bist.«

»Das – geht Euch nichts an!«

»Doch!« sagte der Marschallik. »Aus mehr als einem Grund. Zuerst, weil ich dich liebhab und dir zu deinem Glück verhelfen möcht! Zweitens, weil ich mich liebhab und nicht gern vor ganz Barnow und Chorostkow als ein Narr dastehen möcht. Drittens ...«

»Und wenn Ihr tausend Gründe hättet, ich habe nur einen, und der ist genügend: Die Rosel gefällt mir nicht!«

»Kennst du sie schon?«

»Nein, eben darum! Ich heirate nur eine, die ich mir selbst ausgesucht habe und genau kenne. Aber durch den Marschallik heirate ich nicht.«

»Mbh!« klang es wieder von den Lippen des dicken Mannes. Aber diesmal klang es wie Spott. »Höre, mein Sohn«, sagte er, »du bist nicht dumm genug, um selbst auf diesen Gedanken zu kommen. Wer hat dir die Dummheit eingegeben?«

Moschko wurde feuerrot. »Ich selbst bin vernünftig geworden«, versicherte er eifrig. »Schreit es nicht gegen Gott, daß man bei uns so die Ehe schließt, wie man Ochsen verkauft oder ein Faß Heringe?«

»Nein«, erwiderte der Marschallik. »Gegen Gott schreit, was du hier zusammenredest. Wenn die Christen die Mode haben, daß der Bräutigam die Braut genau kennenlernt, so hat das seinen vernünftigen Grund. Nicht dessentwegen, was sie ›Liebe‹ heißen, sondern die Vorsicht gebietet es so. Ein Christ weiß eben nicht im voraus, was er für ein Mädchen bekommt, aber ein Jude weiß es. Unsere Mädchen sind alle brav und fromm und gesittet und gehorsam, sie haben weder Mucken im Kopf, noch sind sie unzüchtig. Also weiß jedes jüdische Jüngel im voraus, daß seine Braut eine brave, treue, wirtschaftliche Frau sein wird. Nun fragt sich noch, ob sie für ihn paßt, das heißt: ob sie Geld hat, wenn er Geld braucht, und ob sie stark und gesund ist, wenn er es ist. Diese Sachen bringt aber ein Dritter leichter heraus als derjenige, den es selbst angeht. Und darum sind bei uns Juden die Heiraten durch den Vermittler üblich, und es ist gut, daß es so üblich ist.«

Der Marschallik hatte ernst gesprochen; man sah es ihm an, daß er hier seine innerste Überzeugung aussprach. Dann fuhr er fort: »Bei den Christen ist es anders, das gebe ich zu. Dort wird das Weib durch die Zucht und Frömmigkeit nicht genug gebunden, vielleicht ist also diese ›Liebe‹ nötig, damit das Mädchen dem Manne eine treue Gattin werde. Auch bei den Juden, welche sich deutsch kleiden und vom strengen Glauben abfallen, mag es vielleicht nötig sein. Aber bei uns ist es gottlob nicht nötig, und ob zwischen dir und deiner Rosel eine ›Liebe‹ ist oder nicht, ist gleichgiltig.«

»Meint Ihr?« fiel ihm der Geselle spöttisch ins Wort.

»Das meine ich!« erwiderte der Marschallik. »Weil ihr füreinander paßt in allem, was eine Ehe glücklich machen kann. Sie hat Geld und ist von Jichus (frommer, vornehmer Abkunft), der Bruder ihres Großvaters ist Rabbi in Hussiatyn gewesen. Du bist arm und eines Schulklopfers Sohn. Aber dafür bist du ein starker, schöner, braver Mensch, und sie ist taub, das heißt, sie hört nicht ganz gut, und das auch nur an manchen Tagen – ich glaube, nur an den ungeraden Tagen hört sie nicht ganz gut –, was weiß ich! Du hast ja eine starke Stimme, dich wird sie schon hören. Es war nicht leicht, für dich eine Braut zu finden,

Moschele, denn du betreibst ein unerhörtes Handwerk und bist ein Amhorez (Unwissender), nicht einmal die fünf Bücher kennst du genau. Also überlege es dir gut!«

»Ich habe es schon überlegt«, sagte Moschko. »Ich heirate die Rosel nicht!«

»Warum nicht?«

»Ich kann nur wiederholen: das geht Euch eigentlich nichts an. Aber meinetwegen, ich will Euch nochmals den Grund sagen: weil ich nur eine heirate, die mir gefällt.«

»So schaue sie dir an, vielleicht gefällt sie dir. Warum auch nicht? Weil sie taub ist? Hab ich dir denn nicht schon gesagt, daß man bloß an den ungeraden Tagen mit ihr etwas lauter reden muß? Nun – und übrigens, ich kann ja ein ander Mädel für dich suchen.«

»Nein, ich danke, ich tue es selbst!«

Der Marschallik blickte seinen Liebling scharf an. Dann sagte er langsam: »Moschele, verstelle dich nicht. Du bist ein ehrlicher Junge, es gelingt dir schlecht. Darum sage mir offen und ehrlich, wie es die Wahrheit ist, daß du überhaupt nicht heiraten willst!«

»Nun, also – es ist so!«

»Dann weiß ich auch, *warum* es so ist! Gott sei's geklagt, was ich da an dir erleben muß! Aber ich hätt gleich denken sollen: es tut auf die Dauer doch nicht gut, wenn man ein jüdisch Kind so mitten unter Christen leben läßt.« Er sprach es im Tone aufrichtigster Bekümmernis.

»Wie – wie meint Ihr das?« fragte Moschko verlegen.

Der Marschallik schüttelte betrübt den Kopf. »Ich *meine* nicht, ich *weiß*. Als wenn ich dabeigestanden wäre, so genau weiß ich es. Ich bin ja kein Esel, ich hab ja meinen Verstand! Die Sache steht so: du hast so eine Geschichte mit einer Goje (Christin), und darum willst du von einem Judenmädel nichts wissen!«

Moschko wandte sich hastig ab und wechselte jählings die Farbe.

»Wirf dich nicht herum wie ein Huzulenpferd, und werd nicht weiß wie die Wand und rot wie meine Nase! Es nützt dir ja doch nichts! Sage mir wenigstens, wer es ist!«

Aber Moschko richtete sich hoch auf. »Reb Itzig«, sagte er, »ich bin Euch dankbar für Euere Liebe, und wenn ich Euch einen Dienst leisten könnt, einen großen, großen Dienst, das wär mir ein Glück! Aber von diesen Sachen dürft Ihr nicht weiter mit mir reden – auch Ihr nicht, sowenig wie ein anderer Mensch! Nur vom Notwendigen wollen wir reden«, fuhr er fort. »Ihr müßt die Sache mit der Chorostkowerin lösen, bald – gleich!«

»Jetzt habe ich nichts mehr dagegen«, sagte der Marschallik; der Mann war so betrübt, daß er sogar keinen Witz mehr zu machen wußte. »Ich will die arme Rosel nicht unglücklich machen. Freilich habe ich sie auch ohnehin schon tief genug in den Schlamm hineingesetzt. Wenn ein Mädel verlobt war und die Geschichte löst sich wieder, etwas Schande bleibt doch immer an ihr hängen.«

»Nein, nein!« rief Moschko, »das darf nicht sein! Das muß ich natürlich auf mich nehmen! Ich will Euch einen Vorschlag machen: Wir verbreiten, daß ich mit Euch in Chorostkow war und daß ich der Rosel und ihrer Mutter gar nicht gefallen habe. Meinetwegen könnt Ihr sogar den Leuten erzählen, daß sie mich zur Tür hinausgeworfen hat. Mir kann das gleichgiltig sein!«

Der Marschallik schüttelte betrübt den Kopf und legte dem Gesellen die Hand auf die Schulter. »Moscheleben«, sagte er, »das mit der Rosel will ich besorgen, aber das Herz tut mir sehr weh um dich. Du hast eine Geschichte mit einer Goje, das lasse ich mir nicht ausreden. Und wenn ich so daran denk, daß du vielleicht dadurch selbst ein Goi wirst, so könnt ich weinen. Ich hab dich sehr lieb, Moschele, aber lieber will ich dich zum ›guten Ort‹ (Friedhof) hinaustragen sehen, ehe ich dich in der Kirche seh. Tu's nicht, Moschele!«

»Aber es fällt mir nicht ein!« rief dieser.

»Wirklich nicht?«

Der Jüngling schwor es ihm mit heiligen Eiden zu.

Aber der sonst so lustige Mann blieb gleichwohl traurig genug und seufzte. »Moschele«, sagte er, »ich will keinem Menschen von meiner Vermutung erzählen und hoffe, du wirst vernünftig und wirfst die Goje wieder weg, wie man einen Stein wegwirft. Denn sonst ist es das größte, größte Unglück! – für sie, für dich, für die ganze ›Jüdischkeit‹. Und meinst du, daß unser Gott mit sich spaßen läßt?«

Damit verließ er ihn und ging zu den Leuten zurück, die noch immer seiner und seiner Geschichten harrten. Aber obwohl er mit gewohnter Virtuosität erzählte und der Stoff sehr glücklich gewählt war – wie einmal ein Rabbi den anderen dazu gebracht, Schweinefleisch zu essen, aus Haß und Trotz natürlich –, so ging es ihm doch nicht recht vom Herzen, und die Zuhörer merkten dies auch.

# Zehntes Kapitel

So hatte der junge Geselle seinen Entschluß tapfer ausgeführt, aber das Herz ward ihm darum nicht leichter. Und war auch nun das Band gelöst, welches ihn mit jener tauben, gewichtigen Schönheit verknüpft hatte – die Kasia blieb ihm doch gleich unerreichbar. Von neuem hatte ihm die Unterredung mit dem Marschallik klargemacht, wie tief, wie unüberbrückbar die Kluft sei, welche ihn von der Goje scheide. Diese Kluft zu überspringen kam ihm nicht bei. Er verwünschte, er beweinte das Hindernis des Glaubens, aber selbst im Augenblicke größter Erregung kam ihm nie der Gedanke, Christ zu werden. Er wußte wohl, daß der Weihwedel des hochwürdigen Mikita das einzige Mittel sei, um die Kasia zu erkämpfen, und eben darum festigte sich sein Entschluß, ihr zu entsagen. Aber sein Herz ward dadurch nicht gesättigt, es blieb leidvoll und stürmisch. Entsagen ist immer bitter, auch dem Gebildeten, den Einsicht und Erfahrung sanft und zahm gemacht; aber dem Naturmenschen ist es fast schmerzlicher als jede andere Prüfung. Denn es widerspricht dem stärksten Triebe der Menschenbrust, der Selbstliebe. Zu leiden sind wir geboren, aber unsere Instinkte predigen uns das Gegenteil, und wir glauben ihnen gerne. So sind wir fest überzeugt, daß wir zu Freuden geboren sind, und nun krallt das Leben seine Riesenfaust um uns und drückt uns das Herz wund. Wir tragen es, aber über uns kommt jener schmerzliche Zwiespalt und jene bittere Frage: Warum so viel Leid? – jene Frage, die wie ein gemeinsames, unausgesprochenes Geheimnis durch alle Menschenherzen zittert. Auch durch die rohesten Herzen – und gerade diese sind die hilflosesten!

Verstört ging der junge Schmied umher, mied die Menschen und wurde sehr unhöflich, wenn ihn jemand um die Ursache seines Kummers befragte. Das erfuhr auch der Marschallik, welcher ihn eine Woche später, am nächsten Sabbat, aufsuchte. Aber dieser wackere Mann ließ sich nicht verblüffen. »Daß du so grob bist, Moschele«, sagte er bekümmert, »ist mir nur ein neuer Beweis, wie tief du schon in der Sünde bist!«

»Warum?«

»Darum! Wenn ein guter Mensch anfängt zu sündigen, so ist er zuerst nur auf sich selbst böse und hat Reue. Aber dann verdirbt ihm die Sünde das Herz, und er wird auch gegen andere gereizt. Endlich wirst du dich selbst wieder liebhaben und nur die anderen hassen und wirst ein schlechter Mensch geworden sein! Ja! Ja!«

»Nein! Nein!« rief der Geselle heftig. »Übrigens, seid Ihr nur dazu gekommen?!«

»Behüte!« erwiderte Türkischgelb. »Einem Verstockten zu predigen ist Torheit; ich tue gern Nützliches. Ich wollte dir nur sagen, daß ich morgen nach Chorostkow fahre, um mit Sprinze Krämerin deine Sach zu ordnen. Du mußt mir dabei helfen, du mußt die Schuld auf dich nehmen. Es soll so geschehen, wie du selbst es vorgeschlagen hast. Du gehst morgen früh vom Hause weg und kommst erst am Abend heim und erzählst: ›Ich habe der Chorostkowerin nicht gefallen!‹ Willst du?«

»Ja!«

Der Marschallik sah ihn betrübt an. »Moschele ...«, begann er weich. Dann aber schüttelte er traurig den Kopf und ging eilig von dannen.

Am nächsten Morgen verließ der Jüngling, der Verabredung gemäß, in aller Frühe die Hütte der Eltern. Den Segen, den ihm der Vater für die Brautschau erteilen wollte, lehnte er hastig ab – »es wird gewiß gut ausgehen«, murmelte er verlegen und wurde schamrot über die Lüge. Zornig eilte er davon, zum Städtchen hinaus. Aber wenn jenes Axiom des Lustigmachers richtig war, dann stand Moschko noch immer im ersten Stadium der Sünde. Denn sein Zorn richtete sich nur gegen sich selbst, und während er so mit geballten Fäusten über die Heide lief, titulierte er sich von Zeit zu Zeit knirschend mit den auserlesensten Schimpfnamen.

Als er jenen Wald erreicht, der sich von Korowla gegen das Grenzdorf Rossow hinzieht, wurde er allmählich ruhiger. Der herrliche Herbstmorgen, das feierliche Schweigen im Walde, machte ihn sanfter und milder. Und als er sich endlich müde gegangen und nun zur Rast unter einer mächtigen Buche hinsank, da wich der Zorn aus seinem Herzen, und nur die Trauer blieb darin.

Das hatte wohl der Herbsttag bewirkt, obwohl es Moschko nicht ahnte. Er war häufiger im Freien gewesen als seine Glaubensbrüder, die nur ungern die dumpfen Mauern des Ghettos verlassen. Wald und Heide waren ihm nicht so fremd und unheimlich wie jenen. Aber vertraut war er nie mit ihnen geworden, und es fiel ihm nie bei, die Natur bewußt zu genießen. Auch jetzt nicht, wo er in das matte Blau des Herbsthimmels starrte und erstaunt das wundersame Farbenspiel des welkenden Laubes betrachtete. Nur unbewußt empfand er ihren Zauber, aber eben darum vermochte ihn dieser ganz zu unterjochen. Sein Zorn schwand, sein Herz sänftigte sich, weil ihn die Natur übermannte und seinem Herzen dieselbe Stimmung mitteilte, welche der Wald um ihn atmete. Während er so zusah, wie der Sonnenglanz erbarmend das sterbende Laub verklärte, empfand er zum ersten Male sein Entsagen nicht als bohrenden Schmerz, sondern als wehmütige Ergebung. Und zu dieser Empfindung stimmte auch alles Tönen um ihn her; es klang wie ein Seufzen, wenn sich hie und da ein welkes Blatt löste und raschelnd niedersank, und selbst der gelle Schrei des Kranichs in der Höhe vertönte, durch die Ferne gemildert, wie ein zitternder Ruf in den Lüften.

Da klang plötzlich ein anderer Schrei in sein Ohr, so schrill und bang, daß er jählings aufsprang. Es war eine Menschenstimme. »Hilfe! Hilfe!« klang es durch den Wald. Totenbleich stand der Jüngling einen Atemzug lang, dann stürmte er davon, dem Rufe nach. Er hatte die Stimme der Geliebten erkannt.

Sie war es auch wirklich; in einer Minute hatte er sie erreicht, sie und den »schönen Jacek«. Mit flammenden Wangen, die Augen blitzend vor Zorn und Erregung, die Lippen in die Zähne gepreßt, daß sie bluteten, so rang das Mädchen mit dem Sohne ihres Dienstherrn. Jacek war wirklich ein schöner Mensch; stark wie ein Bär, geschmeidig wie ein Fuchs. Eines jener kecken, scharfgeschnittenen Falkengesichter, die man heute nur noch selten unter den Ruthenen findet. Die Geißel des Polen, der Weihwedel des Pfaffen, der Schnaps des Juden haben diese Gesichter allmählich furchtsam und stumpf gemacht. Aber der junge Jacek Hlina sah wirklich noch aus wie einer jener freien Kosaken, die einst gegen Lemberg oder Jassy gezogen, die Männer zu morden, die Frauen zu bezwingen. Und auch jetzt tat er wie einer jener Ungebärdigen. Aber das Mädchen erwehrte sich seiner tapfer, und es war ein interessantes Schauspiel, wie die beiden Starken zornig und glühend miteinander rangen.

Moschko freilich sah dies Schauspiel nicht ganz klar, sondern wie durch einen roten Nebel. Mit einem Sprunge saß er dem Jacek im Nacken und hatte ihn niedergerungen. Dann hob er die Fäuste und ließ sie auf dem Rücken, auf der Brust, auf dem Kopfe des Bezwungenen spielen wie Hämmer. Es war kein ungefährliches Spiel; der junge Schmied hätte da leicht zum Totschläger werden können. Zum Glück war sein Gegner sehr geschmeidig. Er entschlüpfte den Riesenfäusten, richtete sich auf und stürzte mit einem Fluch davon Nur seinen zerknüllten Hut, an dem einige Pfauenfedern prangten, mußte er zum Zeichen seiner Niederlage auf der Walstatt lassen.

Nun stand das sonderbare Liebespaar nach einer Trennung, die beiden so ewig lang gedünkt, wieder beisammen, allein im Walde und nach einer so eigentümlichen Begebenheit. Kein Wunder, daß sie sehr befangen waren und schwiegen.

Endlich begann Moschko zögernd und leise: »Siehst du, heute war es nicht meine Schuld.«

»Was?«

»Daß ich dir begegnet bin!«

»Was sprichst du da?« rief sie eifrig. »Du entschuldigst dich noch? Ich habe ja dir zu danken! Ich habe meine schwere Not gehabt mit dem Menschen. Ich habe ihn gebissen wie ein Hund und gekratzt wie eine Katze, aber ich war doch sehr froh, als mir jemand zu Hilfe kam.«

»Wie bist du eigentlich in den Wald geraten?«

»Weil heute Sonntag ist und ich nach Rossow gehen wollte, um dort eine Freundin zu besuchen. Leider habe ich zu Hause gesagt, daß ich hingehe, und der Mensch hat die Gelegenheit benützt, mir aufzulauern. Nun, du hast ihn gehörig zerbleut. Aber wie bist du in den Wald gekommen?«

Er erzählte es ihr, anfangs zögernd, dann rasch, warum er sich heute versteckt halten müsse.

Sie hörte es kopfschüttelnd an. »Das ist gar nicht klug«, sagte sie. »Erstens hättest du sie dir doch ansehen sollen, ehe du abgesagt hast. Wer weiß, vielleicht hätte sie dir recht gut gefallen. Oder wenn du schon dieses Mädchen nicht gewollt hast, wozu die Lüge? Das kann dir einmal sehr schaden – verstehst du? Wenn dir vielleicht einmal eine andere gefällt, dann werden die Leute sagen: jene in Chorostkow hat ihn nicht gewollt!«

»Das ist mir sehr gleichgiltig«, sagte Moschko seufzend. »Mir wird gewiß nie ein Mädchen gefallen. Ich bleibe ledig.«

»Warum?« Sie fragte es so schlicht, so unbefangen! Selbst eine Kuhmagd in Podolien kann kokett sein, wenn sie will.

»Du fragst noch?« rief er, »du weißt es ja so gut wie ich!«

»Ja!« sagte sie. »Aber ich weiß auch, daß uns niemand helfen kann, auch Gott nicht. Es ist das beste, wenn du mich vergißt!«

»Aber ich kann nicht!« rief er. »Ich habe es versucht, ich bringe es nicht zustande. Wenn du mir verbietest, dich zu sehen, so werde ich dir gehorchen. Aber glaube nur nicht, daß dies für mich gut sein wird. Ich werde verrückt werden, das sage ich dir!«

»Man wird nicht so leicht verrückt – übrigens, was willst du?«

»Dich!«

»Und ich will dich, und es kann doch nichts daraus werden.«

»Es muß!« rief er und faßte ihre Hand und preßte sie so fest, daß diese rote Hand in der seinen ganz blaß wurde. »Es muß, ich bin ein Feigling gewesen, als ich dir diese Zusage geleistet habe. Es geht über meine Kraft!«

»Aber es streitet gegen Gott!«

»So soll er mich strafen. Wenn ich nur zuerst glücklich bin!«

»Und was werden die Menschen sagen?«

»Wer etwas sagt, den schlage ich nieder!«

»Aber was kann ich tun, wenn sie mich quälen?«

»Dir nichts daraus machen! So denke ich! Und darum: ich werde dich sehen, sooft ich kann. Aber dich zwinge ich nicht, von dir verlange ich nichts. Meine Liebe braucht dich ja gar nichts anzugehen. Du magst es halten, wie du willst.«

»Sprich nicht immer von meinem Willen! Wenn es nur von mir abhinge ...«

»Nun?«

»Du weißt ja, was ich dann täte! Verstelle dich nicht! Ich habe dich lieb und darum – gerade darum, leb wohl!« Sie riß ihre Hand aus der seinen.

»Gut«, sagte er grimmig. »Ich habe nichts dagegen. Es ist mir gleichgiltig, ob du mich nicht liebhast oder ob du nur zu feig bist, mich zu lieben. Ich aber liebe dich und werde dich wenigstens anschauen, sooft ich kann, jeden Tag.«

»Das wirst du nicht!«

»Warum?«

»Weil dann die Leute mich necken werden!«

»Du und immer du!« rief er. »Nach mir fragst du nicht. Dir wäre es gleichgiltig, wenn ich mich aufhängen würde.«

»Moschko!« rief sie und fing heftig zu weinen an und fiel ihm um den Hals, »wenn ich mir nur zu helfen wüßte!«

Er achtete nicht auf ihre Tränen. »Willst du mich liebhaben?« fragte er und erstickte sie fast mit seinen Küssen.

»Ja!« schluchzte sie und riß sich doch wieder aus seinem Arm.

»Und ich darf dich wenigstens jeden Sonntag sehen und sprechen?«

»Ja, aber jetzt muß ich nach Rossow.«

Sie ging, aber doch erst nach zwei Stunden.

Von da ab kamen die beiden häufig zusammen, und es ist von ihrem Glück nichts weiter zu berichten. Höchstens, wie sie es hehlten. Sie wußten, daß über ihren Häuptern die Gefahr hing, von der Welt entdeckt und erbarmungslos zertreten zu werden. Aber das machte sie nicht trüb, sondern nur schlau und vorsichtig. Sie wechselten häufig ihre Zusammenkunftsorte; sie waren verschwiegen, und ihre Liebe gab ihnen sogar die Kraft, unbefangen zu scheinen.

So konnte von den Leuten in Barnow niemand erfahren, wie schwer sich Moschko vergehe, und von den Leuten in Korowla niemand, welche Frevlerin die Kasia sei. Auch der hochwürdige Vater Mikita erfuhr es nicht. Wohl beichtete die Dirne sehr oft, aber von dem Geliebten kam in all den Geständnissen keine Silbe vor. Und als der Hochwürdige sie einmal fragte: »Nun, hast du jenem Juden nicht wieder einen Kuß gegeben?«, da erwiderte sie unwillig: »Wo denkst du hin, das tut man einmal, aber nicht wieder!« Aber andere Sünden beichtete sie, von denen sie keine begangen: Wie sie das Vieh habe absichtlich hungern lassen, ihrem Herrn einen Metzen Korn gestohlen und ähnliches. Aber nachdem sie davon so lange gesprochen, bis der Hochwürdige eingenickt oder ungeduldig geworden, dann pflegte sie sehr rasch dazwischenzuflüstern: »Und ferner: ich habe den Moschko lieb!« Doch das verstand Mikita nicht und sagte zum Schlusse gemächlich, nachdem er ihr eine Buße von einigen Kreuzern oder Eiern auferlegt: »Absolvo te!« Damit war das Gewissen der Magd beruhigt. Gesagt hatte sie es ja doch. Und war es ihre Schuld, wenn der Hochwürdige nicht aufmerksam zugehört oder gar geschlummert?!

Was aber Moschko betrifft, so hatte er gar nicht die Empfindung einer Sünde, und wenn sie ihn zuweilen ankam, so half er sich leicht darüber hinweg. Er hatte das Gefühl, daß ein Verhältnis, welches zwei Menschen so glücklich mache, eigentlich gar keine Sünde sein könne. Nur dem Marschallik wich er aus. Denn der kleine Mensch sah ihn immer mit sonderbar durchdringenden Augen an, mit traurigen Augen. Und es

betrübte ihn tief, daß sein Liebling auf solche Bahnen geraten. Im

Grunde seines Herzens konnte er sich selbst von einer gewissen Mitschuld nicht freisprechen. Er allein hatte ihn ja einst unter die Christen gebracht.

So ist von den Liebenden und ihren Schicksalen wenig zu sagen aus jener Zeit, da sie glücklich waren. Aber sie waren nur einen einzigen Winter lang glücklich, und im Frühling des nächsten Jahres wurden sie sehr, sehr unglücklich. Da traten drei Ereignisse hintereinander ein, an welche sie nie gedacht hatten, obwohl es samt und sonders keine unerhörten Ereignisse waren.

Das erste kann sehr kurz berichtet werden. Als Moschko wieder einmal zu seiner Kasia kam, da fiel sie ihm unter bitteren Tränen um den Hals und flüsterte ihm etwas zu.

Das zweite war, daß sich in einer Märznacht dem greisen Schmied sein Traum erfüllte: er wurde erlöst. Wahrscheinlich hatte er in jener Nacht noch einmal die weiße Lilie geschaut. Denn als ihn seine beiden Gesellen am nächsten Morgen nicht in der Schmiede trafen und darum in sein Kämmerchen traten, da sahen sie des alten Mannes Antlitz so, wie weder sie noch andere Leute in Barnow es je erblickt. Auf diesem sonst so düsteren Antlitz lag ein Ausdruck unsäglicher Ruhe und Verklärung. Was den alten Mann so heiter getröstet, konnte er niemand erzählen, denn er war tot.

Sein Besitztum fiel an einen armen Vetter, der bisher in Rußland gelebt. Der bezog nun die stattliche Schmiede, und sein erstes war, dem Hawrilo zu sagen: »Du bleibst!« und dem Moschko: »Du gehst!« Einen Juden konnte er nicht brauchen. Nur auf Fürbitte des Hawrilo ließ er ihm sechs Wochen Frist, einen andern Meister zu finden.

Aber dieser Sorge ward Moschko durch das dritte Ereignis enthoben: die Rekrutierung.


## Elftes Kapitel

Die Rekrutierung in Barnow!

Wer in einem der Kotstädtchen des österreichischen Ostens zurzeit verweilt, da dies Ereignis herannaht, dem wird zumute, als befände er sich in einem Ameisenhaufen, in welchen sich jählings ein Stock einbohrt. Alle Bande der Ordnung sind gelöst; in unsäglicher Wirrnis purzeln die Tierchen durcheinander und zappeln und flüchten. Das

94

Gleichnis paßt vollkommen. Denn es ist ja im Grunde nur ein Unterschied: die armen Ameisen können nicht ahnen, ob und wann es einer übermütigen Hand belieben wird, in ihren Bau den zerstörenden Pfahl zu treiben, während die Leute von Barnow recht wohl wissen, daß alljährlich im Frühjahr die kaiserlich-königliche Assentierungskommission in das Städtchen kommt. Aber es trifft sie gleichwohl sehr hart und bringt sie in unsägliche Angst und Bedrängnis.

Die Leute von Barnow, die Juden wie die Ruthenen, machen sich sonst wenig Gedanken über den Staat. Er ist ihnen kaum ein moralischer Begriff, nur eben eine physische Macht, eine einzelne Menschenhand: der Monarch. Sie verehren diese Hand nicht minder, als sie die Hand Gottes verehren und vielleicht aus denselben Gründen; sie spüren den Griff der Hand, aber die Person, welcher sie angehört, sehen sie nicht. Der Kaiser von Österreich und der liebe Herrgott stehen dem podolischen Bauer und Juden gleich fern, und es ist eine Frage, die man kaum entscheiden kann, vor wessen Antlitz zu treten ihnen leichter fiele und wessen Hof ihre Phantasie sich mit abenteuerlicherem Glanze ausmalt! Von Bürgerrecht und Bürgerpflicht, von einer Einsicht in Mittel und Zwecke des Staates, ist unter diesen armen Menschen, die ihr Dasein in tiefem Dunkel dahinschleppen, keine Vorstellung. Was der Staat ihnen Gutes bietet, ist ihnen so gewohnt und vertraut, daß sie nie darüber nachdenken. Der Staat baut die Straßen und schützt ihr Eigentum, ihren Leib und ihr Leben, aber das haben ja auch ihre Großväter so gehabt; sie ahnen gar nicht, daß das vom Staate kommt! Bleiben also nur die Pflichten, um ihnen den Staatsgedanken einzuprägen. Nicht bloß in Podolien, auch anderwärts empfindet der Niedere die Bande, welche ihn an den Staat knüpfen, nur als ein Netz, welches ihm die Geburt schon über den Nacken legt, in welchem er sich sein Leben durch abzappelt, welches ihm erst der Tod von den Schultern nimmt. Aber kaum anderswo tritt dies so grell zutage.

Zwei Pflichten sind es insbesondere, welche dem ruthenischen Bauer, dem jüdischen Städter in Galizien das Staatsbewußtsein einprägen: die Geldsteuer, die Blutsteuer. Die erstere wird ergeben und pflichtgetreu geleistet. Der Jude mindestens läßt es nur im äußersten Falle zur Exekution kommen. Schon aus Klugheit, weil eine Exekution Geld kostet, aber nicht aus Klugheit allein. Die Notwendigkeit dieser Steuer sieht er ein. Der Kaiser, sagt er sich, ist ein hoher Herr, er muß standesgemäß leben und hat überdies so viele Beamte zu füttern! Er verlangt das Geld nicht aus Mutwillen, er braucht es wirklich, also muß man es ihm geben. Anders die Blutsteuer. Wozu man Soldaten brauchen kann, das ist klar: dem Kaiser das Land zu schützen und seine Feinde totzuschlagen. Aber hat denn der Kaiser so viele Feinde? Und wäre es nicht möglich, daß man friedlich mit ihnen einen Ausgleich träfe? Ist denn zum Beispiel der Preuße ein gar so böser Mensch, daß ihm im guten gar nicht beizukommen? Er verliert ja im Kriege auch sein Fleisch und Blut! Sie sind sehr beschränkte Politiker, die Leute von Barnow; die Notwendigkeit des Krieges leuchtet ihnen absolut nicht ein. Auch sind sie Hochgefühlen von antiker Einfachheit und Größe verschlossen, und für den Ruhm haben sie gar kein Verständnis.

Aber weit grimmiger als der Verstand dieser Menschen kehrt sich selbstverständlich ihr Gemüt gegen die Blutsteuer. Es ist keiner Familie angenehm, ihren Sohn jahrelang entbehren zu müssen, ihn vielleicht in der Fremde sterben oder verderben zu lassen. Das gilt von den Christen wie von den Juden. In allen sträubt sich der starke Egoismus des Naturmenschen gegen die Wehrpflicht. Auch der ruthenische Bauer wird ungern Soldat, sehr ungern. Dem Juden vollends erscheint dies Los als das fürchterlichste Unglück. Die Gründe hiefür sind bereits berichtet, und wir haben hier nur die Folgen dieser Anschauung zu betrachten. Die Rekrutierung in Barnow schildern heißt im Grunde nur erzählen, was die Leute anstellen, um nicht rekrutiert zu werden.

Die Ruthenen fassen die Sache minder tragisch auf. Erwünscht ist es keinem, auf den Assentplatz zu gehen, aber wenn er abgestellt wird, so ist er nicht allzuschwer getröstet. Übrigens hält ihn auch der Fatalismus, dieser Grundzug der slawischen Volksseele, von gar zu heftigen Anstrengungen ab. »Wenn es vom Schicksal bestimmt ist«, seufzt der Wassilj oder der Hawrilo und trottet langsam vor die Kommission, das Haupt gesenkt, wie das Schaf vor dem Gewitter. Nur zuweilen hat, solange dies gesetzlich gestattet war, ein reicher Bauer seinen Sohn losgekauft. Nur zuweilen geht ein Assentpflichtiger durch, verdingt sich nach Rußland, nach Ungarn, läuft wohl gar bis in die Moldau. Oder er desertiert dem Transport und schlägt sich in die Karpaten und lebt in dieser ungeheueren Wüstenei vogelfrei, aber auch frei wie ein Vogel. Doch auch dies kommt kaum häufiger vor als anderwärts. Nur ein Mittel gebraucht der Ruthene öfter als der deutsche Bauer: die Selbstverstümmelung. Alljährlich im Frühjahr fällt mancher Daumen; mancher stattliche Bursche macht sich selber lahm. Das nützt ihm freilich nicht viel, statt in die

Kaserne kommt er ins Kriminal. Aber der gräßliche Unfug währt fort und wird wohl nie ganz auszurotten sein.

So drastische Mittel gebrauchen die Juden sehr selten; sie suchen sich auf andere Weise zu helfen: durch List. Sie kämpfen gegen die Assentkommission wie die Rothäute gegen die Weißen. Es ist ein Kampf, in dem *alle* Mittel gelten, auch die sonderbarsten Mittel. Es wäre unmöglich, diese Listen und Schleichwege erschöpfend zu schildern. Denn es ist das scharfsinnigste Volk der Welt, welches hier gegen eine verhaßte Institution streitet, und es kämpft für seinen heiligsten Wahn, für seinen Anteil am Jenseits.

Hier nur einige Andeutungen.

Auf dem Marktplatze von Barnow steht ein kleines Haus, nicht so schmutzig wie seine Nachbarn, sondern noch viel schmutziger. Vielleicht weil es kein Privathaus ist, sondern ein städtisches Gebäude, welches öffentlichen Zwecken dient. Ein solches Haus ist auch anderwärts irgendwie ausgezeichnet, zum Beispiel durch monumentale Bauart, dieses hier durch monumentalen Schmutz. Das ist das Gemeindehaus von Barnow. Über dem Eingang ist schief eine Tafel angenagelt, eine sonderbare Tafel, die einst schwarz war und heute grau ist, die einst viereckig war und heute seltsam ausgezackt erscheint. Auf dieser Tafel steht mit gelben Buchstaben in lateinischer Schrift: »Judisch Gemaind Kanzellaria«. Die Worte müssen übrigens heutzutage schon mehr geahnt als gelesen werden. Zur Zeit, da diese Geschichte sich begab, blinkten sie noch hell und deutlich. Aber wer damals die Türe öffnete und in den einzigen großen, fürchterlich verwahrlosten Raum trat, wußte auch ohne die Tafel, wohin er gekommen. Denn da saß hinter einem wackligen Tische Luiser Wonnenblum, der jüdische Gemeindeschreiber, und verfertigte auf halbbrüchigen Bogen »Eingaben« oder linierte Tabellen.

Luiser Wonnenblum war kein Adonis. Er war klein, pockennarbig, höckrig. Aber aus den enggeschlitzten Äuglein blitzte viel Schlauheit und Geistesschärfe. Nur der Dumme hat Glück, Luiser hatte viel Unglück gehabt. Sein Vater war ein reicher Wucherer gewesen und hatte den Sohn zu demselben Gewerbe erzogen. Und weil er ein Wucherer werden sollte und nicht etwa ein Gelehrter, so durfte er Deutsch lernen, um das bürgerliche Gesetzbuch zu verstehen und – das Strafgesetz. Luiser verstand es vorzüglich; er ward ein sehr reicher Mann. Da kam ihm der drollige Einfall, auch einmal, der Abwechslung wegen, ein ehrliches Geschäft zu machen. Er unternahm einen großen Getreideexport und ging dabei kläglich zugrunde. Nun wendete er sich, um nicht Hungers zu sterben, einer Tätigkeit zu, für welche ihn auch sonst seine Neigungen befähigten, er wurde der Winkelschreiber von Barnow und Geschäftsführer der Gemeinde. In diesen beiden Tätigkeiten kam er wieder zu leidlichem Wohlstand, weil er hier selten Gelegenheit fand, ehrliche Geschäfte zu machen.

Luiser hatte die Matrikeln zu führen. Er allein konnte es, denn fast er allein war der deutschen Schrift mächtig. Und was in den Matrikeln steht, bildet bekanntlich die Grundlage der Rekrutierungslisten. Da wurde also zum Beispiel dem Froim Luttinger ein Sohn geboren. Der Vater war der Ansicht, es sei just nicht nötig, daß Luisers offizieller Griffel dies erfreuliche Ereignis verzeichne. Weil aber Luiser dazu verpflichtet war, so bedurfte es natürlich einiger hundert Gründe, um ihn zu der Ansicht des zärtlichen Vaters zu bekehren. Die Gründe waren zahlreich, aber einer glich dem anderen, und auf jedem stand: Ein Gulden Konventionsmünze. Nachdem diese Gründe gewirkt, erfuhr weder die Kommission noch die Statistik etwas von der Existenz des jungen Luttinger. Er lebte ein völlig dokumentloses und darum völlig unbehelligtes Dasein.

Natürlich durfte Luiser nicht häufig so vergeßlich sein, weil sonst 98 leicht dem Kreisamte die jählings verringerte Fruchtbarkeit in Barnow hätte auffallen können. Aber es gab andere, minder gefährliche Mittel. Die Statistik lehrt als Axiom, daß die Frauen auf Erden zahlreicher sind als die Männer. Aber nirgendwo hat dies Axiom mehr Bestätigung gefunden als in Barnow, solange Luiser als Gemeindeschreiber wirkte. Da ward zum Beispiel dem uns wohlbekannten Simon Galgenstrick, dem munteren Fuhrmann, ein Sohn geboren und Aaron genannt. Verzeichnete Luiser dies gewissenhaft, so mußte zwanzig Jahre später der Jüngling vor der Assentkommission erscheinen. Darum ging der muntere Galgenstrick in die »Judisch Gemaind Kanzellaria« und überzeugte dort den Wonnenblum, daß der Neugeborene eigentlich ein Mädchen sei. Luiser zählte die Gründe nach, und weil er sie genügend befand, so schrieb er in die Rubrik der Geburten: »15. März. Rebekka Galgenstrick.«

Und Rebekka wuchs heran und nahm ein Weib und zeugete fröhliche Kinder, und wenn sie von der Wehrpflicht hörte, so streichelte sich Rebekka behaglich und still lächelnd den langen Bart.

Aber nicht bloß die Geburt, auch das Sterben hatte Luiser zu verzeichnen. Und auch mit dem Tod lassen sich Geschäfte machen, wenn man findig ist. Da stand in den Listen »Jakob Kleinmann«. Es war ein prächtiger Bursche, der diesen Namen trug, groß, stark, tadellos und fehlerfrei. Wer sich so den neunzehnjährigen Fleischergesellen ansah, der konnte, ohne just ein Prophet zu sein, wissen, was er in einem Jahre sein würde: Flügelmann der ersten Kompanie! Da tat Eile not. Jakob Kleinmann mußte sterben, und er starb eines jähen Todes. Während der Stadtarzt von Barnow, ein ehrlicher Mann, krank darniederlag und statt seiner der Wundarzt die Totenbeschau verrichtete, verlor der blühende Jüngling durch einen Schlagfluß sein Leben. Dann ging er auf ein Jahr nach Kolomea, und Luiser trug den erschütternden Todesfall in die Listen ein.

So plump und direkt konnte man aber das Sterben selten bewerkstelligen. Der Stadtarzt war unbestechlich, und auch sonst war die Sache zu gefährlich und konnte leicht entdeckt werden. Dann hätte der Tote nicht bloß lebendig werden, sondern einige Lebendige hätten ins Zuchthaus wandern müssen. Wenn aber jemand in die Moldau ging und dort starb, so war dies weit sicherer. Nach fünf Jahren konnte er immerhin neugeboren und mit funkelnagelneuem Namen in die Heimat zurückkehren und da so lange leben, bis er wirklich starb. So gingen denn viele junge Leute nach Jassy, Roman, Bottuschany, um dort ihren Geist aufzugeben, und Luiser gab ihnen Empfehlungsbriefe an dortige Geschäftsfreunde mit, damit diese ihnen zu einem raschen und billigen Tod behilflich seien.

Noch vielseitiger, noch tätiger war Luisers Konkurrent Beer Blitzer, der »Faktor«. Wer des einen Hülfe nicht gewann, begab sich unter des andern Schutz. Doch war die Konkurrenz keine direkte: während Luiser dafür sorgte, daß der Militärpflichtige nicht vor der Assentkommission zu erscheinen brauche, sorgte der Faktor dafür, daß ihn die Kommission für untauglich erkläre.

Das Geschäft eines Faktor ist fast ebenso schwer zu definieren wie jenes eines Marschallik. Denn beide Berufe sind naturgemäß aus Bedürfnissen und Verhältnissen hervorgegangen, von denen die Gesellschaft des Westens kaum eine Ahnung hat. Auch zum Faktor muß man geboren sein, der bloße Wille und Fleiß genügen nicht. Aber das ist auch die einzige Ähnlichkeit. Den Faktor verachtet jeder, den Marschallik liebt jeder. Der Faktor hat nur ungemütliche Verrichtungen, der Marschallik nur gemütliche. Der Faktor verdient oft viel Geld, der Marschallik bleibt sein Leben lang ein armer Teufel. Der Faktor hat mit Christen und Juden zu tun, und wäre die Kluft zwischen ihnen minder tief, so wäre auch seine Rolle zu Ende. Der Marschallik aber beschäftigt sich nur mit seinen Glaubensgenossen, und es ist nicht abzusehen, wann er ihnen jemals entbehrlich werden könnte.

Notwendig sind sie derzeit beide und naturgemäß auch. Der Marschallik kommt dem Bedürfnis eines gedrückten Volkes entgegen, welches selbst nicht viel Lustigkeit hat und daher einen Lustigmacher braucht, um lachen zu können; eines nüchternen Volkes, welches die Eheschließung wie ein Geschäft behandelt und daher einen Mann benötigt, der dies Geschäft mit vielem Verstand und einigem Gemüt zustande bringt. Der Faktor aber entspricht den Bedürfnissen der slawischen Welt, welche gerne genießt, ohne zu arbeiten, gerne durch andere verrichten läßt, was der Deutsche und Romane selber besorgt; gerne den Taumelbecher des Heute bis zum Grunde leert, mag auch dann der Katzenjammer des Morgen noch so gräßlich sein. Und nicht minder entspricht er den Bedürfnissen jener jüdischen Welt, welche, arg gedrückt und durch den Druck verschüchtert, auf dunklen Wegen ihre Ziele zu erreichen sucht. Und darum hat ein Faktor schier noch mehr zu tun als ein Marschallik.

Die Frau Bezirksrichter braucht ein neues Kleid oder auch nur einen Hut Zucker. Soll sie das etwa selber einkaufen? Bewahre! Erstens kostet das viele Mühe, zweitens droht vielleicht die Gefahr, daß die Leute nichts mehr auf Borg geben. Sie läßt den Faktor rufen und gibt ihm den Auftrag. Beer Blitzer versteht sich auf alles, darum auch auf Kleider und Zucker. Einige Stunden später hat die Gnädige das Gewünschte. Natürlich teurer und schlechter, als sie es selbst hätte einhandeln können – aber was liegt daran? Auch die anderen Frauen bemühen sich ja nicht selbst!

Der Herr Gerichtsadjunkt hat eine kleine unangenehme Affäre gehabt. Er hat einen Juden willkürlich, ohne jeden Grund, acht Tage im Arrest gehalten, vielleicht auch ein wenig prügeln lassen. Acht Tage nur und wenige Prügel, aber der Jude war doch so frech, beim Obergerichte Klage zu führen. Nun ist die Untersuchung angeordnet, und der Herr Gerichtsadjunkt ist in Gefahr, des lumpigen Juden wegen zum Teufel gejagt zu werden. Es kommt alles darauf an, daß der Mißhandelte widerruft oder sich wenigstens nicht mehr genau erinnert, was ihm widerfahren. Beer Blitzer eilt als Vermittler hin und her. Und wenn es überhaupt möglich, dann ist sicherlich er der Mann, eine solche kleine Vergeßlichkeit zustande zu bringen.

Zuweilen kommt es auch umgekehrt: es liegt jemand im Ghetto daran, daß der Gerichtsadjunkt vergeßlich sei. Wolf Bügeleisen hat dem Husarenleutnant Aladár von Felhossy fünfhundert Gulden geliehen, gegen Wechsel und schriftliches Ehrenwort. Das heißt: fünfhundert mußte Aladár schreiben, die Hälfte bekam er. Und der leichtsinnige Mensch hat den Betrag nur in Ziffern geschrieben. Der Verfallstag kommt heran; er kann den Wechsel nicht einlösen, und das ist schlimm, denn er hat ja sein Ehrenwort verpfändet. Wolf drängt jedoch nicht allzusehr. Aber zwei Monate darauf wird er grimmig: er präsentiert den Wechsel, und da steht: 5000. Der Leutnant flucht und droht mit der Betrugsanzeige, worauf Wolf ruhig erwidert, der Herr Leutnant habe sein Ehrenwort gebrochen, und wenn der Herr Leutnant zu Gericht gehe, so gehe er zum Generalkommando. Aladár kann nicht zahlen; er quittiert den Dienst und macht die Strafanzeige. Die Untersuchung beginnt. Aber Beer Blitzer nimmt sich der Sache an, der Akt bleibt lange liegen. Dann kommt ein Ausgleich zustande: die Untersuchung wird eingestellt ...

Der Herr Graf Alexander Rodzicki hat wieder einmal kein Geld. Das ist ein unangenehmer Zustand, der für den Herrn Grafen nicht einmal mehr den Reiz der Neuheit hat. Aber noch schlimmer ist, daß ihm niemand mehr etwas borgen will. Das ist just kein Wunder, denn es ist sehr zweifelhaft, ob dem Herrn Grafen noch die gräflichen Knöpfe auf seiner gräflichen Czamara gehören. Eine böse Historie also. Da wird Beer Blitzer gerufen, und er weiß Rat, noch mehr, er weiß Hilfe. Er nimmt einen Wechsel und bringt dreihundert Gulden. Wie er das zustande gebracht? Das ist sein Geheimnis. Und welche Summe auf dem Wechsel verschrieben ist, zu welchen Zinsen sich der Graf verpflichtet? Es ist gleichgiltig, am meisten dem Grafen; er gedenkt weder die Zinsen noch das Kapital zu bezahlen!

Ein schöner, leuchtender Zug des jüdischen Volksgemüts ist die große Barmherzigkeit gegen die Armen. Im Westen, wo dieses Volksgemüt unverbittert ist, wo weder Druck noch ungerechte Unbill es verhärten, wendet sich dies Erbarmen auch Andersgläubigen zu. Im Osten, wo der Christ für das »jüdische Hundsblut« nichts hat als Haß und Hohn, kümmert sich selbstverständlich auch der Jude nur um seinen Glaubensbruder. Redlich und reichlich wird für die Armut gesorgt. Das kleinste Städtchen hat genügende Fonds oder doch Vereinigungen, die nach Kräften beisteuern. Nicht bloß für die Armen ihres Orts! – die eiserne Klammer von außen her hat aus diesen Menschen *eine* große Familie gemacht. Wer immer, mit genügenden Zeugnissen versehen, in eines dieser Städtchen kommt, geht nicht mit leeren Händen davon. Der eine sammelt die Ausstattung für seine Tochter, der andere Brot für die Familie seines Bruders, der dritte für den Aufbau einer verbrannten Schul, der vierte Subskriptionen für ein gelehrtes Werk, der fünfte will den Rest seiner Tage in Jerusalem beschließen, der sechste sammelt Gaben für ein Siechenhaus – und so weiter, eine Aufzählung wäre unmöglich. Daß sich darunter Unwürdige finden, welche diesen edlen Zug ihres Volkes unbarmherzig ausnützen, ist selbstverständlich. Aber niemand versteht dies besser als Beer Blitzer. Im Verein mit Luiser Wonnenblum hat er eine regelrechte Dokumentenfabrik eingerichtet. Wenn ein Jude dieser Gegend »Schnorrer« werden will, kommt er nach Barnow und holt sich hier unter des Faktors Vermittlung die nötigen Papiere. Die fernen Glaubensgenossen in Posen, Litauen und der Moldau müssen die Leute von Barnow für die gelehrtesten, unglücklichsten, heiratslustigsten Menschen unter der Sonne halten. Jeden Tag rückt ihnen ein Barnower mit einem Werk, einer Tochter, einem Brandunglück auf den Hals.

Das sind nur einige Proben von der Tätigkeit des Faktors, aber sie gestatten einen Schluß auf das übrige. Von dem Wechsel der Zeiten ist dieser Beruf selbstverständlich so abhängig wie kaum ein anderer. Neue Geschäftszweige kommen auf, andere gehen unter. So widmet sich zum Beispiel der moderne Faktor auch der politischen Tätigkeit. Er spielt eine große Rolle bei den Wahlen für die Landes- und Reichsvertretung. Natürlich! er kennt ja alle Welt und ihre Schwächen! Übrigens agitiert er nur nach Prinzipien, er ist ein Mann der Überzeugung; er wirkt nur für jenen Kandidaten, welcher ihn am besten bezahlt. Nie für einen anderen!

Das konnte Beer Blitzer nicht mehr, er war längst tot, als Österreich ein Verfassungsstaat wurde. Aber zu seiner Zeit blühte dafür ein anderer Geschäftszweig, der heute nur noch spärlich betrieben werden kann. Damals war der Faktor noch der privilegierte Bestechungsagent bei der Rekrutierung, der Vermittler zwischen der Bevölkerung und der Assentkommission. Das geht heute viel schwerer, weil die Verhältnisse nicht mehr so korrupt sind wie einst, weil sich die Aufmerksamkeit des Staates diesem Menschenhandel zugewendet hat. Aber ganz wird dieser Unfug erst aufhören, wenn unter dem Einfluß einer milderen Zeit aus den geknechteten Juden des Ostens dereinst selbstbewußte Staatsbürger werden, welche die Segnungen eines freisinnigen Staatswesens genießen und darum auch willig seine Lasten tragen. In jenen Tagen aber, da unser Moschko sein zwanzigstes Jahr erreichte, war Beer Blitzer noch allmächtig. Er hatte es wirklich in der Hand, ob ein Jüngling Soldat werden sollte oder nicht. Darum wurde er zwei Male im Jahre zum sichtbaren Schicksal seiner Mitbürger, im Frühling und im Herbste, wenn die Schwalben kamen und schieden: bei der Rekrutierung und der Nachstellung. Wer sich nicht durch die Matrikelkünste Luisers gesichert oder sein Heil in der Flucht gesucht, mußte wohl oder übel mit dem Faktor über den Preis unterhandeln.

Beer Blitzer war ein dämonisch schlauer Mensch. Er forderte stets viel, sehr viel, aber niemals so viel, daß es der Stellungspflichtige oder dessen reiche Verwandtschaft nicht erschwingen konnte. Auch ließ er mit sich handeln. Im Osten gab und gibt es für keinen Artikel feste Preise. Nicht aus Menschlichkeit legte sich der Faktor diese Mäßigung auf; er tat's, um niemand zur Verzweiflung zu bringen. Denn ein Verzweifelter kann mancherlei tun, zum Beispiel: das ganze Treiben anzeigen, oder er kann genügenden Mut finden, um über den Kopf des Faktor hinweg mit irgendeinem Mitglied der Kommission direkte Verständigung zu suchen. In der Regel wurde man also handelseins. Auch in diesem Handel galten natürlich jene Prinzipien, die jeden kommerziellen Verkehr regeln. Wer ein häufiger Kunde war, also etwa ein Vater, der acht Söhne hatte, wurde billiger bedient als ein Mann, der nur zwei Söhne losbekommen wollte; ein Reicher mußte mehr zahlen als ein Armer; ein Schwächling kam billiger davon als ein Starker, und was solcher selbstverständlichen Rücksichten mehr waren. Die eine Hälfte wurde als Anzahlung gegeben, die andere mußte erst dann beglichen werden, wenn die Gefahr vorbei war.

Diese Geschäfte wurden schon mehrere Monate vor dem verhängnisvollen Tage ins reine gebracht. Dann hatten die Jünglinge und ihre Verwandtschaft nichts weiter zu tun, als mit Zittern und Beben der Entscheidung entgegenzuharren. Daß es eine Sünde sei, was sie hier auf sich geladen, fiel keinem dieser Leute ein. Sie glaubten im Gegenteil, vor Gott und ihrem Gewissen recht zu tun, indem sie ihre Söhne davor bewahrten, Sellner werden und Gottes Gebote übertreten zu müssen. Klaget darum nicht so sehr diese armen Menschen an als vielmehr den Aberglauben, der auf ihnen lastet, und jene Mächte, welche sich zwischen sie und das Licht der Welt stellen!

Jener schmähliche Handel aber wurde im ganzen und großen ehrlich eingehalten. Es kam selten vor, daß sich ein Befreiter weigerte, hinterher die andere Hälfte des vereinbarten Betrags zu bezahlen. Und schier noch seltener kam es vor, daß Beer Blitzer sein Versprechen nicht hielt, daß einer der Leute, die mit ihm einig geworden, dennoch das gefürchtete Gewand anziehen mußte. Beer Blitzer wußte eben, was er versprach. Und was gab diesem Menschen eine solche Macht? Das *Geld!* Der Faktor kannte die Verhältnisse, die Bedürfnisse, die Schwächen aller Menschen, die ihm wichtig waren. Und er hatte die Kraft, die Schlauheit, die Unbarmherzigkeit, diese Schwächen auszunützen.

Nicht jedes Mitglied der Kommission war bestechlich, es gab sehr ehrliche Leute darunter. Aber einer oder der andere waren leichtsinnig oder in gedrückten Verhältnissen, so daß ihm die Vorschläge des Verführers nicht ungelegen kamen. Auch war es gar nicht nötig, *alle* Mitglieder ins Vertrauen zu ziehen, es genügte, wenn *ein* Mann gewonnen war, dem ein Veto zustand. Aber es genügte eben zur Not. Auch kompromittierte dann den Bestochenen sein sonderbares Benehmen in den Augen der übrigen. Darum sorgte Beer Blitzer am liebsten dafür, daß die ganze Kommission bis zum letzten Schreiber herab an der Bestechung teilnahm. War aber dies unmöglich, so suchte er mindestens drei Mitglieder zu gewinnen: einen der Offiziere, einen der Beamten, einen der Ärzte. Am liebsten den Militärarzt. Nicht bloß, weil er einflußreicher war, sondern auch, weil die Zivilärzte, obwohl sie unentgeltlich den Rekrutierungen beiwohnen mußten, weit unzugänglicher waren. Das klingt seltsam, aber es war doch so.

Wir wollen die Männer, die ihr Amt mißbrauchten und sich in die Hand des Faktor gaben, gewiß nicht reinwaschen. Aber drei gewichtige Umstände sprechen für sie und sind geeignet, unser Urteil zu mildern.

Vor allem war die Besoldung dieser Staatsdiener eine sehr kärgliche. Wer Familie hatte, konnte kaum das nötige Brot beschaffen. Denn Galizien war und ist kein billiges Land. Die Lebensmittel freilich sind nicht teuer, aber wer menschenwürdig leben, wer nicht auf all den bescheidenen Komfort verzichten will, dessen Entbehrung dem Gebildeten fast bitterer fällt als der Hunger, gerät auch jetzt noch in herbe Not. Wie erst damals, wo das Gehalt kaum die Hälfte des heutigen betrug!

Zudem gerät man nirgendwo in der Welt leichter in Schulden als in der Landschaft zwischen Weichsel und Dnestr. Denn der Neuling sieht zu, wie jedermann um ihn Schulden macht, und es bedarf keiner Mühe, um ein Darlehen zu erhalten, man trägt es ihm ins Haus. Selbst den Wechsel nimmt man nur eben der Form wegen, um Lebens und Sterbens willen. Aber wehe dem Opfer, wenn es den Wechsel nicht pünktlich einlösen kann! Es folgt ein zweiter, ein dritter – der Betrag verdreifacht sich. Denn nirgendwo ist es schwerer, Schulden abzuschütteln, als eben in selbiger Landschaft.

Was aber endlich die Männer, die ihrer Pflicht vergaßen, hauptsächlich entschuldigen mag, ist die Atmosphäre, welche sie umgab. Alle Welt wußte von diesen Rekrutierungsgeschichten, überall hörte man einzelne Fakta, einzelne Preise nennen. Der traurige Handel wurde so offen diskutiert wie etwa der in Aquavit oder Wolle; niemand hatte ein Wort der Mißbilligung. Ist es da nicht begreiflich, wenn ein Neuling, der zum ersten Male in dieses Treiben hineingezogen wurde, endlich dachte: Was will ich tugendhafter sein als alle Leute um mich her?

Im Gegenteil! Es spricht zugunsten der vielverleumdeten Menschennatur, daß sich noch immer viele Männer fanden, welche selbst unter diesen Umständen jeden Faktor, der zu ihnen kam, die Treppe hinabwarfen. Das waren kleine Unannehmlichkeiten, die Ehren-Blitzer weiter nicht drückten. Auch das gehört zum Geschäft, dachte er. Hie und da bildete wohl auch ein solcher Hinauswurf nur das erste Stadium der Verhandlung, und ein Resultat kam doch zustande. Im allgemeinen konnte der Mann mit den Ergebnissen seiner regelmäßigen Orientierungsfahrten in die Kreisstadt zufrieden sein. Denn nachdem er die Geschäfte in Barnow abgewickelt, die Listen geschlossen, die Beträge in Empfang genommen, pflegte er sich an den Sitz der Behörde zu begeben, um zunächst die Zusammensetzung der Assentierungskommission zu erkunden und dann seinen Rundgang zu beginnen. Wohl wurden seine Taschen dabei bedeutend leichter, aber es blieb genug darin übrig.

Nun begann er den dritten Akt seiner Tätigkeit. Es war dies die Organisation, die Verteilung der Rollen, richtiger: der »Krankheiten« und »Fehler«. Ehren-Blitzer war ein erfinderischer Kopf. Aber dennoch kostete es ihm oft viel Mühe, bis er für einen gesunden, zwanzigjährigen Lümmel die entsprechende Krankheit herausgefunden. Wenn einer ein wenig schielte oder schwach gebaut war oder keinen genügend gewölbten Brustkasten hatte, da war freilich die Sache leicht. Aber trotz des Schmutzes und der Dumpfigkeit des Ghetto, trotz der unnatürlichen Erziehungsweise und der frühen Heiraten gediehen doch noch immer einzelne Exemplare in der Gemeinde, denen selbst Beer Blitzer schwer einen »Fehler« andichten konnte. Wenn sich nichts Glaubwürdiges entdecken ließ, dann mußten zwei Krankheiten als Ultima ratio herhalten. Erstens ein organisches Herzleiden, welches sich in beständigem Herzklopfen äußerte. Diese Rolle brauchte nicht erst einstudiert werden; wenn der Hirsch Rosenblum vor der Kommission stand, dann klopfte ihm gewiß auch ohne Vorbereitung das Herz zum Zerspringen. Zweitens Krampfadern. Die mußten freilich erst am Morgen der Assentierung blau angemalt werden; obwohl sonst den bildenden Künsten fremd, besaß Beer Blitzer doch speziell in diesem Zweige der Malerei eine hohe Fertigkeit.

Auch unser junger, armer, betrübter Riese Moschko hätte wohl angemalt werden müssen, wenn – ja wenn überhaupt jemand auch seinetwillen mit dem Faktor abgeschlossen hätte! Doch war dies nicht geschehen, aus verschiedenen Gründen.

Er selbst hatte kaum daran gedacht. Denn während des Winters war er ja so glücklich gewesen, daß er darüber die ganze Welt vergaß, im Frühling aber, als der Meister starb und die Kasia ihm ihr Geständnis ins Ohr flüsterte, da war er wieder so unglücklich geworden, daß ihm die ganze Welt, Beer Blitzer und die hohe Kommission nicht ausgenommen, gleichfalls sehr gleichgiltig war. Er erinnerte sich der Gefahr erst dann, als er zur Losung erscheinen mußte. Es war dies eine Art behördlich autorisierter Lotterie, welche mehrere Wochen vor dem Assenttage im Gemeindehause veranstaltet wurde. Da thronten der Bürgermeister, der Gemeindeschreiber und der Abgesandte der Bezirksbehörde würdevoll um einen Tisch, auf welchem ein Säckchen stand, welches ebenso viele Nummern enthielt, als es Stellungspflichtige gab. Truppweise wurden die Jünglinge eingelassen, und jeder zog, nachdem er das Säckchen kräftig geschüttelt und entweder ein Kreuz darüber geschlagen oder eine hebräische Bannformel gesprochen, eine Nummer heraus, welche die Reihenfolge seines Erscheinens vor der Rekrutierungskommission bestimmte. Da jährlich nur ein bestimmtes Kontingent ausgehoben wurde, so war die Nummer um so günstiger, je höher sie war. Erst als Moschko die Hand in jenes Säckchen steckte und unter den kleinen Papierrollen wühlte, ergriff und rüttelte ihn die Angst. Denn nun, wo er sich in einen anderen Beruf eingelebt, »bei welchem man auch starke Menschen braucht«, nun bangte ihm vor dem Soldatenrock, nicht aus Feigheit, sondern aus richtiger Einsicht. Und obgleich nun von der Gefahr bedroht, brotlos zu werden, und wegen des Unglücks seiner Kasia im tiefsten Jammer, war er doch eine viel zu tüchtige Natur, um sich das zweifarbige Tuch als Rettung aus all den Nöten zu wünschen. Nachdem er lange unschlüssig im Säckchen gekramt, zog er eine der Rollen hervor und überreichte sie dem Gemeindeschreiber.

»Vierhundertzwölf!« las Luiser Wonnenblum. »Bursche, du hast Glück! Du bist der drittletzte!«

Erfreut ging der junge Schmied von dannen und machte sich nun über die Sache keine weiteren Sorgen. Er hatte ja deren ohnehin genug.

Aber ein anderer hörte nicht auf, für ihn zu fürchten und zu sorgen und, soweit dem guten Menschen die schwache Kraft reichte, zu handeln. Das war sein philosophischer Freund, Herr Itzig Türkischgelb. Und eines Tages, da er sich in einem Ausnahmszustande befand und völlig nüchtern war, befiel ihn die Sorge so stark, daß er sich sofort zu einer rettenden Tat entschloß. »Er ist zwar nur ein Schmied«, sagte er und blickte dabei starr zu Boden, soweit ihm dies möglich war, das heißt, auf sein Bäuchlein herab, »nur ein Schmied, und eine Geschichte mit einer Goje hat er wahrscheinlich auch, und gegen das taube Rosele aus Chorostkow hat er sich auch nicht schön benommen, aber, ich kann mir nicht helfen, lieb hab ich ihn doch! Und wenn ich ihn nicht liebhätte, so bleibt er doch ein Mensch und bleibt doch ein Jud und soll kein Sellner werden. Da muß etwas geschehen. Noch heute!« Nachdem er so sein Herz gestählt, begab er sich zunächst zu jenem Manne, bei dem er zwar keine besondere Tatkraft, aber doch ein natürliches Interesse für Moschko voraussetzen durfte, zu Abraham Veilchenduft.

Diesem würdigen Manne war seit jenem Tage vor sieben Jahren, an dem wir ihm zum letzten Male begegnet, dem Tage, als er den dreizehnten Geburtstag seines Jüngsten in tiefer Rührung gefeiert, so viel Trübes und Schmerzliches begegnet, daß er nachgerade das armseligste und reduzierteste Schneiderlein der Welt geworden war. Und leider nicht dies allein! Er hatte sich im Laufe der Zeiten auch jene bedenkliche Art von Rührungen zur Gewohnheit gemacht und war daher nun auch eines der versoffensten Schneiderlein der Welt. Vielleicht war dies auch nur aus Verzweiflung geschehen. Was sein Haupthandwerk betrifft, so war er in währendem Zeitenlauf leider so ganz aus der Mode gekommen, daß man ihm nicht einmal mehr die Rettung sicherer Kaftane und Stiefelhosen anvertraute. Für seine zwei anderen Gewerbe, das Wachen bei den Toten und die Krankenpflege, war ihm in dem jungen, rüstigen Totengräber des Ortes ein siegreicher Konkurrent erstanden. Sein viertes

Gewerbe, die Schulklopferei, hatte er selbst aufgeben müssen, weil seine Kräfte hiefür nicht mehr ausreichten. Und so hatte er sich allmählich ausschließlich seinem fünften Gewerbe zugewendet, dem Betteln. Er wäre dabei samt seinem Weibe verhungert, wenn nicht die Kinder nach Kräften für ihn gesorgt hätten. Freilich waren auch sie nicht auf Rosen gebettet. Seine drei Töchter waren verheiratet, wie denn überhaupt in Podolien jedes Mädchen heiratet, sei's auch so unpassend, daß die Ehe sofort wieder getrennt werden muß, nur um der Schmach und Sünde zu entgehen, unvermählt geblieben zu sein. Die drei Frauen lebten mit ihren Ehegatten im Frieden, aber keine hatte ein Glück gemacht wie ihre Tante, die dicke Golde Hellstein, vielleicht weil keine so dick war. Die armen Mägde hatten arme Knechte geheiratet und lebten in großem Elend. Auch den Söhnen ging es nicht sonderlich. Der Erstgeborene, Manasse, ein Schneider wie der Vater und »besonders geschickt im Zuschneiden«, vermochte leider seine Talente nicht zur Geltung zu bringen; auch er kam nicht in Mode, und nach wie vor blieb Selig Diamant, das Juwel aus Buczacz, der Schneider der Elegants der Barnower Judenschaft. Auch »golden Mendele«, der zweite, war gar nicht mehr so golden wie früher; sein Schwiegervater war arm geworden, aber sein Weib hielt ihn deshalb doch grimmiglich unter dem Pantoffel. Und was schließlich unseren Moschko betrifft, so war alles andere eher bei ihm zu holen als Geld.

Als daher Türkischgelb sich aufmachte, dem Ex-Schulklopfer einen Besuch abzustatten und die Befreiung seines Schützlings durch Loskauf anzuregen, da war er sich wohl bewußt, daß hier höchstens guter Rat zu haben sei, aber sicherlich kein barer Heller. Er traf den Alten auf dem Bänkchen vor seiner Hütte, wo er gar trübselig saß und sich von der Sonne bescheinen ließ. Gerührt war er gerade nicht, aber darum doppelt grämlich.

»Recht habt Ihr, daß Ihr so sitzt«, begann der Marschallik. »Wir beide haben es nötig, ausdrücklich zu probieren, ob wir wirklich noch wert sind, daß uns die Sonn bescheint.«

Nach dieser höflichen Einleitung teilte er ihm den Zweck seines Besuches mit, worauf Abraham erwiderte, er habe nichts dagegen, wenn jemand seinen Sohn befreien wolle, im Gegenteil, er werde diesen Wohltäter segnen, aber das sei auch alles, was er dazu tun könne.

Türkischgelb schüttelte den Kopf. »Es hängt doch nur von Beer Faktor ab«, sagte er. »Und bei dem kann man nicht mit Segen bezahlen. So eine Münze kennt er gar nicht.«

»Probieren wir es«, sagte Abraham. »Oder wißt Ihr was, gehen wir in die Schenke, vielleicht fällt uns da was ein.«

»Da fallen höchstens wir selbst ein!« erwiderte der Marschallik. »Morsch genug sind wir beide. Nein! Nein! Man muß mit Beer deutsch reden, das heißt –« Er machte die Bewegung des Geldzählens.

»Vielleicht tut er es diesmal um Gottes willen!«

»Um Gottes willen?« meinte der Marschallik. »Nein! gewiß nicht, das wär auch eine Spekulation, die sich ihm gar nicht auszahlen möcht. Er ist ein so großer Sünder, daß ihn Gott gewiß für das siebenunddreißigste der Gehennim (Höllenräume) bestimmt hat. Wenn er eine gute Tat verrichtet, so begnadigt ihn Gott doch höchstens nur zum sechsunddreißigsten der Gehennim. Und das ist schließlich ein so kleiner Unterschied, daß ich's ihm nicht verargen kann, wenn ihm ein paar Zehner lieber sind.«

»Aber woher das Geld nehmen?«

»Nun, wer hat denn das Geld für Euere beiden anderen Söhne gegeben?«

»Für Mendele sein Schwiegervater. Wie, wenn wir Mosche schnell verloben würden?«

»Nein! Nein!« wehrte der Marschallik ab. Er hatte in dem Punkte seine Erfahrungen. »Aber wer hat für Manasse gezahlt?«

»Meine Schwester Golde. Aber jetzt gibt sie nichts mehr her. Wenn es auf sie ankäm, könnt ich verhungern und verdursten.«

»Diesmal muß sie doch dran!« rief der Marschallik. »Kommt, das ist die einzige Rettung.«

»Aber sie hat gedroht, mich hinauszuwerfen!«

»Das tut nichts«, sagte der Marschallik. »Wenn man um Gottes willen hinausgeworfen wird, so tut es gar nicht weh!«

Und die beiden Greise begaben sich zu der dicken Frau. Veilchenduft weinte, Türkischgelb lachte, Veilchenduft bestürmte durch Rührung, Türkischgelb durch Scherz das Herz der reichen Frau. Sie widerstand lange, ergab sich jedoch endlich diesen vereinten Bemühungen. »Wenn Beer Blitzer herkommt«, versprach sie, »und wenn er mir keinen teueren Preis macht, so will ich sehen, was sich tun läßt.«

Dankend entfernte sich Türkischgelb, suchte den Faktor auf und brachte ihn zu der dicken Frau. Ehren-Blitzer war in großer Verlegenheit, welchen Preis er stellen sollte. Der Bursche war stark, also zweihundert Gulden. Aber er hatte das letzte Los gezogen, also zwanzig Gulden. Der Bursche war auch sehr arm, also zehn Gulden. Aber er hatte eine reiche Tante, also fünfzig Gulden. Und dabei blieb es, und alles Feilschen brachte ihn nicht davon ab.

Das wollte Frau Golde nicht bezahlen, und so blieb alles in der Schwebe. Freilich nahm sie sich vor, die Sache bald in Ordnung zu bringen. Aber der Tag der Assentierung kam heran, ohne daß Beer Blitzer das Geld erhalten hätte. Und Beer Blitzer handelte nur gegen bar …

## Zwölftes Kapitel

Es werden heulen alle Geschlechter und mit den Zähnen klappern, und es wird Jammer und Furcht sein unter den Menschenkindern. So wird uns vom Tage des Weltgerichts verkündet, aber wer es erfüllt sehen will, braucht nicht zu warten, bis die Festen der Erde wanken und die Gewölbe des Himmels bersten. Denn dieselbe Erscheinung läßt sich in Barnow beobachten, alljährlich im April, wenn der Tag der Assentierung herannaht. Und jedes Anzeichen dieses Nahens mehrt den Jammer und die Herzensnot.

Da ist zuerst die Vorladung zur Losung, dann die Losung selbst. Schon sie bringt zwar nicht das Schicksal, aber doch eine Vorentscheidung, und darum wird ihr Ergebnis mit fieberhafter Spannung erwartet und hier mit wildem Jubel, dort mit banger Trauer aufgenommen. Das gilt natürlich von all den Jünglingen und ihren Verwandten, ohne Unterschied der Rasse oder Religion: Nathan und Hritzko bejammern ein niedriges, bejubeln ein hohes Los, weil die Selbstliebe in jeder Menschenbrust wacht. Aber wie sich nun dieser Jubel und Jammer kundtun und austoben, darin erweist sich der ungeheure Unterschied der beiden Völker, die seit Jahrhunderten unvermischt in derselben Landschaft nebeneinander wohnen.

Der Ruthene zieht jedenfalls zur Schenke und zecht sich einen Rausch an, gleichviel zu welchem Zwecke: die Verzweiflung zu lindern oder die Freude zu erhöhen. Erst in der Frühe des nächsten Tages wanken die jungen Bauernsöhne mit ihren Sippen ernüchtert in ihr Dorf zurück. Wer ein hohes Los gezogen, ist nun aller Sorgen bar, wem ein niedriges zugefallen, sieht mit stumpfer Ergebung der Zukunft entgegen. Nach dem Losungstage wird in den Dörfern mehr Schnaps getrunken als sonst, aber es findet keine Flucht mehr statt, keine Verstümmelung. Das Schicksal hat gesprochen; es schiene ihnen sündhaft und töricht, sich gegen seine Entscheidung zu mühen.

Anders die Juden. Auch sie alle haben nach der Losung, wie immer der Zufall dabei gespielt, ein gemeinsames Ziel, aber es ist nicht das Wirtshaus, sondern die Betschul. Der Glückliche muß Gott danken, der Bedrohte nur noch heißer und inniger um seine Hilfe flehen. Man könnte glauben, daß dieses feste Vertrauen in die Gnade des Allmächtigen die Zuversicht erhöhen, die Angst verringern, den bewegten Gemütern Ruhe bringen müsse. Aber diesem Volke ist die Tatkraft eingeboren; kein Zug ist seiner Seele fremder als jene stumpfe Ergebung des Slawen. Und wenn der Jüngling auch das höchste Los heimgebracht, er und seine Familie hören doch nicht auf, sich zu mühen, um die Gefahr zu wenden, welche ihnen nun einmal, nach ihrer gegenwärtigen Anschauung, diesem traurigen Produkt äußeren Drucks und inneren Wahns, als die furchtbarste erscheinen muß. Die irdischen Mittel sind bereits vor der Losung erschöpft, nun werden die himmlischen ins Treffen geführt. Die Eltern verpflichten sich zu milden Stiftungen, bezahlen die Steuer für dürftige Familienväter oder statten Bräute aus. Allerdings geschieht Ähnliches während des ganzen Jahres; es ist ein warmherziges Erbarmen, eine werktätige Menschenliebe in diesem Volke; aber in keiner Zeit fließen die milden Gaben so reichlich als zwischen dem Tage der Losung und jenem der Rekrutierung. Daneben wird auch ein Mittel angewandt, welches sowohl himmlische als irdische Zwecke erfüllt. Die jungen Leute fasten jeden zweiten Tag oder enthalten sich doch des Genusses von Fleisch und Wein. Denn diese Buße ist Gott wohlgefällig und scheucht zugleich das Rot der Gesundheit von den Wangen.

Unser Moschko fastete nicht wie seine Glaubensgenossen, noch trank er Schnaps wie die Bauernsöhne. Die Assentierung machte ihm, wissen wir schon, sehr geringe Sorge, weil ihm auf der Seele viel schwerere Lasten lagen. Sein neuer Herr, Simeon Grypko, der Vetter des Wassilj, welcher früher Lohnfuhrmann gewesen, verstand vom Schmiedehandwerk nur soviel, daß ein Jude nicht dazu tauge, und behandelte ihn demgemäß. Vergeblich suchte sich der Geselle dadurch seine Gunst und das fernere

Verbleiben zu erwerben, daß er mit schier übermenschlicher Kraft vom frühen Morgen bis in die Nacht hinein die schwerste Arbeit verrichtete; vergeblich blieb auch die Fürsprache des ehrlichen Hawrilo. »Wie könnte ich«, erwiderte Simeon, »mich so an Gott versündigen? Er hat mich soeben reich mit seiner Gunst begnadet, indem er den alten Wassilj sterben und mir die Erbschaft zufallen ließ. Und dafür sollte ich ihm nur den Dank wissen, daß ich einen der Leute in meinem Hause dulde, welche *ihn* ans Kreuz geschlagen haben?« Dabei blieb er, und so mußte sich Moschko, indes er den Hammer niedersausen ließ, immer wieder fragen: Was soll nun aus mir werden? Aber auch dies war seine schlimmste Sorge nicht, sondern der Gedanke an die arme Kasia. Je länger er darüber grübelte, desto trostloser ward ihm zumute. Nun bist du ein Schurke geworden, trotz deiner Ehrlichkeit! sagte er sich zähneknirschend und biß sich die Lippen wund, daß das Blut hervorquoll, weil es ihm eine Erleichterung war, sich selbst durch körperlichen Schmerz zu züchtigen. Wenn ein anderer ein Mädchen in Schande bringt, so kann er ihm die Ehre wiedergeben, du, Schurke, kannst es nicht! Denn an eine Ehe dachte er keinen Augenblick: noch immer lag ihm der Gedanke, Christ zu werden, so ferne, daß es ihm eher beigefallen wäre, plötzlich auf den Händen umherzugehen. Auch Kasia dachte nie daran, aber so bittere Tränen sie über die unausbleibliche Schmach weinte, dem Geliebten machte sie keine Vorwürfe, im Gegenteil! sie bemitleidete ihn. »Du Armer!« schluchzte sie. »Ich darf mich wenigstens zu meinem Kinde bekennen, es liebhaben und zu einem braven Menschen machen! Du darfst es nicht! Es wird ja nie erfahren dürfen, daß du sein Vater bist.« Sie war nur eine einfältige Magd und er ein armer Handwerksbursche, aber wie dieser Gedanke in beider Herzen wühlte, kann doch kein Menschenwort sagen ... Wie hätte Moschko da an die Assentierung denken sollen?

Er wurde erst wieder daran erinnert, als sein Vater eines Vormittags atemlos zur Schmiede gelaufen kam. »Moschko!« rief er stammelnd in den dämmerigen Raum hinein, »sie kehren schon!«

Der junge Riese trat vor die Türe. »Was kehren sie, Vater?« fragte er gleichmütig.

»Du fragst noch?« rief Abraham verzweifelt. »Er fragt noch, was man kehrt!« wiederholte er klagend und blickte zum Himmel empor, als wollte er diesen zum Zeugen der betrüblichen Tatsache anrufen. »Die *Reitschul* kehrt man, den Assentplatz! Weißt du nicht, was das bedeutet?«

Moschko wußte es. Es war dies das dritte Zeichen, welches das Nahen der Kommission verkündete, und pflegte darum den Geschäftsgang der Dorfschenken und den Wohltätigkeitssinn im Städtchen erheblich zu steigern. Aber der Jüngling verlor seine Ruhe nicht. »Ja«, erwiderte er, »in drei Tagen kommt die Kommission. Aber was soll ich tun? Soll ich kehren helfen?!«

»Sohn!« rief der Greis jammernd und hob die Hände flehend zu ihm empor. »Mach dir keinen Spaß mit diesen Sachen! Trotze nicht deshalb gegen Gott, weil du ein hohes Los hast! Komm heim und verbringe wenigstens die drei Tage zu Hause und in der Betschul, wie die anderen!«

Moschko verspürte keinen Drang zum Fasten. Gleichwohl mochte er den Vater nicht betrüben. »Es geht nicht«, sagte er sanft. »Ich kann nicht meine Arbeit liegen- und stehenlassen.«

Mit diesem Bescheide mußte Abraham sich zufriedengeben. Betrübt ging er heim. »Er denkt nicht an Gott!« klagte er seinem Weibe. Aber da irrte er; der junge Schmied betete in diesem Augenblick so inbrünstig wie noch selten. Es war freilich ein seltsames Gebet. Gott im Himmel! dachte er, während er eine mächtige Stange formte, daß die Funken stoben, ich weiß nicht, ob du in meiner Schuld stehst oder ich in der deinen! Aber wie immer dies sei, errette mich vor dem Soldatenrock! Du wirst ja einsehen, daß ich nun bei meinem Handwerk bleiben und Geld erwerben und der Kasia helfen muß, unser Kind zu ernähren. Bedenke, was ohnehin schon über mich gekommen ist, oder wenn es anders zwischen uns steht, wenn ich schwere Sünden begangen habe, so strafe mich in anderer Art! Du wirst diese Bitte erhören, Gott im Himmel, du mußt sie erhören, denn wenn *ich* kein Erbarmen verdiene, so denke doch an das arme Kind!

Es war vielleicht ein sehr sündhaftes Gebet, vielleicht auch eines der frömmsten, die je auf Erden gestammelt worden sind. Aber wie dem auch sein mag, es kam aus tiefstem Herzensgrunde und erleichterte dem Beter das Herz. Er wendete nun die Gedanken wieder seinen anderen Sorgen zu; die Assentierung bekümmerte ihn nicht mehr.

So verbrachte er denn auch die beiden nächsten Tage ruhig in der Schmiede; einer der wenigen Menschen in Barnow und Umgebung, welche auf die Zeichen der nahenden Gefahr nicht weiter achteten. Am vierzehnten April umstanden die Leute die gedeckte Reitschule und sahen zu, wie der verwahrloste Raum von den Gefangenen des Dominialgerichts reingefegt wurde. Im Inneren waren nur Staubwolken zu sehen und, wenn diese sich verzogen, einige zerlumpte Kerle mit Besen in den Händen, gleichwohl standen die Bewohner von Barnow andächtig im Kreise, und alle Schauer der Angst und Erwartung gingen ihnen durch die Seele. Und noch stärker rüttelten sie die Schauer am nächsten Tage, obwohl auch dieser kein sonderlich interessantes Schauspiel brachte: da umstanden sie das Gasthaus des Moses Freudenthal und sahen zu, wie die Fremdenzimmer für die Kommission instand gesetzt wurden. »Das ist die Matratze für den Herrn Major!« flüsterten die Eingeweihten, und das Wort ging von Mund zu Mund, und alle sahen mit gespannter Aufmerksamkeit zu, wie die Matratze geklopft wurde. Am sechzehnten April konnte die Schaulust schon reichere Befriedigung finden; da fuhr auf zwei Leiterwagen das Dutzend Soldaten vom Regimente Parma ein, welche den Dienst bei der Assentierung zu besorgen hatten. Flüsternd teilten sich die Zuschauer den Eindruck mit, den ihnen die bewaffnete Macht machte, insbesondere war der martialische Schnurrbart des Führers, eines Feldwebels, Gegenstand eifriger Erörterung. Obwohl dieser Schnurrbart sehr imponierend aufgedreht war, ließ sich der Träger desselben doch herbei, am Abend in der Schenkstube des David Brennteufel all den Moldauer zu trinken, mit dem ihn einige Hausväter der Stadt regalierten, und dabei seine Ansichten über die Kommission zu offenbaren. »Es wird furchtbar streng zugehen, ihr Juden«, versicherte er, »denn der Herr Major hat die Gicht, und der Kreisphysikus, der verdammte Zivilist, ist so einfältig, kein Geld zu nehmen. Wir werden rekrutieren, was stehen und gehen kann!« Die anwesenden Jünglinge setzten sich sofort, nicht bloß, um dem Feldwebel zu beweisen, daß sie nicht stehen konnten, sondern weil sie der Schrecken auf einen Sitz niederzwang. »Ja!« fuhr der Feldwebel fort, »der Kaiser braucht Soldaten, denn es wird bald Krieg geben, und was für einen Krieg!« – »Krieg!« klang es rings von bleichen Lippen wider; nur Türkischgelb, der Marschallik, behielt seine Fassung und meinte: »Zahlet ihm noch eine Flasche Moldauer, und es wird keinen Krieg geben!« In der Tat erwies sich dieses Mittel zur Herstellung des europäischen Friedens als probat; der Feldwebel äußerte sich weniger blutgierig und gab nach einer Weile sogar zu: »Nun, ihr Juden, vielleicht verträgt sich der Kaiser diesmal noch mit seinen Nachbarn, obwohl ich ihm nicht dazu raten könnte.« Aber keine der folgenden Flaschen vermochte auch die Gicht des Majors oder die Ehrlichkeit des Physikus hinwegzuspülen, das schien leider Wahrheit und war es auch.

Davon konnten sich die Leute am Nachmittage des siebzehnten April überzeugen, als endlich jene drei schweren, plumpen Mietkutschen dahergehumpelt kamen, welche die hohe Kommission von Tluste nach Barnow beförderten. Aus der ersten stieg der Major; der alte, verwitterte Kriegsmann mußte sich wirklich auf den Arm des Hauptmanns stützen, und der Schmerz im Kniegelenk entlockte ihm einen halblauten Fluch. Oh, wie dieser Fluch allen Umstehenden in die Beine fuhr, daß auch sie zu wanken begannen, als hätte das Podagra sie insgesamt mit Blitzesschnelle ergriffen! Der zweite Wagen barg den Physikus und den Kreiskommissär, und obwohl die Ehrlichkeit in einem Antlitz unmöglich so deutlich zu erkennen ist wie die Gicht an einem Fuße, so gewahrten die Leute doch an der verachtungsvollen Art, mit welcher der Arzt den demütigen Gruß des Beer Blitzer abwehrte, daß der Feldwebel auch hierin wahr geblieben. Einigen Trost bot ihnen nur die Verlegenheit, mit welcher der Regimentsarzt im dritten Wagen denselben Gruß aufnahm. Noch viel befangener war der junge, blasse Leutnant an seiner Seite. Der arme Junge! Der Versucher war in dem Augenblicke an ihn herangetreten, als er die Pistole geladen, um sich das Hirn zu zerschmettern. Mit den fünfhundert Gulden, welche ihm der Faktor auf den Tisch gezählt, konnte er seine Ehrenschuld begleichen und war aller Not enthoben. Gleichwohl wollte es ihm in jenem Momente scheinen, als wäre es besser gewesen, die Pistole loszudrücken ...

Die Physiognomien der sechs Herren und die Art, wie sie den Gruß des wackeren Blitzer aufgenommen, wurden nun für den Rest des Tages zu einem unerschöpflichen Gesprächsstoff, der von Stunde zu Stunde bänger und leidenschaftlicher diskutiert wurde. Auch Moschko entging diesen wichtigen Neuigkeiten nicht, als er am Abend aus der Schmiede heimkehrte. »Was geht's mich an?« erwiderte er gleichmütig, so daß die Leute ihn verwundert anstarrten oder die Achseln zuckten. »Er ist eben kein jüdisch Kind«, meinten sie, »wenigstens keines, wie es sein soll, und hätt gar nicht das große Glück verdient, ein so hohes Los zu ziehen.« Ruhig ging er durch die engen Gäßchen und besah sich das rege Treiben, als wäre er ein völlig unbeteiligter Zuschauer. Aus jedem der Häuser klang heftiges Reden oder Schluchzen, dazwischen das feierliche Rezitieren der Psalmen, dieser wundersamen Dichtungen, zu welchen der Jude stets seine Zuflucht nimmt, wenn sein Empfinden zu stark wird, um ihm eigenen Ausdruck zu leihen, mag ihn nun Leid oder Freude bewegen. Die ärmste Stube, aus welcher einer der Bewohner der Gefahr entgegengehen mußte, war heute hell erleuchtet wie sonst nur am Freitagabend; überall durchwachten die Mitglieder der Familie die Nacht mit dem Bedrohten. Auch die Bauernsöhne aus den umliegenden Dörfern hatten bereits mit sinkender Sonne, unter Führung ihrer Richter und Ältesten und von all ihren Lieben geleitet, ihren Einzug gehalten, auch sie schickten sich an, in und vor den Schenken die Nacht zu durchwachen, und verübten desto wilderen Lärm und Skandal, je bänger ihr Herz war. So widerhallte das Städtchen an allen Ecken und Enden von tausend wirren Stimmen.

Während Moschko so dahinschritt durch all das Drängen wildbewegter Menschen, ward ihm selbst die eigene Ruhe fast unheimlich. Ich möchte Gott fragen, tauchte wieder jener Gedanke in ihm auf, den er seit Jahren nicht abschütteln konnte, warum ich anders bin als die übrigen Menschen! Warum drängt es mich nicht, zu beten oder in der Schenke lustig zu sein? Freilich, ich bin ja nicht in Gefahr. Aber auch andere haben hohe Lose gezogen und verbringen die Nacht dennoch in Gebet oder Lustbarkeit. Und ich? In mir rührt sich nichts, als wäre mein Herz aus Stein!

Aber dieselbe Nacht sollte ihn belehren, daß sein Herz keineswegs steinern war, sondern im Gegenteil viel weicher und leidenschaftlicher als ihm zuträglich. Dafür sorgten zwei Begegnungen, die er kurz nacheinander hatte. Als er zur Schenke des David Brennteufel kam, wo sich die Leute von Korowla unter Führung des alten Jacek Hlina gelagert, gewahrte er unter den Dirnen auch seine Kasia. Die anderen waren gekommen, um mit ihren Brüdern oder Verlobten noch einmal fröhlich zu sein, ehe ihr Schicksal sich erfüllte; die arme Magd hatte sich irgendeinen schlauen Anlaß ausgeklügelt, in die Stadt mitgenommen zu werden. Dem jungen Gesellen begann das Herz stürmisch zu klopfen, als er sie erkannte; dieser stille Beweis ihrer treuen Liebe und Sorge rührte ihn tief. »O du Gute! du Arme! du Treue!« murmelte er vor sich hin. Noch hatte sie ihn nicht bemerkt, und hart kämpfte er mit sich selbst, ob er sie ansprechen solle oder nicht. Endlich siegte doch die Sehnsucht, mindestens einen warmen Blick, ein Wort mit ihr zu tauschen, und er trat auf die Gruppe zu, in der sie stand. »Guten Abend, ihr Mädchen«, sagte er und zwang sich zum Scherz, »wollt ihr euch morgen rekrutieren lassen?«

»Nein, Jüdchen«, riefen sie kichernd. »Da kämen wir ja mit dir in ein Regiment!« Die Kasia aber sagte: »Achtet nicht auf ihn! Da strolcht er herum wie ein Heide und hat doch auch einen Gott, zu dem er beten könnte!«

»Was liegt daran, ob sie ihn nehmen oder nicht!« riefen die anderen. »He, Jud, möchtest du gern das Gewehr tragen?«

Moschko blieb die Antwort darauf schuldig; bang suchte er dem Blick der Kasia zu begegnen, um zu erkennen, ob sie ihm ernstlich einen Vorwurf gemacht.

Es schien wirklich so. Denn als ihre Freundinnen fortfuhren, ihn zu hänseln, wiederholte sie: »Laßt ihn gehen! Er ist ein leichtsinniger Mensch! Ich kenne zufällig das jüdische Mädchen, dessen Geliebter er ist; die Arme hat sich in den letzten Tagen die Augen aus dem Kopfe geweint, weil sie so sehr um ihn bangt, er aber geht da fröhlich herum und neckt fremde Dirnen!«

119 Darauf wußte er keine Antwort zu geben und ging hastig weiter. »Sie hat wirklich verweinte Augen!« murmelte er betrübt.

Während er so ziellos durch das Gewühle drängte, legte sich plötzlich eine Hand auf seine Schulter. »Halt, Mosche!« Der Jüngling blickte auf. Es war Luiser Wonnenblum, der Gemeindeschreiber. »Du hast ja Zeit?« fragte der mächtige Mann herablassend. »Ich habe dir ein Geschäft vorzuschlagen ...«

»Ein Geschäft?« fragte Moschko erstaunt.

»Ja! ein gutes Geschäft, es sind dreihundert Gulden dabei zu verdienen. Dreihundert Gulden!« wiederholte er langsam und gewichtig. »Du kennst Chaim den Bäcker? Sein Sohn Ruben soll morgen zur Assentierung. Er hat eines von den mittleren Losen gezogen, und darauf hat sich der Alte verlassen und mit Beer Faktor nicht abgeschlossen. Jetzt ist es zu spät; der Regimentsarzt hat gesagt, wenn er noch mehr Bestechung an- nimmt, so kann es auffällig werden. Auch ich habe dem Geizhals, der nun verzweifelt ist, keinen anderen Rat gewußt, als einen Ersatzmann zu kaufen. Nun bist du freilich auch unter den Pflichtigen, wirst aber wahrscheinlich gar nicht vorgerufen werden. Willst du dich morgen als Ersatzmann für Ruben abstellen lassen? Einem anderen würde ich es nicht vorschlagen, aber du hast ja schon vor sieben Jahren Sellner werden wollen! Nun kannst du den Rock anziehen, den du dir damals so sehr gewünscht hast, und außerdem füttert man ihn dir warm aus: dreihun- dert Gulden sind viel Geld! Du kannst damit deine Eltern versorgen und obendrein selbst das lustigste Leben führen. Also, überleg nicht lang und komm mit!«

Moschko stand starr vor Staunen, dann aber begannen ihm die widersprechendsten Gedanken im Hirn zu wirbeln. Das war allerdings für seine Verhältnisse ein Vermögen, und wenn er das Opfer brachte, dann war seine Schuld an der Geliebten so weit gesühnt, als dies überhaupt möglich: sie konnte mit dem Gelde in ein entferntes Dorf ziehen, dort ihre schwere Stunde überstehen, das Kind bei verläßlichen Leuten unterbringen und wieder nach Korowla zurückkehren, ohne daß jemand etwas von ihrer Schande ahnte. Aber durfte er das Opfer bringen, war es nicht eine Versündigung an sich selbst? Nicht die Frömmigkeit, wohl aber die Vernunft ließ ihn jetzt den bunten Rock verabscheuen. Und durfte er seinen Eltern die schwerste Kränkung zufügen, welche ein Sohn ihnen, nach den Begriffen dieser Menschen, bereiten kann? Luiser hatte geheuchelt, als er ihn durch den Gedanken an ihre Versorgung zu ködern gesucht; er wußte ja so gut wie Moschko, daß Abraham Veilchenduft lieber Hungers sterben als einen Heller von dem Sündengelde annehmen würde, um welches sich sein Sohn zum Verächter der göttlichen Gebote gemacht! …

»Nun?« drängte Luiser, »du wirst doch kein Tor sein und dein Glück von dir weisen?«

»Gebt mir Bedenkzeit!« rief Moschko fliegenden Atems.

»Ich kann nicht. Komm mit, oder ich sehe mich nach einem Bauer um.« Der Mann wußte wohl, daß dies ein schwer Stück Arbeit sein würde, weil er ja einen Pflichtigen mit geringerer Losnummer nicht brauchen konnte. Und darum hielt er es für klug, fortzufahren: »Übrigens, weil du es bist, du triffst mich binnen einer Stunde bei Chaim dem Bäcker! Aber berate dich doch nicht etwa vorher mit deinem Vater! Der Mann ist alt und kennt die Welt nicht mehr!«

»Nein!« beteuerte Moschko, »meinem Vater sag ich keine Silbe.« Er riß sich los und verschwand im Gedränge. Es war ihm ernst um dieses Versprechen, denn so rasch, als ihn die Füße tragen konnten, eilte er zur Schenke zurück, wo er die Kasia wußte. Der Zufall war ihm günstig; sie hatte sich von ihren Gefährtinnen getrennt und stand abseit, in trübes Sinnen versunken. Der Jüngling strich hastig an ihr vorbei. »Komm mit – zum Flusse!« flüsterte er ihr zu und verschwand in einem engen Seitengäßchen, welches zum Sered führte.

Nach einer Minute stand sie an seiner Seite. »Was sind das für Streiche!« flüsterte sie zornig. »Wenn uns jemand nachkäme!«

»Ich mußte es tun«, entschuldigte er sich und erzählte ihr atemlos, in wirren Worten, den Antrag des Luiser und warum er ihn annehmen wolle.

»Du tust es nicht!« schrie sie auf und umfaßte seine Hand. »Du Tor, willst du mich ganz zugrunde richten? Meinst du, ich könnte das Leben ertragen, wenn sie dich etwa im Kriege totschießen würden und ich mir sagen müßte: Um meinetwillen hat er's getan! Und wenn auch dies nicht wäre, meinst du, ich ließe unser Kind aus schmählicher Feigheit unter fremden Leuten verderben? Geh und sage dem Verführer, daß er sich einen anderen suchen mag!«

»Kasia!« rief er, »du bist so gut – so gut –«

»Nein«, erwiderte sie, »ich war schlecht und will nur nicht noch schlechter werden. Ich will nicht, um meine Sünde zu verbergen, noch schwerere Sünden auf mich laden! – Geh!« fuhr sie fort und umfaßte ihn, »und möge dich Jesus Christ morgen beschützen!«

Er zuckte zusammen. »Kasia ...«, flüsterte er scheu.

»Ich kann ja nicht anders!« schluchzte sie. »Ich weiß nichts von deinem Gott! ... Das kann ja keine Sünde sein! ... Und vielleicht erbarmt sich auch dein Gott über uns beide!«

Sie wand sich aus seinen Armen und eilte zu ihren Gefährtinnen zurück. Er aber blieb noch eine Weile schwer atmend in der Dunkelheit stehen und begab sich dann raschen Schrittes zum Hause des Bäckers.

Schon von ferne scholl ihm aus den geöffneten Fenstern lautes Schluchzen entgegen. Dazwischen hörte er die tröstende Stimme Luisers. »Der leichtsinnige Bursche wird's ja tun«, versicherte der würdige Mann, »ich habe ihn so schlau zu überreden gewußt ...«

»Es hat Euch doch nichts genützt«, rief Moschko, ans Fenster tretend. »Vielleicht nimmt ein anderer eine solche Sünde an seinen Eltern auf sich!«

»Ich will für deinen Vater sorgen«, rief der alte Bäcker flehend. »Ich will ihm monatlich fünf Gulden geben oder sechs Gulden oder sieben ...«

Aber der Jüngling hörte es nicht mehr; erleichtert schritt er von dannen, seiner Schlafstätte zu. Niemals will ich es der Kasia vergessen, schwor er sich zu, niemals!

Auch das Stübchen seiner Eltern war noch hell erleuchtet; die beiden alten Leute waren über dem Psalmenbuche eingenickt. Als Moschko eintrat, fuhren sie empor und begannen zu schelten. »Ist das eine Nacht, wo man herumstreicht?!« riefen sie. »Fahre nur fort, Gott zu trotzen, er kann dir morgen noch seine Macht weisen, obwohl du das hohe Los hast!« Dann aber befahlen sie: »Nun setz dich und sage Psalmen!«

Gehorsam hockte er auf einen Schemel hin, schlug den Psalter auf und begann halblaut: »Wohl dem, der nicht wandelt im Rate der Gottlosen ...«

»Ja! wohl dem!« unterbrach ihn der Vater. »Aber wehe dem, der die Nacht vor der Assentierung in der Schenke verbringt ...«

Dann aber ließ er ihn ungestört weiterlesen, und das greise Paar nickte eifrig, bis ihnen das Haupt immer müder wurde und endlich auf die Brust herabsank. Moschko las tapfer fort; die schönen, kräftigen Worte taten seiner Seele wohl. Aber immer schwerer hoben sich seine Lider, und endlich schlief auch er ein.

Er erwachte erst, als bereits der helle Morgen in die Fenster schien. Das Johlen der Bursche, welche zum Assentplatze zogen, hatte ihn aufgeschreckt. Aus hundert rauhen Kehlen klang das Lied:

»Mutter, laß das Grämen,
Liebchen, laß das Schämen,
Liebchen, laß die Sorg und Qual!
Komm ja bald als Korporal!«

Es ist das verbreitetste Soldatenlied der Ruthenen. »Als Korporal« – höher versteigt sich der Ehrgeiz dieses Volkes nicht. Im polnischen Volksmunde lauten die Worte »als General«. Die kleine Variante charakterisiert die Eigenart der beiden Stämme überaus drastisch.

Hastig fuhr Moschko empor und weckte die Eltern. Es wäre ihm als freventlicher Leichtsinn erschienen, zum Assentplatz zu gehen, ohne vorher ihren Segen erbeten zu haben. Die Mutter küßte ihn auf die Stirne, Abraham legte die Hand auf seinen Scheitel. Den Gottesdienst in der Betschul hatten sie bereits verschlafen und verrichteten daher in der Stube das Morgengebet. Dann traten auch sie den schweren Gang an.

Je näher sie der Reitschule kamen, desto größer wurde das Gedränge, desto betäubender der Lärm. Wohl an die dreitausend Menschen umstanden das ovale, morsch gewordene Bauwerk, nicht bloß die Pflichtigen mit ihren Freunden und Verwandten, sondern auch die meisten Bewohner des Städtchens. Auch hier offenbarte sich auf den ersten Blick der

Unterschied des Volkscharakters. Die Ruthenen, sofern sie nüchtern waren, standen ruhig harrend da, aber es waren nur wenige nüchtern: die meisten verübten immensen Spektakel, und einige wälzten sich wohl auch im Kote. Unter den Juden hingegen war keiner, der in den letzten Stunden auch nur einen Tropfen Wasser über die Lippen gebracht hätte. Bleich und aufgeregt liefen sie umher, flüsterten und gestikulierten. Beer Blitzer war überall, obwohl er bereits die Nacht hindurch – Krampfadern gemalt! Aber es war auch nötig: er mußte ja jedem seiner Klienten noch einmal seinen »Fehler« und seine »Krankheitsgeschichte« einschärfen.

Um acht Uhr tat sich die Pforte der Reitschule auf, und einige Soldaten wurden sichtbar, an ihrer Spitze der Herr Feldwebel mit furchtbar emporgewichstem Schnurrbart. Die Bursche traten heran, wiesen den Schein mit der Losnummer vor und wurden eingelassen. In der Regel ging noch eine lange Abschiedsszene voraus, und manche Dirne hatte nicht übel Lust, den Liebsten überhaupt nicht aus ihren Armen zu lassen. Aber der Herr Feldwebel erwies sich als wenig galant; dauerte ihm das Küssen zu lange, so winkte er den Soldaten, und diese trennten die Zärtlichen im Handumdrehen und unter lautem Hallo der Menge. Und ebenso verfuhr der würdige Mann, wenn ein Betrunkener dahergeschleppt wurde. Er ließ ihn fassen und in der Vorhalle so lange mit eiskaltem Wasser begießen, bis das rote Gesicht bleich geworden.

Moschko bot ihm zu keiner der beiden Prozeduren Veranlassung. Als er vortrat und seinen Schein überreichte, besah sich der Korporal mit ingrimmigem Bedauern den mächtigen Leib des jungen Schmiedes. »Du kommst wohl gar nicht an die Reihe, Jud«, sagte er, »es ist ewig schade!«

Der Jüngling war anderer Ansicht. Lächelnd ließ er sich in die große Halle weisen, wo die Konskribierten zu harren hatten, bis sie vor die Kommission geführt wurden. Nachdem der Feldwebel seine Mission vor dem Tore erfüllt, erschien er hier und brachte bald Ordnung in die Menge, welche sich eng zusammengeschart, wie Schafe vor dem Gewitter. Er reihte sie nach dem Lose, und wieder murmelte er: »Schade! Schade!«, als er den Moschko unter die letzten weisen mußte. Dann teilte er sie in Haufen zu je fünf Mann; wenn die einen ausgekleidet vor die Kommission traten, mußten die andern mit dem Ablegen der Kleider beginnen. Neugierig, ohne eine Spur von Erregung, besah sich Moschko das Treiben. Sooft ein Haufe aus dem Zimmer der Kommission zurückkehrte, um sich wieder anzukleiden, ging lebhafte Bewegung durch die Reihen der Harrenden. Denn den fünf, die da zurückkamen, war es schon am Schritt deutlich abzusehen, welches Schicksal ihnen gesprochen worden. Die Entlassenen kamen fröhlich dahergesprungen, die Rekrutierten schlichen jammernd hinterdrein. Aber es gab diesmal auffallend wenig traurige Gesichter; die meisten wurden untauglich befunden. Der Herr Feldwebel fluchte mörderisch, denn Stunde um Stunde verging, ohne daß man ein Ende hätte absehen können. Während sonst die ersten zweihundert genügt, um das Kontingent des Bezirkes auszuheben, war diesmal das dritte Hundert bereits überschritten und die Zahl noch immer nicht voll geworden. Es rührte dies einerseits daher, weil Beer Blitzer diesmal besonders gute Geschäfte gemacht, andererseits boten auch die Ruthenen aus den Dörfern schlechteres Material als sonst, weil das Vorjahr ein Jahr des Elends gewesen und den Hungertyphus in seinem Gefolge gehabt.

Drinnen am grünen Tische gab es verdrießliche Gesichter. Der Regimentsarzt war sehr bleich, denn der Herr Major hatte ihn einige Male mit sonderbar scharfem Blick gemessen. Der alte Offizier war in der übelsten Laune. Zudem steigerte der Luftzug in dem alten, morschen Gebäude sein Podagra zum Unerträglichen.

»Himmelkreuzdonnerwetter!« brach er endlich los, »so machen Sie doch ein Ende, Doktor! Wir brauchen noch zwei Mann, und dreißig stehen noch draußen. So führet sie denn alle zusammen herein!«

Moschko erbleichte, als der Feldwebel den Befehl verkündete. Dieser bemerkte es. »He, Jude«, sagte er, »mir scheint, du hast dich zu früh gefreut. Aber tröste dich, du wirst Flügelmann!«

Moschko vernahm die Worte entsetzt. Die Gefahr war ihm immer so fern, so unwahrscheinlich erschienen, daß er nun unter ihrer Wucht fast zusammenbrach. Mit zitternden Knien trat er den Gang an.

Die dreißig stellten sich in drei Reihen auf. »Keine Ordnung einhalten!« rief der Major. »Die Stärksten nehmen!«

Der Regimentsarzt griff einen Ruthenen aus der ersten Reihe heraus und besah ihn flüchtig. »Tauglich!« schnarrte er. Aber auch diese Prozedur hatte für das Podagra des Majors zu lange gedauert. »He!« rief er, »wer ist der Längste unter den Kerls?«

»Der Jude hier!« rief der Hauptmann und deutete auf Moschko.

Der Regimentsarzt schielte nach Beer Blitzer hin, welcher mit Luiser Wonnenblum als »Vertrauensmann« der Gemeinde der Rekrutierung beiwohnte, aber Blitzer zog diesmal nicht die Augenbrauen empor, wie früher schon so oft. Hatte doch Golde Hellstein nicht bestimmt mit ihm abgeschlossen, geschweige denn ein Angeld erlegt!

Und so sagte der Regimentsarzt schnarrend: »Gesund, ganz gesund! Wirrr sind ferrtig!«

Dieses »ferrtig!« war das letzte, was dem armen Moschko noch klar ins Bewußtsein kam. Die übrigen Vorgänge dieses Tages zogen an ihm vorbei wie ein wüster Traum.

Man führte ihn vor eine Thora, und auch eine Fahne war da, und er legte den Handballen auf die Thora und sprach dem Korporal eine unverständliche Formel nach. Und dann schnitten sie ihm die Wangenlöckchen ab und drückten ihm ein Papier in die Hand und sagten, er habe noch heute mit dem Transport abzugehen, zunächst nach Tarnopol und von da nach Mailand. Auf dem Papiere stand, daß »Moses Veilchenduft, Jude aus Barnow«, zum Gemeinen im Regimente Herzog von Parma Nummer 24 rekrutiert sei.

Moschko starrte die krausen, unverständlichen Zeichen an und schüttelte den Kopf. Und als er hinaustrat und ihn seine Verwandten mit markerschütterndem Weinen und Klagen empfingen, da fuhr er fort, nur immer leise den Kopf zu schütteln. Der Schlag war so heftig, daß er ihm Verstand und Empfindung gelähmt.

Der Schulklopfer schluchzte sehr, noch mehr sein Weib. Und das »goldene Mendele« und jede der drei Schwestern, ja selbst die dicke Frau Golde weinte, und sie alle schlugen sich an die Brust und zerrissen ihre Kleider.

Nur die drei Menschen, denen es gewiß am nächsten ging, daß Moschko Soldat werden mußte, nur diese drei weinten nicht.

Da war zunächst der Marschallik. Das rote, fröhliche Näschen war plötzlich weiß und betrübt geworden; er hüpfte gar nicht wie sonst, sondern ging langsam und schwerfällig umher und murmelte unverständliche Worte. Wohl die kräftigsten Ehrenbeleidigungen gegen Beer Blitzer und Golde Hellstein.

Dann die arme Kasia. Wie betäubt stand sie im Kreise der anderen Dirnen. Die einen, deren Geliebter losgekommen, lachten, die anderen weinten, sie jedoch starrte tränenlos vor sich hin und bezwang das Weh, das ihr im Herzen wühlte. Nur einmal kamen ihr ein paar jähe Tränen. Das war, als ihre Freundin Xenia, die leicht lustig sein konnte, weil ihr Liebster mit unter den letzten gewesen und glücklich entwischt, plötzlich ein Lied zu singen begann, in welchem ein Mädchen gerührten Abschied von dem Verlobten nimmt, der eben Rekrut geworden. Aber es war nicht Rührung, welche sie plötzlich wegen der Worte des Liedes beschlich, sondern sie dachte: Die Dirne, die dieses Lied gemacht hat, hat aller Welt ihren Schmerz vorklagen dürfen! Ach, was muß das für ein Glück sein!

Der dritte aber, dem es sehr naheging und der doch nicht weinte, war Moschko selbst.

»Nun bist du doch Sellner, sieben Jahre später«, klagte der Marschallik. »Mir scheint, du bist es gar zufrieden? Dein Gesicht ist so ruhig!«

»Ich wollte, ich wäre tot!« erwiderte der Jüngling. »Auch das hab ich schon vor sieben Jahren gedacht, und jetzt erst ist es Ernst geworden. Ich kann nicht sagen, daß Gott Euch lohnen soll, was Ihr an mir getan. Fragt mich nicht, warum ich das nicht sagen kann – genug! Ich kann nur eines sagen: ich werde an Euch denken, solange ich lebe!«

Von der Kasia Abschied zu nehmen war ihm versagt. Er durfte es nicht wagen, ihr zu nahen, er fürchtete, daß ihre Kraft nicht ausreichen würde, auch nun ihr Geheimnis zu verbergen. Von sich selber aber und seinem bisherigen Leben nahm er in der Weise Abschied, daß er fest die Linke in die Rechte legte und sagte: »Du willst ein braver Kerl bleiben!«

Und dann zog er mit dem Transport davon, nach Tarnopol. Das war ein trauriger Marsch auf der kotigen Landstraße …

Blicket ihm ein wenig nach, die ihr bisher getreulich seinem Geschick gefolgt, blicket ihm nach, wie er so betrübt dahinzieht! Denn sein Leben verhüllt sich nun auf lange, lange Jahre euerem freundlichen, teilnahmsvollen Blick …

## Dreizehntes Kapitel

Über der düsteren Ebene lag ein trauriger Tag. Kühl, laß und naß wehte der Wind über die verregneten Herbstblumen und die triefenden Wacholderbüsche, über die aufgeweichten Felder und den Kot der Straßen. Es klang wie ein Seufzer aus bekümmerter Brust, wenn er so dahinstrich über das öde Gefild, und auch schwach wie ein Seufzer war dieser Wind; kaum vermochte er es, an der Nebeldecke zu zerren, welche trüb und mächtig zwischen Himmel und Erde wallte, wie ein riesiger Trauermantel, wie der Qualm von tausend und aber tausend Trauerfackeln. Nur zuweilen kam jäh und schrill der Wind aus Nord gepfiffen und riß die Nebel entzwei, daß sie sich bang an die Erde drückten und wie zerrissenes Bänderwerk am Wacholder klebenblieben oder in den Luftraum zerstäubten und sich droben zu Wolken ballten. Dann lag die Erde in scharfem, kaltem, grauem Licht, und der Nordwind fegte sie immer schärfer rein. Aber wenn er den Atem anhielt, dann senkten sich die Wolken, die er bisher gejagt und gepeitscht, und entluden sich, und rasch und voll ging der Regen hernieder, bis die Wolken wieder zu Nebeln wurden, die schwer und laß die Erde umhüllten, kaum gerührt vom trägen Wind.

Ein trauriger Tag, und wer nicht anders mußte, barg sich gerne im Städtchen und in den einzelnen Gehöften der Heide. Es war gar zu unwirtlich in der grauen, triefenden Öde, und ein Bauer, der auf dem kotigen Feldwege von Korowla nach Barnow fuhr, trieb sein Pferd rastlos mit Peitsche und Zunge an und hielt sich dabei geduckt und in seinen Schafpelz eingerollt wie ein Igel. Aber erschreckt fuhr er auf, als plötzlich sein Pferd einen Satz machte, als wollte es in den Straßengra-ben, und dann aus Leibeskräften zu galoppieren begann. Und hinter sich her hörte das Bäuerlein aus rauher, heiserer Kehle ein lautes Fluchen und Stöhnen: »Korpak-Bassma! Bauernlümmel! Ich wollte, ich hätte dich getroffen und nicht dein Pferd – hast du keine Augen, blöder Tropf, daß du geradeaus in den Menschen hineinfährst?«

»Strolch! Landstreicher!« schrie der Bauer zurück und setzte sich seitlings, um bequem schimpfen zu können. »Warum weichst du nicht aus, du ...«

Das übrige verschlang der Wind; der alte Mensch, der da fast über-fahren worden, vernahm es nicht mehr. »Diese Soldaten!« murmelte das Bäuerlein grimmig. »Die Kerle bleiben hochmütig, auch wenn sie in zerlumpten Kleidern als alte Bettler durch die Welt strolchen!«

Der Wagen war längst im Nebel verschwunden; der alte Wandersmann schleppte sich weiter durch den tiefen Schlamm der Landstraße. Er mußte müde sein oder krank, denn er blieb oft stehen und holte tief Atem, und wenn er den Stab weitersetzte, dann schwankte er. Bitter, sehr bitter fiel ihm der Marsch; der Wind wühlte in seinem grauen, rissigen Soldatenmantel, und der Regen peitschte ihm das gefurchte Antlitz und das kahle Haupt. Nur ein blaues, verschossenes Käppchen deckte das Haupt, und der alte Mann hatte es mit einem bunten, zer-fetzten Tuche um den Kopf festgebunden. Auf dem Rücken trug er ein kleines Bündel, das wohl nicht schwer sein mochte, und dennoch war dieser Rücken tief gebeugt. Er bot ein klägliches Bild, der arme, alte Soldat, wie er so im trostlosen Herbstwetter mühsam die Landstraße entlangwatete. Er kam langsam vorwärts und blickte oft sehnsüchtig um sich, als suche er einen Feldstein, um rasten zu können. Endlich ersah er ein Haus von ferne; da raffte er seine Kraft zusammen und schritt rasch darauf zu.

Aber etwa zwanzig Schritte vor dem Hause blieb er wie gebannt stehen, und in dem verwitterten Antlitz zuckte es sonderbar.

Dieses Haus war die Schmiede, welche nahe bei Barnow am Feldweg gegen Korowla steht; die Schmiede, welche einst der junge Schmied Wassilj Grypko erbaut, nachdem er sein schönes Weib Marina heimgeführt. Das Haus stand wie einst, nur eine strohgedeckte Hütte war darangebaut worden. Aber drinnen im rußigen Raume brannte noch das Feuer an derselben Stelle wie vor Jahrzehnten, und als der alte Mensch draußen den hellen Schein durch die Nebel schimmern sah, da starrte er darauf hin, bis ihm die Augen übergingen …

Der junge Mann, der bisher drinnen am Amboß hantiert, legte den Hammer aus der Hand, streckte und dehnte sich, gähnte gewaltig und trat dann vor die Türe. Der alte Soldat zuckte zusammen. Dann faßte er Mut und kam langsam heran.

Der junge Geselle maß den Nahenden mit mißtrauischem Blick. »Seit der große Krieg beendet ist«, murmelte er, »kommt alle Tage so ein Mensch vorbei. Bald fehlt die Hand, bald der Fuß. Aber genug Hände und Füße haben sie, um zu betteln und, wenn man ihnen nichts gibt, zu stehlen. Wer hat neulich der Tante das Huhn weggetragen? Gewiß jener alte Ulan! Wer weiß, ob der Infanterist da nicht auch lange Finger hat? Sieht übrigens übel aus …«

Der Alte war noch näher gekommen.

»He, Herr General!« rief der Geselle höhnisch, »was belieben Sie hier zu suchen?« Der Fremde gab keine Antwort. Er schüttelte den Kopf, und ein leises Zittern überflog seinen morschen Körper. »Nun, was beliebt?« fragte der Bursche wieder. »Hier ist keine Bettlerherberge.«

»Oh!« sagte der Alte dumpf, »ich weiß sehr gut, was hier ist … Wer hat jetzt die Schmiede?«

»Mein Onkel!« erwiderte der Bursche. Dann aber fiel ihm ein, daß er ja diesem alten Landstreicher keine Antwort schulde. »Was geht es übrigens dich an?« fuhr er darum trotzig fort.

»Weil ich – hier gut bekannt bin.«

»Hier? Da müßte ich auch etwas davon wissen! Ich bin hier aufgewachsen, verstehst du mich, du alter Lügner! Und nun packe dich! Hier wird weder gebettelt noch gestohlen!«

»Korpak-Bassma!« rief der Alte grimmig. »Du Grasaff, du junger Hund, du willst einen Soldaten des Kaisers schmähen? Weißt du, was ich war? Ich war Gefreiter!«

»Nein, General warst du«, höhnte der Bursche. »Du hast die Ungarn besiegt, die Italiener, alle! Aber jetzt packe dich!«

130 »Du Hund!« schrie der Alte, und sein verwittertes Antlitz begann sich rötlich zu färben. »Du eines Hundes Sohn! Einundzwanzig Jahre habe ich bei Parma gedient, und du willst mich schmähen wie einen –«

Jählings stockte ihm die Rede. Er war ganz nahe an den Burschen herangetreten und hatte ihn scharf ins Auge gefaßt. »O mein Gott!« murmelte er. Er war totenbleich geworden und wankte; mit zitternder Hand hielt er sich an dem Türrahmen fest, und die starren, weitgeöffneten Augen waren auf des Burschen Antlitz gerichtet. »Wer bist du?« rief er gellend.

Der Geselle trat erstaunt zurück. »Ist er verrückt?« murmelte er.

Der alte Mensch war auf die Steinbank vor dem Hause gesunken; die Füße trugen ihn nicht mehr. Aber sein Blick fuhr fort, mit fieberhafter Spannung in dem Antlitz des Burschen zu wühlen. Es war dies wirklich ein sonderbar und auffällig gestaltetes Antlitz. Der junge Mensch hatte schlichtes, flachsblondes Haar, wie man es unter den Ruthenen häufig findet, dazu stark hervorstehende Backenknochen. Aber die Augen waren schwarz und rund, die Lippen wulstig, die Nase auffallend groß und gekrümmt.

»Wer bist du?« rief der alte Soldat noch einmal, tastete nach der Hand des Burschen und suchte ihn näher an sich zu ziehen.

Unwillig machte sich der Bursche frei. »Gewiß, der Alte ist verrückt«, sagte er vor sich hin.

»So, so spricht er mit mir!« rief der Invalide schmerzlich. Dann fuhr er sich über die Stirne und starrte dem Jüngling wieder ins Antlitz. »Ich täusche mich nicht«, murmelte er, »aus Tausenden würde ich ihn erkennen!«

Dann richtete er sich auf und fragte, so zitternd, so bang, als hinge von der Antwort Leben und Tod für ihn ab: »Deine Mutter heißt Kasia – nicht wahr?«

»Ja!« erwiderte der Bursche erstaunt.

»Und du bist bei deinem Onkel Hawrilo, Hawrilo Dumkowicz, dem Bruder deiner Mutter?«

»Ja, ihm gehört die Schmiede, ich bin Geselle.«

»Und lebt deine Mutter noch?«

»Freilich, gottlob! Hast du – habt Ihr sie gekannt?«

»Ja – es ist schon lange her ... Und« – die Worte rangen sich mühsam 131 über seine Lippen – »und warum bist du nicht im Hause deines Vaters?«

Des Burschen Wangen färbten sich dunkelrot, seine schwarzen Augen funkelten zornig. »Das geht dich gar nichts an!« rief er. »Und wenn mich jemand damit höhnt, daß ich meinen Vater nicht kenne, den schlage ich nieder wie einen tollen Hund – merke dir das, Landstreicher! Ich bin deshalb doch ein ehrlicher Kerl und meine Mutter ein ehrliches Weib!«

»O mein Gott!« wimmerte der alte Mann; sein Antlitz war aschfarben und verzerrt, wie von furchtbarem Seelenschmerz. »Ich – ich höhne dich nicht. Ist die Kasia – ist deine Mutter verheiratet?«

»Ja!«

»Mit wem?«

»Mit Hritzko Stefiuk.«

»Gottes Segen über ihn! Und wie heißest du?«

»Fedko, Fedko Dumkowicz, erstens nach meiner Mutter, und dann, weil mich mein Onkel an Kindes Statt angenommen hat. Nun aber geh!«

»Er weist mich von der Schwelle«, murmelte der Soldat. »Er! Gott straft mich hart!«

»Fedko!« scholl eine gellende Stimme aus der Schmiede, »mit wem zankst du da?«

»Mit einem Bettler, Tante!«

»Mit einem Bettler?« ließ sich eine andere Stimme, die eines Mannes, vernehmen, »hier ist kein Armenhaus!«

Und wie zu dem Zwecke, um dies nachdrücklich zu bestätigen, erschien jetzt Hawrilo, der Schmied, in der Türe. Er war mächtig dick geworden im währenden Zeitenlauf, und eine gewaltige Morgenröte, welche seine Nasenspitze umstrahlte, wies deutlich, daß nicht Wasser allein ihn so aufgebläht. »Wer ist es denn?« fragte er und begann behaglich zu lachen, als er die Jammergestalt gewahrte. »He! Eure Hochgeboren, gnädigster Herr, welches Regiment haben Sie denn geziert?«

»Ein Soldat?« ließ sich die gellende Stimme wieder hören. »Treib ihn fort, augenblicklich – o meine Hühner!«

»Ja, fort!« wiederholte Hawrilo.

132 Der Invalide war während dieser Reden unbeweglich dagestanden und hatte dem Schmied ins Antlitz gestarrt. »Hawrilo!« sagte er mit zitternder Stimme. »Hawrilo, du erkennst mich nicht?«

»Nein!« erwiderte dieser, »und zu mir sagt man ›Ihr‹, weil ich ein Schmiedemeister bin und Eure Hochgeboren ein Landstreicher!«

»Oh!« rief der Alte, »ich habe zu dir oft genug ›du‹ gesagt, viele Jahre lang. Und du warst mir ein guter Kamerad!«

»Treib ihn fort«, ließ sich die gellende Stimme wieder vernehmen.

Aber diesmal gehorchte Hawrilo nicht. Er schaute und schaute, und seine Augen wurden immer größer.

»Moschko!« rief er plötzlich und wurde rot vor Freude. »Mein alter Moschko! Also du lebst noch, wirklich und wahrhaftig? Der Walerian Strymko hat erzählt, wie sie dich in Verona begraben haben und was für ein stattlicher Leichenzug das war!«

»Er hat leider gelogen«, erwiderte der Alte.

»Leider? Narr, du bist ja kaum über die Vierzig, freilich etwas übel zugerichtet – also – aber komm nur – natürlich ist mein Haus auch das deinige –«

Und voll Eifers, hochrot vor Freude, zog der gute, dicke Mann den zerlumpten Gast hinter sich her ins Innere des Wohnhauses.

»Hawrilo, was soll das?« gellte und quiekte jene andere Stimme. »Hawrilo, was fällt dir ein?«

Der Meister blieb stehen und verfärbte sich ein wenig. »Mein Weib«, flüsterte er dem Alten zu. Und in sanftestem, demütigstem Tone rief er ins Halbdunkel hinein: »Hier, mein Täubchen, ist ein alter Kamerad. Eben heimgekommen, weißt du. Eine brave Haut! Bitte, trage uns ein wenig Schnaps, Speck und Brot auf!«

»Ich werde dir etwas auftragen, daß dir Hören und Sehen vergeht«, quiekte die Stimme. »Wenn du schon keinen anderen Vorwand zum Saufen hast, so ladest du dir die Bettler von der Landstraße ein? Wart, das soll dir vergehen!«

»Aber Täubchen«, bat Hawrilo, »es ist ja der Moschko, von dem ich dir so oft erzählt habe, der Moschko, den sie vor einundzwanzig Jahren 133 rekrutiert haben!«

Der junge Fedko, der bisher teilnahmslos zur Seite gestanden, trat näher, beguckte den alten Soldaten aufmerksam und schüttelte verwundert den Kopf. »Der Mensch soll sich nichts vorstellen«, murmelte er vor sich hin. »Wenn der Onkel oder die Mutter von dem jüdischen Riesen erzählt haben, wie hab ich mir den gedacht! Und nun sieht er so aus!«

Aber die quiekende Stimme war durch diese förmliche Präsentation des Gastes keineswegs versöhnt – im Gegenteil! »Wa-as?« schrie sie langgedehnt und so scharf, daß man mit dem Tone die dickste Glastafel hätte zerschneiden können. »Einen Juden soll ich füttern?! Einen gottverdammten Juden – na! warte!«

Man vernahm drinnen ein verdächtiges Schlurfen, wie von Holzpantoffeln auf Steinplatten. »Sie kommt, Onkel«, murmelte Fedko warnend.

Im Dunkel des Raums zwischen Schmiede und Wohnzimmer erschien ein Etwas, ein furchtbar langes und mageres Etwas, welches sich schlurfend vorwärts bewegte. Es war nicht zu entscheiden, ob dieses leise Klappern von den Holzpantoffeln herrührte oder ob die Knochen dieses Etwas so unheimlich aneinanderschlugen. Es glich nur ganz entfernt einer menschlichen Gestalt, um welche Frauenkleider schlotterten.

»Das ist Veronia, mein süßes Weibchen«, sagte Hawrilo demütig zu seinem einstigen Kameraden.

»Ich will dir zeigen, daß ich auch bitter sein kann«, krächzte das Etwas. »Dieser Bettler, er muß vor die Tür – augenblicklich! – und du an die Arbeit, augenblicklich!«

Aber der gute Hawrilo regte sich nicht. »Weib!« sagte er, »nur einmal habe ich leider in unserer Ehe den Mut gehabt, dich zu prügeln; das war damals, wie du die Kasia wegen dieses Fedko hier geschmäht hast. Aber wenn du nicht augenblicklich in deine Küche zurückgehst, dann finde ich heute zum zweiten Male den Mut –«

Der Dicke wartete die Wirkung dieser imponierenden Rede nicht ab, sondern zog seinen Kameraden rasch in die Schmiede zurück und verriegelte die Tür, welche ins Wohnhaus führte. Fedko war ihm gefolgt. »So!« sagte der Gute aufatmend, »jetzt habe ich ihr wieder einmal den Herrn gezeigt. Und nun sind wir Männer unter uns. Hier in der Schmiede bin *ich* Herr! Das heißt – eigentlich überall, verstehst du, aber hier besonders!«

Er schob ein Bänkchen herbei. »So, Alter«, fuhr er fort, »da setz dich hin und erzähle.«

134

Draußen ging das Keifen und Quieken und Klappern fort, auch flog einer der Pantoffel an die verschlossene Türe. Aber das kümmerte den wackeren Meister nicht mehr. »Wir wollen es uns behaglich machen«, sagte er. »Ja! behaglich – und von alten Zeiten reden. Du aber, Fedko, du bist ein schlauer Fuchs und kannst stehlen wie ein Rabe, du wirst uns Schnaps und Brot und Wurst bringen.«

»Aber Onkel, wenn mich die Alte ertappt, sie ist ja jetzt so wütend!«

»Dich ertappt sie nie!« tröstete der Meister. »Du wirst sie schon überlisten.«

Fedko kraute sich ein wenig hinter dem Ohr. »Wir wollen es versuchen, Onkel«, versprach er und verschwand.

Die beiden Jugendgefährten waren allein.

»Und nun, Moschko, wie ist es dir ergangen?« begann Hawrilo. Aber er wartete die Antwort nicht ab, sondern fuhr eifrig fort: »Mir ist es gut ergangen, wie du siehst. Also, wie sie dich rekrutiert haben – wir haben sehr um dich getrauert, nämlich ich und meine Schwester Kasia, welche dir ganz gut gesinnt war – also wie du fort warst – aber nichts hast du von dir hören lassen, einundzwanzig volle Jahre, das ist eigentlich entsetzlich! – also, da bin ich allein geblieben, hier in der Schmiede. Nämlich der einzige Geselle unter dem neuen Meister Simeon, dem Erben unseres alten Wassilj. Der Meister hatte eine Tochter, die später nachgezogen kam, nun, schön war sie nicht, das ist freilich wahr, auch war sie älter als ich, so um zehn Jahre – aber ich bitte dich, ich war ein so armer Bursche, ich habe doch nicht ewig Geselle bleiben können! Also – sie hat mich immer so angeschaut, weißt du: so« – er bemühte sich, recht zärtliche Augen zu machen – »und da habe auch ich sie so angeschaut und – habe sie geheiratet, ja! Was ist da viel zu erzählen! Und bin Meister geworden und lebe so vor mich hin. Mein Weib – nun, schöner könnte sie freilich sein, auch sanfter, aber ich habe mich darein gefunden. Denn was die Schönheit betrifft, so wird doch schließlich jedes Weib alt, und was die Sanftmut betrifft, so gewöhnt man sich an alles! Zuweilen zeige ich ihr übrigens doch, wer der Herr im Hause ist. Du hast es ja selbst gesehen. Also, so steht es mit mir! Ich – ich bin zufrieden ...«

Er seufzte aber doch tief auf. Und seufzend fuhr er fort: »Kinder freilich haben wir nicht. So habe ich denn den Fedko in mein Haus genommen, den Sohn meiner Schwester ... Beißt dir der Rauch in die Augen? Nicht? Ich meinte nur, weil du so zwinkerst ... Also, der Fedko wurde bei uns erzogen, und mein Weib war damit einverstanden, und, siehst du, sie war ganz gut gegen den kleinen Balg. Denn, siehst du, so ein kleines Spielzeug hat jedes Weib gern, auch wenn es sonst ein alter Dra – hm! also, was ich sagen wollte, mein Weib ist wahrhaftig nicht so schlimm, wie sie aussieht, das hat sie an dem Fedko bewiesen. Er ist ja aber auch ein Kerl, den jeder liebhaben muß. Brav und treu und dabei ein schlauer Spitzbube, ich sage dir, dem gegenüber kommt selbst ein Jud nicht auf! Und wie geschickt! ein Schmied wie kein zweiter in Podolien. Aber – da beißt dir der Rauch schon wieder in die Augen, ich will das Feuer ganz löschen ...«

»Nein! laß es!« wehrte Moschko ab und wischte sich hastig eine Träne von der Wange. »Und deine Schwester? Es geht ihr gut?«

»Sehr gut, gottlob!« versicherte der Schmied. »Du erinnerst dich wohl des blonden Hritzko, der damals Hirte war? Nun, sein Onkel hat ihm ein Anwesen hinterlassen, und kaum, daß er die Erbschaft angetreten, ist er zur Kasia gekommen und hat sie gefragt, ob sie ihn möge. Das war sehr brav von ihm, denn er hätte eine Reiche haben können, und dazu war meine Schwester – nun, also der Fedko da! Sie hat niemandem bekennen wollen, wer sie ins Unglück gebracht, nicht einmal mir, aber ich weiß es doch, natürlich; soweit wirst du dich doch meiner erinnern, daß ich immer einen scharfen Blick hatte, dem nichts entgehen konnte: es war also dieser Jacek gewesen, Jacek Hlina, der Sohn ihres Dienstherrn. Aber unser braver Hritzko hat sich nicht darum gekümmert und sie doch geheiratet. Er hat es auch nie zu bereuen gehabt. Sie ist ihm ein braves Weib geworden, hat ihm schöne Kinder geboren, und sie leben so zufrieden wie zwei Tauben. Du wirst sie doch besuchen? Sie wird sich sicherlich freuen, dich zu sehen.« 136

»Ja, gewiß«, murmelte Moschko. »Aber sie wird mich schwerlich erkennen. Wie ich jetzt aussehe –«

»Ja, weiß Gott!« nickte der Schmied treuherzig, »übel genug siehst du aus! So, ich weiß nicht, so verhungert! Nimm's mir nicht übel, Moschko!«

»Warum?!« sagte der Soldat dumpf. »Es ist ja die Wahrheit. Ich habe in der letzten Zeit viel gehungert.«

»Gehungert?!« rief der Schmied. »Oh! – aber da kommt ja schon der Fedko! Was hab ich dir gesagt, dieser Schlingel bringt alles zustande!«

In der Tat hatte der junge Geselle unter den schwierigen Verhältnissen das möglichste geleistet. Er brachte Wurst und Speck, einen Laib Brot und eine große, grüne Flasche voll Schnaps. »Pst!« flüsterte er, indem er ein anderes Bänkchen herbeirückte und die Schätze ausbreitete, »ich habe es fast unter der Alten Augen aus dem Keller und der Kammer davongetragen. Aber still! sie horcht ab und zu dort an der verschlossenen Türe. Auch wäre es gut, wenn wir das Tor schließen würden, damit sie uns nicht etwa von dieser Seite überrascht. Heute, bei dem Hundewetter, kommt ohnehin niemand zur Schmiede.«

So taten sie und saßen nun, sicher vor jedem Überfall, in dem dämmerigen Raume, den die Herdglut matt erhellte, behaglich zusammen.

»Siehst du, Moschko«, sagte der dicke Meister und setzte sich bequem zurecht, »siehst du, ich bin doch eigentlich Herr in meinem Hause und kann treiben, was ich will … Aber nun erzähle, erzähle du! Du bist ja so weit in der Welt gewesen, in Verona und in Lemberg, sogar in Wien! Aber trink vorher, und hier – hier ist Speck und Brot, da, iß! Du wirst doch den Speck nicht verschmähen wie damals, he! he! als du dich mit meiner Schwester prügeln wolltest …«

»Ich verschmähe nichts«, erwiderte Moschko, griff wacker zu und aß in großen Brocken und trank in durstigen Zügen. Dann schob er die Speise beiseite. »Ich danke dir, Hawrilo«, sagte er, so recht aus ganzem Herzen, »ich habe es schon lange nicht so gut gehabt!«

»Du Ärmster! Aber nun erzähle! Was hast du alles erlebt! Du wirst ja in vier Tagen nicht fertig!«

Aber der Soldat schüttelte traurig das Haupt. »In vier Worten ist es gesagt«, sagte er düster. »Als frischen, kräftigen Burschen haben sie mich genommen, und als unnützen Krüppel haben sie mich entlassen. Mein rechter Arm ist lahm, und ich bin hinfällig wie ein Greis. Jetzt habe ich die Wahl, entweder zu betteln oder zu stehlen oder zu hungern. Zum Betteln bin ich zu stolz, zum Stehlen bin ich zu gut, und das Hungern tut so sehr wehe! So wird mir denn nur ein viertes übrigbleiben, mein lieber Hawrilo! Alles wird sich geändert haben in den langen Jahren, aber eines ist wohl noch wie einst: der Sered fließt noch an derselben Stelle.«

»Jesus Maria!« rief der Dicke und erhob die Hände, »sprich nicht so, das ist eine große Sünde! Du bist zwar ein Jude, aber du hast ja auch einen Gott, fürchte dich doch vor ihm …«

»Ich – ich fürchte mich vor gar nichts mehr! Gott hat mich für mein Verschulden ohnehin hart bestraft, er kann mich auch der größten Sünde wegen nicht noch härter strafen!«

»Aber willst du nicht einen Erwerb suchen?«

»Freilich! Aber welchen? Ich habe einmal das Schmiedehandwerk geübt – nun, dazu taugt mein rechter Arm nicht mehr. Soll ich ein anderes Handwerk erlernen? Ich habe ja keine Kräfte mehr! Freilich habe ich als Kapitulant und Invalide ein Gnadengehalt von zwölf Gulden jährlich, das sind zwei Kreuzer täglich – davon kann man ja nicht leben.«

»Aber warum bist du so lange beim Militär geblieben?«

»Warum? Ach! vierzehn Jahre habe ich ja bleiben müssen, und wie die Zeit um war, da habe ich mir gedacht: In der übrigen Welt kennst du dich nicht mehr aus, und für die übrige Welt taugst du wenig mehr – also bleibe da, wo du dich gewöhnt hast. Und wie mir mein Hauptmann sagt: ›Veilchenduft‹, sagt er, ›du bist ein braver Mensch, es ist schade, daß du nicht lesen und schreiben kannst, sonst wärest du längst Feldwebel, aber zum Gefreiten mache ich dich, wenn du noch eine Kapitulation dienen willst, und ein Handgeld bekommst du und vom Kaiser eine Auszeichnung‹ – also, wie er mir das sagt, da erwidere ich: ›Zu Befehl, Herr Hauptmann!‹ Ganz gern hab ich es getan, ich Tor! Damals habe ich meine gesunden Glieder gehabt und war vierunddreißig Jahre alt! Aber da dachte ich mir: Die neue Kapitulation dauert ja nur so sieben Jährchen! und dann – die Auszeichnung und das Gefreiterwerden hat mir in die Augen gestochen. Nun, neunzehn Jahre hatte ich im Frieden gedient, da kamen plötzlich an allen Enden und Ecken die großen Kriege. Der Italiener fing's mit dem Kaiser an, der Ungar, sogar der Wiener. Wir von Parma haben viele Arbeit gehabt. Und es ist mir übel ergangen, sehr übel. In Mantua bekomme ich das Sumpffieber und muß doch weiter in den Krieg. Und dann schicken sie uns nach Ungarn, und vor Komorn sind wir gelegen. Da schlägt mich bei einem Ausfalle ein Honvéd über den Kopf, ein anderer über den Arm. Nun, die Wunden sind vernarbt, aber der Kopf ist mir kahl geworden und tut mir manchmal höllisch weh, und der Arm da ist lahm und steif und schwach wie der eines Kindes. Die Offiziere haben mir die Aussicht gegeben, daß ich nach Wien komme, ins Invalidenhaus, sobald dort Platz ist. Vorläufig, sagten sie, sollte ich nach Barnow gehen, meine Heimatsgemeinde hat die Pflicht, für mich zu sorgen! Ach! das sind böse Aussichten! Ins Invalidenhaus sollen vielleicht zehntausend kommen, die noch schwerer verwundet sind als ich; da kann ich lange warten. Und was die Versorgung der Gemeinde betrifft – Korpak-Bassma, der Sered ist mir doch lieber –«

»So habe doch nur Mut«, tröstete Hawrilo. »Und im schlimmsten Falle bin ich ja auch noch auf der Welt!« Das letztere sagte er freilich sehr leise, so daß es sein Täubchen hinter der Türe nicht hören konnte, selbst wenn es noch so angestrengt horchte.

»Und habt Ihr kein Abenteuer erlebt?« forschte Fedko. »Wißt Ihr, so – Abenteuer, wie es eben die Soldaten erleben!«

»Freilich! Und ob!« rief der Invalide feurig und leerte sein Gläschen auf einen Zug. »Mehr Abenteuer als tausend andere zusammen! Unter Radetzky – hei!«

»Unter Radetzky!« rief Hawrilo. »Hast du ihn auch recht in der Nähe gesehen?«

»So wie ich dich sehe! Wahrhaftig! Und täglich dreimal! Sogar oft des Nachts. Und hier und da sogar nur im Hemde!«

»Im Hemde!« wiederholte Hawrilo ehrfurchtsvoll. »Wie ist denn das zugegangen!«

»Nun, ganz natürlich! Weil ich sein Ordonnanzsoldat war! ›Moschko‹, hat er gesagt, ›du bist ein braver Mensch und sehr klug, werde doch mein Fourierschütz!‹ Aber da habe ich gesagt: ›Nein, Herr Feldmarschall, Sie können nicht von mir verlangen, daß ich Ihr Bedienter werde. Nicht dazu habe ich die zweite Kapitulation angetreten, sondern um als Soldat zu kämpfen!‹ Nun, es hat ihm zwar sehr leid getan, aber er hat eingesehen, daß ich recht habe, und so war er froh, daß ich als Ordonnanz bei ihm geblieben bin. Und wie oft hat er gesagt: ›Der Moschko von Parma hat mehr Verstand als alle übrigen Soldaten zusammengenommen!‹ Wahrhaftig! vielleicht hundertmal hat er das gesagt. Und die wichtigsten Depeschen hat er von mir befördern lassen. ›Moschko!‹ hat er gesagt, ›hier! besorge es und sag ihm, ich laß ihn grüßen!‹«

»Wen?« fragten Hawrilo und Fedko.

»Könnt ihr das nicht erraten?! Natürlich ihn!«

»Wen?«

Der Invalid richtete sich auf, legte die Finger salutierend an das Käppchen und sagte feierlich:

»Den *Kaiser*!«

»A-a-h«, riefen die beiden überaus erstaunt.

»Ja! den Kaiser! Drei Male hab ich ihn gesehen und gesprochen und ...« Aber weiter kam der arme, alte Mensch nicht, der da trotz aller Betrübnis in das Poltronieren hineingeraten. Denn urplötzlich begann es von zwei Seiten her an der verschlossenen Türe und am Tor der Schmiede zu klopfen.

Die drei sprangen von ihren Sitzen auf. Der gute Hawrilo verlor den Kopf und begann zu zittern. »Um Gottes willen«, flüsterte er, »versteck die Flasche!« Aber das konnte ihm wenig nützen. Denn sein Täubchen quiekte, indem es rasend mit dem Pantoffel an die Türe hieb, mit einer Stimme, die alles übergellte: »Du Lump! Du gottvergessener Galgenstrick! Am hellen Tage schließt er die Werkstätte und besäuft sich in Kompanie mit einem Bettler. Und draußen wartet der hochwürdige Herr von Korowla! O du Lump! Wehe deinem feisten Rücken!«

Fedko hatte inzwischen gerettet, was zu retten war. Er hatte die Reste der Mahlzeit und die leere Flasche geborgen, das Tor der Schmiede geöffnet.

Draußen harrte wirklich der Hochwürdige von Korowla. Es war nicht etwa unser Bekannter, der wackere Wladimir Borodaykiewicz; dieser Brave war längst den Weg alles Fleisches gegangen. Auch schien sein Nachfolger nicht so gutmütig wie er. »Warum laßt Ihr mich warten?« rief der gelbe, magere Herr ungeduldig.

Hawrilo stammelte eine demütige Entschuldigung, indes Fedko den Juden rasch zur Türe hinausschob. Aber er tat es nicht unfreundlich und flüsterte ihm zu:

»Kommt doch bald wieder! Ich höre gar zu gerne solche Abenteuer! Und wenn ich auch sonst die Juden nicht leiden kann, gegen Euch habe ich nichts, denn von Euch haben mir die Mutter und der Onkel Gutes erzählt.«

»Ich danke!« stammelte der Soldat, »ich danke dir, Fedko.« Und dabei haschte er nach der Hand des Burschen.

»Nichts zu danken!« rief dieser, riß seine Hand los und war mit einem lustigen Sprunge in der Schmiede.

Der Alte starrte ihm lange nach. Dann schüttelte er betrübt den Kopf und ging langsam weiter, dem Städtchen zu. Es war wohl nicht die Müdigkeit allein, daß er so oft stehenblieb. Wohl mochte es in dem morschen Manne mächtig stürmen und gären. Er blickte um sich und strich sich über die Stirne und flüsterte wirre Worte vor sich hin. Aber dann richtete er sich stolz auf und rief laut und feierlich: »Nein! Ich werde es ihm nie sagen! Wenn ich es täte, ich wäre vor aller Not bewahrt, denn obwohl ich ein Jude bin, er würde seine Pflicht gegen mich erfüllen. Aber er wird es nie erfahren. Und das soll die Buße sein, welche ich auf mich nehme!«

Und weiter ging er, seinem Heimatstädtchen zu.

Das war die erste Begegnung, welche Moschko Veilchenduft gehabt, nachdem er nach einundzwanzig Jahren in die Heimat zurückgekehrt.

## Vierzehntes Kapitel

Es war betrüblich, wie die Leute von Barnow den gebrochenen Mann empfingen und behandelten. Schlimmes hatte er befürchtet, noch Schlimmeres sollte ihm werden.

Am besten hatten ihn eigentlich noch die Toten aufgenommen. Die stillen Leute draußen auf dem »guten Orte«, wie der Jude des Ostens so überaus bezeichnend den Friedhof nennt, duldeten mindestens seinen Besuch und wiesen ihn nicht fort, obwohl er oft zu ihnen kam. Gerne saß er auf den Grabhügeln seiner Eltern, noch lieber im Schatten eines stattlichen Denksteins, welchen die Gemeinde auf ihre Kosten einem Manne gesetzt, der arm an Gütern, aber reich an Liebe gewesen und erst vor wenigen Jahren die klugen, fröhlichen Augen für immer geschlossen, dem Isaak Türkischgelb. Der Marschallik war trotz seiner Feindschaft gegen geistige Getränke sehr alt geworden; er hatte den Moldauerwein noch unzählige Male besiegt und ebensooft die Traurigkeit und Unvernunft seiner Mitbürger, bis endlich auch seine Stunde schlug. Da war er einst bei einer Hochzeit, die er gestiftet, besonders fröhlich und witzig gewesen und hatte alle Gäste so entzückt, daß sie ihm mit Musikklang und Fackelglanz das Geleite bis zu seinem Hause gaben. Selig legte er sich zu Bette, und am nächsten Morgen war er kalt und starr. Aber er lächelte noch immer so freundlich, wie er es im Leben getan, und man darf wohl sagen, daß seine Miene an jenem Morgen die einzige heitere im Städtchen war; selten erwies sich die Trauer an einer Bahre so tief und aufrichtig. Der Steinmetz, der ihm den Grabstein verfertigt, mochte wohl sein guter Freund gewesen sein; er hatte ihm eine Weinrebe auf den Stein gemeißelt ...

Auch viele andere gute Bekannte fand Moschko auf dem »guten Orte« zu Barnow versammelt. Da schlummerte Nachum Hellstein und seine Gattin Golde, und diese reichen Leute waren nun auch so arm wie die Wasserträger und Schulklopfer, da ruhte Froim Luttinger, der Inhaber des unhöflichen Prädikats, und war nun auch so weise wie der weiseste Rabbi. Auch Beer Blitzer und Luiser Wonnenblum waren bereits tot, aber anderwärts schliefen sie den letzten Schlaf, auf dem Friedhofe zu Tarnopol. In dieser Stadt waren sie gestorben, und zwar in einem der stattlichsten Häuser, über dessen Tore ein kaiserlicher Adler prangte. Die Staatsgewalt hatte ihre Verdienste entdeckt und durch eine Anweisung auf freie Kost und Wohnung gewürdigt.

142

Seine fünf Geschwister fand Moschko noch am Leben, aber auch dies konnte ihm nur bescheidene Freude machen. Mendele hatte längst den letzten Rest seines goldenen Schimmers eingebüßt und betrieb nun das erste, zweite und dritte Gewerbe des Vaters: er war Schulklopfer, pflegte die Kranken und wachte bei den Toten. Manasse hatte das vierte Gewerbe Abrahams fortgesetzt, aber seine Geschicklichkeit im Zuschneiden nützte ihm wenig, weil er nie in die Lage kam, sie zu bewähren, er war und blieb ein dürftiges Flickschneiderlein. Ebenso schwer schlugen sich die Schwestern durch das Leben, und so widmeten sich die Kinder Abrahams, welche in Barnow geblieben, leider insgesamt gelegentlich auch dem fünften Gewerbe ihres Vaters. Es war ihnen, die stumpf und hart geworden im täglichen Kampfe ums Dasein, nicht zu verargen, wenn sie über die Rückkehr des hilflosen Invaliden nur geringe Freude empfanden und sofort in einen edlen Wettstreit gerieten, wer ihn bei sich beherbergen sollte; jedes wollte dieses Verdienst vor Gott den anderen gönnen. Endlich mußte sich Manasse dazu herbeilassen. »Du hast ja einen Stall mit zwei Kühen!« riefen sie ihm im Familienrate zu, und da er die Tatsache nicht leugnen konnte, so willigte er großmütig ein, dem Bruder in einer Ecke des Viehstalls eine Schlafstelle zu gönnen. »Aber füttern kann ich ihn nicht!« rief er, »er soll auch nicht ein Stück Brot ...«

Soweit hatte der alte Soldat den liebevollen Beratungen über seine Versorgung schweigend gelauscht und nur zuweilen seinen Leibfluch gemurmelt: »Korpak-Bassma!« Dieses rätselhafte Wort hatte er sich während seiner Soldatenjahre selber gebildet; in Italien hatte er den Fluch »Corpo di Bacco!« aufgelesen und in Ungarn das Kraftwort »Bassama!«. Und weil ihm jedes dieser beiden Wörter für sich noch nicht grimmig und imponierend genug klang, so pflegte er sie eben in eins zu verschmelzen. Wenn diese Komposition auch sonst häufig genug die gewünschte Wirkung nach außen verfehlte, so doch niemals jene nach innen: sie erleichterte ihm das Herz. Aber auch diesen Zweck erfüllte sie nur, wenn sie dem Menschen, der ihn ärgerte, laut und schnarrend an den Kopf flog. Moschko hatte bisher an sich gehalten, nun jedoch brach er los.

»Korpak-Bassma!« rief er, daß die Fenster zitterten. »Benimmt man sich so gegen einen Bruder, der eben heimgekommen? Glaubt ihr, daß ich bei euch betteln will? Wenn ich es tun wollte, so würde ich zu den reichen Leuten gehen, bei denen ihr bettelt, und nicht zu euch!« Sprach's, schritt zur Tür hinaus und schlug sie hinter sich zu.

Es war zweifellos ein imponierender Abgang, aber der arme Invalide hätte klüger getan, wenn er denselben minder effektvoll inszeniert hätte. Denn der Familienrat blieb zwar einige Minuten verdutzt sitzen, willigte jedoch dann einstimmig in den Antrag des Ältesten, Manasse, sich um den »Unmenschen« nicht weiter zu kümmern. Und eine Stunde später wußte es die ganze Gemeinde, daß sich die eigenen Geschwister von dem alten Sellner losgesagt, weil er überaus sündhaft und hochfahrend sei.

Aber es hätte wahrlich nicht erst dieser Kunde bedurft, um dem armen Moschko alle Türen zu verschließen, an die er etwa pochen wollte. Und wenn er sanft wie ein Lamm gewesen wäre und fromm wie ein Büßer, die Leute von Barnow hätten ihn doch mit scheelen Augen angesehen. Die Heimkehr eines alten Soldaten wird von seinen Gemeindegenossen nirgendwo mit großer Freude aufgenommen; er ist und bleibt ein unnützer Mensch, der oft genug wüste Gewohnheiten aus der Fremde heimbringt und sich in das enge Leben, dem er entwachsen, nicht wieder einzufügen vermag. Nun wirken aber unter den Juden jener Landschaft auch noch die Vorurteile des Glaubens zum gleichen Endziele mit. Der Mann ist ein Sellner gewesen, er hat also Dinge getan, welche dem Strenggläubigen als Todsünde erscheinen: er hat die Speisegesetze übertreten und Menschenblut vergossen, hat selten oder nie gebetet und bei dem christlichen Gebete gleich seinen Kameraden die Knie gebeugt. Allerdings ist es seinen Glaubensbrüdern wohl bekannt, daß er all diese Sünden hat begehen *müssen,* sie bemitleiden ihn um des furchtbaren Loses willen, das ihm gefallen, aber ein Hauch des Unheimlichen umwittert ihn doch für seine ganze Lebenszeit: er ist eben kein »reiner Mensch« mehr. Das gilt von jedem Juden, der Kriegsdienste getan, auch heute noch, wenn auch nun etwas minder als zur Zeit, da Moschko nach Barnow heimkehrte. Denn die drei Jahrzehnte, welche seither verflossen, haben, wenn auch nicht das volle Licht, so doch einen

Schimmer, eine Ahnung des Fortschritts in das finstere Ghetto gebracht. Damals aber war ein alter Sellner schon durch seine Vergangenheit von den übrigen streng geschieden. Und wenn sich auch die schönsten Züge dieser Volksseele, der Familiensinn und die Barmherzigkeit, an ihm nicht minder bewährten wie an jedem Armen, wenn ihm auch die Gemeinde und seine Verwandten milde Spenden zukommen ließen: er war und blieb doch ihren Herzen ein Fremdling.

Bei Moschko lag der Fall schlimmer; er durfte nicht auf Hilfe hoffen. Wäre er nach vierzehn Jahren heimgekehrt, die Leute von Barnow hätten ihm keine Herzlichkeit erwiesen, aber bereitwillig Almosen gewährt oder ein Darlehen, um sich irgendeinen Erwerb zu schaffen. Das hatte er verwirkt, indem er die zweite Kapitulation angetreten und länger Soldat geblieben, als er mußte. Er hatte nicht bloß gezwungen gesündigt, sondern freiwillig. Für dieses Verbrechen gab es in den Augen jener Menschen keine Entschuldigung.

Das hatte sich Moschko selbst gesagt, während er den siechen Leib mühsam durch alle Lande schleppte, der Heimat zu. Und an mancher Brücke auf seinem Wege hatte er innegehalten und traurig in die Wogen gestarrt. Aber immer wieder war er weitergeschlichen; nicht die Furcht vor dem Tode hielt ihn zurück, sondern ein übermächtiges Sehnen nach den Stätten, wo er einst jung und glücklich gewesen, und – nach seinem Sohne! Daß die Kasia »in Schande einen Knaben geboren und das kleine Ding deshalb doch liebhabe und aufputze wie ein Äfflein«, das war die letzte Nachricht gewesen, welche ihm einst nachrückende Rekruten aus der Heimat gebracht. Dann war er zu einem, andern Bataillon des Regiments versetzt worden, nur selten noch war ihm ein Barnower zu Gesichte gekommen, und er hatte der Versuchung widerstanden, sich nach der Geliebten zu erkundigen, weil er dadurch ihr Geheimnis preiszugeben fürchtete. Ich will meinen Sohn sehen, hatte er sich auf dem langen Wege immer wieder gesagt. Das war das einzige Band, durch welches er sich noch mit den Menschen verknüpft fühlte. Weit geringer war sein Drang, die Geliebte noch einmal zu sehen. »Ach!« seufzte er, »welches Recht habe ich auf sie? Und daß sie ein Recht auf mich hat, was kann es ihr nützen?«

Ein günstiger Zufall hatte es gefügt, daß sich sein Sehnen erfüllte, noch ehe er das Städtchen betreten. Taumelnd vor Glück und Leid hatte er die Schmiede verlassen. Sein Sohn lebte und war ein tüchtiger Bursche, und auch der Kasia ging es gut – nun konnte über ihn selbst kommen, was da wollte! Aber in dieses Glücksgefühl mischte sich der brennende Schmerz, für seinen Sohn nichts weiter zu sein als ein alter Vagabund, den dieser nur um seiner ergötzlichen Lügen willen gerne um sich dulden wollte.

Das war das Schwerste, was er zu tragen hatte, alles übrige schien ihm leicht. »Korpak-Bassma«, murmelte er vor sich hin, als er das Städtchen betrat, »der Herr Hauptmann kennt ja die Gesetze und hat mir ausdrücklich gesagt, daß meine Gemeinde etwas für mich tun muß! Auch kann ich ja noch irgendein leichteres Amt verrichten, als Bote oder Aufwärter. Und dann – *der* da droben muß sich ja auch in die Sache mischen. Denn ich weiß ja, wie unsere Rechnung steht, und noch besser weiß *er's*!«

Stolz, trotzig erhobenen Hauptes zog der arme Mann in das Städtchen ein. Es focht ihn wenig an, daß er, nachdem das erste Staunen vorüber, überall finsteren Gesichtern und höhnenden Worten begegnete. Nur der erste Eindruck war ein schmerzlicher gewesen, es hatte seinem Herzen wehe getan, daß er seine Geschwister in Not und Elend traf. Aber ihre Härte beugte ihn nicht, sein Groll war mit jener imponierenden Rede abgetan. »Korpak-Bassma!« murmelte er, nachdem die Tür von Mendeles Wohnstube, wo sich der Familienrat versammelt, hinter ihm ins Schloß gefallen. »Wir wollen uns um die Juden so wenig als möglich kümmern! Zunächst muß ich einfordern, was mir die Gemeinde schuldet!«

Er begab sich zum Bürgermeister von Barnow, dem Apotheker Ludwig Zuranski, einem sehr kleinen und sehr dicken Manne, der im Jahre 1848 Hauptmann der Nationalgarde des Städtchens gewesen und bei dieser Gelegenheit leider seine Rednergabe entdeckt hatte. Die gute kleine Tonne konnte seither kein schlichtes Wort mehr sprechen und benützte jede erdenkliche Gelegenheit, um ihre rhetorischen Künste zu offenbaren. So hatte sich denn auch Moschko in seiner Eigenschaft als »um Kaiser, Staat und Gemeinde wohlverdienter Mitbürger« einer wohlgesetzten Anrede zu erfreuen und wurde sogar zum Sitzen eingeladen. Dann aber kraute sich der Bürgermeister verlegen hinter dem Ohre und fuhr fort: »Hochverehrter Herr Veilchenduft! Tapferer Mann! Wie ich aus Ihren Papieren sowie auch aus anderen Tatsachen und endlich aus Ihren eigenen geschätzten Mitteilungen ersehe, haben Sie die Ehre, israelitischer Konfession zu sein, und da unsere werten israelitischen Mitbürger einen eigenen Verband innerhalb der Gemeinde darstellen, so wäre es wohl zunächst dienlich und zweckentsprechend, wenn Sie die Güte haben wollten, sich zu meinem verehrten Freunde, Herrn Nathan Grün, zu begeben, um ihm nahezulegen ...«

»Die Juden werden nichts für mich tun«, unterbrach ihn Moschko kurz.

»... nahezulegen«, fuhr der Bürgermeister gleichwohl mit demselben Pathos fort, »daß ein von Österreichs siegreichen Fahnen so oft umrauschter Kämpfer doch wohl zunächst die Sympathien seiner eigenen ...«

»Korpak-Bassma!« rief Moschko ungeduldig dazwischen, daß sich der kleine Mann erschreckt hinter den Ladentisch schob. Aber eher hätte er sein Leben geopfert, als eine Periode unvollendet gelassen.

»... eigenen Glaubensgenossen verdient«, fuhr er von seinem sichern Platze fort, »und gewiß nicht vergeblich an den wohlbewährten Patriotismus, an die leuchtende Humanität eines hoch-verehrlichen Vorstandes ...«

»Es ist Ihre Sache!« rief Moschko und trat auf ihn zu. Der Bürgermeister retirierte erbleichend nach der Türe des Nebenzimmers.

»... appellieren wird«, stammelte er und zog die Türe hinter sich zu.

»Ich komme wieder!« rief ihm Moschko grimmig nach. Ratlos ging er eine Stunde in den Gassen des Städtchens auf und ab, von zahlreichen Straßenjungen umgeben und ausgiebige Höflichkeiten mit ihnen tauschend. Dann aber beschloß er, denn doch dem Rate des Bürgermeisters zu folgen, und begab sich zum Vorsteher der Judengemeinde. Der alte fromme Nathan Grün war im Jahre 1848 gleichfalls Offizier der Nationalgarde gewesen, und zwar Unterleutnant, aber die Rhetorik hatte er während dieser Zeit nicht erlernt und sich überhaupt still zufrieden mit seiner Charge begnügt, die ihm das Privileg gab, kein Gewehr tragen zu müssen, sondern den viel ungefährlicheren Säbel, der ja nicht leicht von selbst losgehen konnte. »Trolle dich!« befahl er kurz. »Wir haben die Pflicht übernommen, für unsere Armen zu sorgen, aber du gehörst nicht dazu.«

Moschko stand eine Weile stumm da. Er wußte, daß es sich um sein Schicksal handle, und bezwang darum den Zorn, der ihm im Herzen gärte. »Warum bin ich kein Jude mehr?« fragte er. »Ich bin's und habe genug um meines Glaubens willen gelitten. Und steht es nicht bei uns geschrieben: ›Seid barmherzig gegen die Hilflosen‹?«

Nathan blickte ihn befremdet an; er hatte diesen Ton nicht erwartet. Auch war er ein guter, wohltätiger Mensch, der jährlich viele Werke der Liebe tat. Wäre der Mann, der vor ihm stand, ein Christ gewesen, ein Türke oder Heide, er hätte ihn nicht vergeblich jenes Wort des Rabbi Hillel anrufen lassen. Aber es war ein Jude, der »Gott aus Mutwillen gekränkt«, und darüber konnte er nicht hinweg. »Geh!« wiederholte er hart und heftig. Worauf Moschko gleichfalls mit einer einzigen Silbe erwiderte, einer Titulatur, wie sie dem alten Nathan bisher nie zuteil geworden. Und dann schritt er wieder trotzigen Hauptes auf die Gasse hinaus. Aber sein Mut war gebrochen. Er wußte nun, daß er sich jeden weiteren Gang zu einem Glaubensgenossen sparen könne, und auch nach einer neuen Rede des Herrn Bürgermeisters war er nicht mehr begierig. »Mir kann es recht sein!« murmelte er in tiefstem Ingrimm. »Wenn *er* es noch auf seine Rechnung nehmen will, daß sich ein alter Soldat ertränken muß wie ein Hund – mir kann es recht sein!«

Aber auch diese verzweifelte Stimmung hielt nicht lange vor. Wieder begann er sein Hirn abzuquälen nach einem rettenden Ausweg. Sollte er sich an Hawrilo wenden? Er wußte, daß der Wackere trotz des Täubchens tun werde, was ihm möglich, aber sein Stolz ließ es nicht zu, nun doch ein Bettler zu werden. Und vollends bäumte sich sein Gefühl dagegen auf, im Beisein des Fedko eine milde Gabe zu erflehen, dasselbe Gefühl, welches jeden Gedanken an die Kasia bei ihm niederzwang. »Lieber sterben als so vor sie treten«, murmelte er vor sich hin, während er, so recht zu Tode betrübt, über den Ringplatz schlich und nur dann das Haupt aufrichtete, wenn ihm jemand begegnete.

Da hörte er sich plötzlich angerufen. »Moschko«, klang es aus heiserer Kehle, »alter Kerl, wie geht's?!«

Der Invalide blickte um sich, aber weit und breit war niemand zu sehen als ein kleiner Straßenjunge, der ihm aus sicherer Ferne die Zunge entgegenstreckte.

»Moschko!« rief die rauhe Stimme noch einmal, und nun wurde er inne, daß sie aus nächster Nähe kam. Er stand vor dem städtischen Spritzenhause, dessen Türe geöffnet war. »Komm herein, Alter!« klang es aus der Tiefe des dunklen Raumes.

»Walerian!« rief der Invalide und trat, zitternd vor Freude, auf die Schwelle, »bist du's wirklich, mein alter Schloff?«

»Na – wer sonst?« rief es zurück; vom Lager im Hintergrunde erhob sich eine lange Gestalt und trat auf Moschko zu. Es war Walerian

Strymko, ein Bauernsohn aus Alt-Barnow, der beim Regimente zehn Jahre lang der Schlafkamerad (im slawischen Soldatenjargon der Schloff) des Moschko gewesen, auch während des Feldzuges unter Radetzky, bis ihm bei Novara eine feindliche Kugel das rechte Bein zerriss. Auf seinen Schultern hatte ihn Moschko aus dem Gewühle getragen und nicht gehofft, ihn wiederzusehen. Nun sah der Mann wieder kräftig und wohlgenährt aus, die Knollennase leuchtete in fröhlichem Glanze aus dem runden Antlitz; nur die graue, städtische Uniform, die er trug, ließ leider an Glanz viel zu wünschen übrig. Es war eigentlich ein Wunder, wie diese zerfetzten Kleider überhaupt noch zusammenhielten. Aber das war wohl nicht seine Schuld, sondern jene der Stadtväter von Barnow mit ihrem Demosthenes an der Spitze.

Die beiden Kameraden sanken einander in die Arme und waren tief gerührt. »Alter Kerl!« grollte Walerian und wischte sich die Augen, »ist drei Tage im Städtchen und sucht mich nicht auf! Und doch hat sich keiner über deine Heimkunft so gefreut wie ich!«

»Das glaube ich gern!« erwiderte Moschko mit traurigem Lächeln und erzählte, wie sie ihn empfangen. Der ehrliche Walerian geriet in großen Zorn und schwor, daß er mit dem Bürgermeister und dem Nathan ein ernstes Wort reden werde, »nur ein Wort, Moschko, aber das werden sie sich merken! Denn«, fügte er stolz hinzu, »auf mich müssen sie hören, ich bin städtischer Spritzenmeister, Bassama lenka!« Aber Moschko schien kein rechtes Vertrauen in diese Vermittlung zu setzen, er fuhr fort zu klagen, und auch Walerian mußte zugeben, daß der Fall ernst liege. »Es sind eben verfluchte Zivilisten!« erklärte er. »Mir haben sie die Stelle bei den Spritzen gegeben, weil sie gerade frei war und ich es ihnen noch billiger ließ als mein Vorgänger. Ich bekomme zwei Gulden monatlich, macht mit dem Gnadengehalt zusammen vier Kreuzer täglich. Das reicht nur eben auf Brot, und ich könnte verschmachten, wenn ich nicht abends in der Schenke gute Freunde fände oder so junge Grasaffen, die sich gerne Kriegsgeschichten erzählen lassen und dafür Schnaps zahlen! Im letzten Winter, wo die große Kälte war, bin ich in so schlimmer Lage gewesen, daß ich in meiner Verzweiflung eine Liebschaft mit einer alten Köchin begonnen habe. Wie bitter das war, mein lieber Moschko, kannst du dir nicht vorstellen; ich habe es auch sogleich aufgegeben, als die warme Zeit gekommen ist, aber jetzt geht es wieder dem Winter zu, und ich fürchte – ich fürchte, ich werde wieder mit der Magdusia anbinden müssen!«

149

Er seufzte tief auf und ließ den Kopf hängen. So saßen die beiden Invaliden lange betrübt beisammen.

Endlich richtete sich Walerian wieder auf. »Es ist hart, Moschko«, sagte er, »aber wir wollen es brüderlich tragen. Du wohnst natürlich bei mir, es ist so viel Platz in der Scheune, daß ich eine Kompanie aufnehmen könnte. Und was die Menage betrifft, so legen wir eben unsere sechs Kreuzer zusammen und essen gemeinsam ...«

»Oder hungern gemeinsam«, unterbrach ihn Moschko, »das Opfer kann ich nicht annehmen ...«

»Bassama lenka«, fluchte Walerian, »wirst du gleich schweigen? Wie oft hast du dein Brot mit mir geteilt? ... Und des Abends gehen wir eben zusammen zur Schenke und erzählen dort jeder unsere Geschichten. Aber unter einer Bedingung, Moschko, du darfst mir nie widersprechen!

Denn du hast gar keine Ahnung, wie blutgierig diese Grasaffen sind! Wer auch nur das Kind im Mutterleibe verschont, bekommt keinen Tropfen Schnaps gezahlt!«

»Also bist du deshalb hinter meiner Leiche in Verona hergegangen?« fragte Moschko und erzählte, was ihm der Schmied berichtet.

»Ja, deshalb«, versicherte Walerian eifrig und ernst. »Ich habe an jenem Abend einen Helden gebraucht, der zuerst drei Dutzend Italiener tötet und dann von einer ganzen Kompanie überwältigt wird. Und da habe ich dich genommen, weil du auch ein Stadtkind bist und mein bester Freund. Alle waren gerührt, als ich von deinem Tode und dem schönen Leichenzuge erzählt habe, und Hritzko Stefiuk hat die ganze Zeche für mich bezahlt. ›Der Jude war ein braver Kerl‹, hat er gesagt, ›ich habe ihn recht gut gekannt!‹ Nun, und weil diese Geschichte so gut gefallen hat, habe ich sie noch oft wiedererzählt. Sehr oft, Moschko, aus Freundschaft für dich. Ich sollte eigentlich böse sein, daß du mir nun plötzlich den Streich spielst und zurückkommst. Aber ich verzeihe es dir, auf Ehre, und will mit dir leben wie ein Bruder. Sei nur getrost, wir werden uns schon durchschlagen. Und wenn der Winter gar zu schlimm wird, so könntest ja auch du ...« Er unterbrach sich, musterte den Gefährten und schüttelte den Kopf. »Ach nein!« lachte er gutmütig, »daraus kann nichts werden! Dich wird nicht einmal eine Achtzigjährige wollen! Und dann bist du ja auch ein Jude! Aber auch das braucht dich nicht zu grämen, dann muß eben die Magdusia täglich für uns beide die Suppe schicken. Also – abgemacht!«

Damit war der Pakt geschlossen; noch am selben Abend trug Moschko sein Bündelchen in das Spritzenhaus und richtete sich in einem Winkel der Scheune häuslich ein. Aber im übrigen kam das schöne Programm seines Kameraden nur teilweise zur Ausführung. Moschko brachte es selten über sich, die Hälfte der Menage zu nehmen; er begnügte sich mit den Brocken, die ihm zukamen, und die genügten nicht, ihn vor dem Hunger zu schützen. Noch seltener konnte ihn Walerian bewegen, den Bauern in der Schenke die jüngste Epoche der österreichischen Geschichte in populärer Form beizubringen und sich zum Entgelt auf Kosten der andächtigen Zuhörer zu betrinken. Moschko war durchaus nicht abgeneigt, teilnehmenden Gemütern seine Heldentaten zu erzählen, aber er war trotz des wüsten Soldatenlebens, trotz aller Not feinfühlig genug geblieben, um das Lügen nicht gewerbsmäßig zu betreiben. »Ich will nicht als alter Lump gelten, der sich einige Gläschen erlistet«, erwiderte er seinem erstaunten Kameraden. Trieb ihn aber die Kälte und das Bedürfnis nach einer Stärkung zuweilen doch in die Schenke, dann jubelten die Bauern auf, und der Wirt zog eine freundliche Miene: wenn Moschko überhaupt zu lügen anfing, dann log er auch ganz fürchterlich, und der Grimm, die innere Scham, die er dabei empfand, peitschten seine Phantasie zu den tollsten Sprüngen. Eine dieser Geschichten, wie er, der Gefreite Moschko von Parma, an der Spitze von drei Mann den König Carlo Alberto gefangengenommen, auf ein Schwein gesetzt und dem Kaiser nach Wien überliefert, brachte selbst den guten Walerian in solchen Enthusiasmus, daß er rief: »Manches weiß ich selbst zu erzählen, und vieles habe ich erzählen hören, aber so wie unser Moschko kann es keiner. Von heute ab halte ich den Mund und lasse ihn reden, selbst wenn ich verdursten müßte!« Aber er kam nicht in diese traurige Lage; nach wie vor machte ihm Moschko selten Konkurrenz und verbrachte die langen, kalten Abende in der dunklen Scheune einsam und allein, in düsteres Grübeln versunken.

Es ging ihm sehr schlimm, dem armen Invaliden, denn wie trotzig er sich auch darüber hinwegzusetzen schien, daß ihn die Leute des Städtchens mieden und verabscheuten, es tat ihm doch bitter weh und noch bitterer der Hunger und die Kälte. Ein einziger tröstender Lichtschein fiel in dieses traurige Dunkel, die Freude an seinem Sohne und daß sich sein Verhältnis zu demselben freundlich gestaltete. Wohl vermied es Moschko ängstlich, dem Burschen all die Liebe zu zeigen, die er für ihn empfand, aber Fedko fühlte sie doch heraus, oder vielleicht sprach geheimnisvoll das Blut in seinem Herzen: er mochte den seltsamen Alten gut leiden und lud ihn jedesmal ein wiederzukommen. Kasia bestärkte den Sohn in diesen Empfindungen, soweit sie dies tun konnte, ohne ihr Geheimnis preiszugeben; das brave Weib empfand tiefes Mitleid mit dem Geliebten ihrer Jugend, ließ ihm durch Hawrilo wiederholt ihre Hilfe anbieten oder ihn durch Fedko einladen, sie zu besuchen. Aber die Hilfe lehnte er ab und unterließ auch den Besuch, obwohl er ihn immer wieder versprach. Ja, noch mehr, er vermied es, der Kasia zu begegnen, und als er sie einmal von ferne gewahrte, da lief er davon. Wer weiß, was den Ärmsten dazu bewog?! Vielleicht – denn wer ergründet des Menschen Herz?! –, vielleicht war's nur Eitelkeit! Er mochte dem Weibe, das ihn einst geliebt, nicht als Jammergestalt in den Weg treten.

Zur Schmiede ging er oft, wenn auch nicht so oft, als ihn das Herz dahin zog. Denn wenn ihn das Täubchen entdeckte, dann wetterte es so lange, bis er abziehen mußte, und diesen Schimpf vermochte er kaum zu verwinden: er mußte ihn ja im Beisein des Fedko erdulden! Auch sonst blieb nicht einmal diese einzige Freude seines armseligen Lebens eine ungetrübte. Fedko hörte gern Abenteuer, und obwohl dem Invaliden hier das Lügen fast noch schwerer fiel als in der Schenke, so willfahrte er doch bereitwillig seinem Wunsche. Daß Gott erbarm! dachte er, es ist ja das einzige, womit ich mein Kind erfreuen kann! Und so erzählte er dem Burschen jedesmal soviel Wahrheit und Dichtung aus seinem Leben, als dieser nur immer anhören mochte. Aber tödlicher Schreck faßte ihn, als ihn Hawrilo eines Tages beiseite zog und ihm zuflüsterte: »Höre, du undankbarer Jude, ich will dir keine Vorwürfe machen, aber du hast wider deinen Willen schweres Unheil angestiftet! Denn siehst du, du warst zwar niemals so gescheit wie ich, und jetzt hat dir auch jener Säbelhieb den Kopf getroffen, aber das hättest du doch erkennen sollen, wie es um den Burschen steht. Nämlich so: er brennt nach dem Soldatenrock! Bei der ersten Assentierung habe ich ihn mit Mühe und Not losgebracht, und hoffentlich gelingt mir dies auch im nächsten Frühling, aber wenn sich der Gedanke in seinem Hirn festsetzt, so tut er uns wohl gar den Schmerz an und geht freiwillig dazu! Früher hat er auf meine und seiner Mutter Abmahnung gehorcht, aber seit du ihm deine Lügen erzählst, Alter, ist er wieder Feuer und Flamme. Ich habe neulich mit meiner Schwester darüber gesprochen und ihr gesagt: ›Kasia‹, habe ich ihr gesagt, ›wenn es vielleicht nötig ist, diesen verdammten

Juden hinauszuwerfen, so will ich es gerne tun, obwohl er mein Freund
ist!‹ – ›Nein‹, sagte die Gute, ›er ist ohnehin verlassen genug, sprich nur
freundlich mit ihm, und er wird uns helfen, dem Burschen den Kopf
zurechtzusetzen!‹ Nun denn, Moschko, das habe ich getan, und jetzt
mach dein Unrecht wieder gut, oder es soll dich der Teufel holen!«

Kein Wort sagt, wie des Unglücklichen Herz erbebte, als er diese
Rede anhörte. »Ich will alles tun!« stammelte er und wankte zur Türe
hinaus. Auf dem Bänkchen vor der Schmiede sank er nieder und hob
die Rechte zum Himmel empor. Von seinen Lippen klang kein Laut,
sein Herz aber flehte: Du da droben! sei barmherzig, sei endlich einmal
barmherzig und laß mich nicht erleben, daß *mein* Wort mein Kind in
dasselbe Elend bringt, welches mich erdrückt! Sei barmherzig! Ich kann
mich dir nicht zum Opfer darbieten, denn alles, was ich hatte, hast du
mir genommen, und was du mir noch nehmen könntest: mein Leben
– das wäre mir eine Gnade! Aber ich flehe, sei barmherzig!

Von da ab – es war einige Monate nach seiner Heimkehr, im Januar
– besuchte er die Schmiede häufiger als vorher. Um der bösen Veronia
zu entgehen und mit dem Burschen ungestört zu bleiben, kam er stets
des Abends, wo dieser allein die Arbeit fertigte und dann die Schmiede
in Ordnung brachte. Fedko litt es gerne, daß sich der Invalide zu ihm
setzte, und traf auch allabendlich Vorsorge, seinen Gast zu bewirten.
»Iß nur«, sprach er zu ihm, »ich bin dir gut, und du vergiltst es mir
reichlich durch deine schönen Geschichten.«

Nach wie vor bezogen sich diese Geschichten auf den Soldatenstand,
nur daß Moschko jetzt die dunklen Seiten hervorhob. Der Bursche
hörte die Klagen geduldig an, seufzte wohl auch teilnehmend mit, aber
dann wollte er auch dafür belohnt sein. »Und nun ein Abenteuer!« rief
er. »Erzähle doch, wie du den italienischen Kaiser auf dem Schwein
nach Wien geführt hast!«

Da aber faßte sich Moschko ein Herz. »Fedko!« sagte er demütig,
»ich habe ja gelogen! Wenn ich den Carlo Alberto wirklich gefangengenommen und nach Wien gebracht hätte, ob nun auf einem Schwein
oder auf einem Pferd – ich säße jetzt nicht hier, mein Kaiser hätte mich
reichlich belohnt. Bedenke doch, wie sollte ein Gefreiter einen König
gefangennehmen?«

Der Bursche machte große Augen. »Also hast du gelogen?« fragte er.

»Ja«, erwiderte Moschko kleinlaut, dann aber faßte er abermals seinen
Mut zusammen und fuhr fort: »Mein Trost ist nur, daß mir ohnehin

kein vernünftiger Mensch geglaubt hat! Höchstens so ein junger Laffe, der selbst in dieses Elend hineinrennen möchte!«

»Hm!« räusperte sich Fedko verlegen und schwieg. Er blieb auch den Rest des Abends schweigsam und verdrossen, und als Moschko sich verabschiedete, forderte er ihn nicht mehr auf wiederzukommen. Trotzdem ging dieser stolz und freudig heim. Habe ich das Unglück angerichtet, dachte er, so werde ich es auch wieder gutmachen!

Aber das war ein Stück Arbeit, welches nicht im Handumdrehen vollbracht werden konnte. Wohl empfing Fedko den Invaliden die nächsten Male wieder sehr freundlich, aber wenn dieser abermals über sein Elend zu reden begann, so schnitt er ihm kurz das Wort ab. »Das ist nun einmal nicht zu ändern, lieber Alter. Erzähle doch lieber etwas Lustiges aus der Kriegszeit. Also die Geschichte vom italienischen Kaiser war eine Lüge! Aber den Radetzky hast du doch wenigstens wirklich im Hemde gesehen?«

»Auch das nicht!« beteuerte Moschko. »Und wenn ich ihn schon im Hemde gesehen hätte, wie hätte mir dies eine große Freude machen können?«

Das wußte auch Fedko nicht zu sagen, fuhr aber dringend fort: »Aber im Mantel hast du ihn doch gesehen, und er hat mit dir gesprochen?«

»Gesprochen? So bedenke doch nur: ein Marschall mit einem Gefreiten!«

»Also nicht einmal dies?« grollte Fedko. »Ich weiß nicht, was man dir noch glauben soll!«

»Alles, was ich jetzt sage«, beteuerte Moschko.

Ähnliche Gespräche wiederholten sich oft, ohne daß der Invalide den Mut gewann, einmal offen mit dem Jüngling zu sprechen. Der Termin der Rekrutierung rückte heran, und immer größer wuchs seine Herzensangst, daß der Bursche diese Gelegenheit benutzen werde, um sich freiwillig zu stellen. Abend für Abend suchte er nun die Schmiede auf, trotz der großen Entfernung, trotz des greulichen Unwetters. Denn es war März geworden, und der Vorfrühling verkündete sich, wie immer in dieser Landschaft, durch endlose Stürme und Regengüsse. Vergeblich mahnte Walerian ab. »Bassama lenka«, fluchte der Treue, »diesen Spaziergang, Nacht für Nacht, halten keine morschen Knochen aus! Du siehst elend aus, Schloff, und ich fürchte, du bleibst einmal am Wege liegen!« Aber Moschko schüttelte den Kopf. »Ich muß ja«, seufzte er und setzte die mühevollen Besuche fort. Sein Eifer wuchs, als er gewahrte, daß ihm Fedko zu mißtrauen anfing und ihn immer unfreundlicher behandelte. »Du da droben«, stöhnte er immer wieder, »ich habe dir keinen Ersatz zu bieten, aber – sei barmherzig!«

Mit diesem Gebete auf den Lippen trat er eines Abends wieder seinen Marsch an, obwohl eiskalter Regen in Strömen niedergoß und die Nacht so tiefschwarz war, daß er den wohlbekannten Weg nur Schritt für Schritt, fast tastend, zurückzulegen vermochte. Seine Glieder zitterten im Fieberfrost, der Kopf glühte, die alte Wunde am Stirnbein schmerzte ihn höllisch. Von Schritt zu Schritt fürchtete er, die Besinnung zu verlieren, aber immer wieder raffte er seine Kraft zusammen und tastete vorwärts. Endlich schimmerte ihm das Feuer der Schmiede entgegen, aber es erlosch, ehe er sie erreicht. Fedko wollte eben die Türe schließen, als der morsche Mann auf ihn zuwankte. »Jesus Christ!« rief der Bursche erschreckt und bekreuzigte sich. »Bist du es, Alter? So spät – und in solcher Nacht!«

»Ich habe mich am Wege verspätet«, murmelte der Invalide. »Ich besuche dich ja jeden Abend!«

Fedko führte ihn zur Herdglut und drückte ihn auf einen Sitz nieder. Dann leuchtete er ihm mit der Lampe ins Antlitz. »Alter!« rief er und bekreuzte sich, »wie siehst du aus!«

»Es ist nichts«, wehrte Moschko ab. »Ich bin an allerlei Wetter gewohnt. Ich bin gekommen – weil ich ...«

»Weil du mit mir reden wolltest«, fiel Fedko ein, und seine Augen füllten sich mit Tränen, »weil du mich abhalten möchtest, Soldat zu werden! Tag für Tag bist du deshalb gekommen, du armer, kranker Mensch! Nur aus Liebe und Sorge für mich! Oh! da soll mir noch jemand sagen wollen, daß ein Jude kein Herz hat!«

Erstaunt blickte ihn Moschko an. Wie war Fedko anders als gestern und ehegestern! Aber täuschte er sich nicht über die Herzlichkeit des Tons?! War es vielleicht nur bitterer Spott?! »Ich habe es gut gemeint«, begann er zögernd.

»Ich weiß!« fiel ihm Fedko ins Wort. »Seit heute weiß ich es! Verzeih mir, du guter Mensch, daß ich dir Unrecht getan habe! Weil du deine Reden so plötzlich ändertest und täglich kamst, mir versteckte Abmahnungen zu sagen, und weil ich mir dachte: was würde der Alte sich sonst viel um dich kümmern? – und dann, du bist so arm und ein Jude dazu – also, es will mir schwer über die Lippen, aber ich muß es zu meiner Schande bekennen: ich habe geglaubt, daß dich Hawrilo und meine Mutter um Geld gemietet haben, mir vom bunten Rock abzuraten. Darum habe ich dich in letzter Zeit so unwirsch behandelt! Aber heute haben mir beide, mein Onkel und meine Mutter, mit den heiligsten Eiden geschworen, daß du es freiwillig getan hast, und das hat mir das tiefste Herz aufgewühlt ...«

»Laß das!« bat der alte Soldat, zitternd vor Freude. »Sage mir lieber, wie du dich entschieden hast!«

»Wie sollte ich noch den Gedanken festhalten«, rief der Jüngling, »nachdem du meiner Mutter eine solche Nachricht von meinem sterbenden Vater gebracht hast?!«

»Von – deinem Vater –«, stammelte Moschko.

»Du hast ihn ja gekannt?«

»Ja! ich – war sein Freund!«

»Guter, alter Moschko!« rief der Jüngling und mußte unter Tränen lächeln, »fällst du wieder in deine frühere Gewohnheit zurück? Es war ja ein vornehmer Pole und später Offizier bei deinem Regimente, der meine Mutter betört hat – dein *Freund* wird er wohl nicht gewesen sein ...«

Dem fieberkranken Manne wirbelte das Hirn. Aber er nahm all seine Kraft zusammen, weil er fühlte, wie entscheidend sein Wort war. »Doch, sein Freund!« sagte er. »Trotz des Unterschiedes in Rang und Glauben! Hätte er sonst gerade mir als Sterbender auf dem Schlachtfelde sein Geheimnis und die Botschaft vertraut?«

»Herr Gott!« rief Fedko in höchster Erregung und hob die Hände zum Himmel, »ich danke dir, daß es die Wahrheit ist ... Denn du mußt wissen, Moschko«, fuhr er fort, »ich habe mich noch einer anderen Versündigung anzuklagen: jedes Wort habe ich meiner Mutter geglaubt, von Kindesbeinen bis heute, und nie habe ich sie als Lügnerin erkannt, aber als sie mir heute, um meinen Trotz zu brechen, endlich die Nachricht gesagt hat, die du aus Italien mitgebracht, da war sie so verlegen und stotterte, daß ich bis zu diesem Augenblick zweifelte, ob sie es sich nicht in ihrer Herzensangst nur so erfunden. Gottlob, es ist wahr, denn du bestätigst es! Du hast dich nicht mit meiner Mutter verabredet?«

»Nein!«

»So wahr dir Gott gnädig sei?«

»So wahr mir Gott gnädig sei!«

»Nun, dann muß es ja so sein, wie sie mir erzählt! Und sieh, nun will ich dir auch sagen, warum mich immer der Drang gequält hat,

Soldat zu werden. Es war um meines Vaters willen! Als ich noch ein unverständiger Knabe war, da habe ich meine Mutter einmal gefragt: ›Sage mir doch, wer mein Vater ist!‹ – ›Seinen Namen‹, hat sie mir unter heißen Tränen geantwortet, ›darf ich dir nicht sagen, aber er ist Soldat. Schon als Knabe hat er zu diesem Stande große Lust gehabt, dann wollte er freilich nicht, aber es nützte ihm nichts; sie haben ihn rekrutiert, und er muß dienen!‹ – ›Und wann kommt er heim?‹ – ›Das weiß Gott!‹ hat sie erwidert, ›er wird wohl bei den Soldaten bleiben!‹ Ich war damals ein Knabe, und als ich heranwuchs, da habe ich meine Mutter nie wieder gefragt, weil ich wußte, wie weh ihr dies tun mußte, aber die Worte habe ich nie vergessen können. Und darum, Moschko, darum wollte ich Soldat werden. Man gerät ja seinem Vater nach, ich bildete mir immer ein, daß ich Lust zu diesem Stande habe, und dann – du darfst mich aber nicht auslachen, Alter –, ich wollte Soldat werden, um so vielleicht meinem Vater begegnen zu können. Dies habe ich heute meiner Mutter gestanden und ihr gesagt: ›Ich habe keine Ruhe, bis ich ihn gefunden!‹ Du kannst dir denken, daß sie mir darauf alles gestehen mußte. Aber ich bitte dich, wiederhole mir noch einmal, mit welchen Worten mich mein Vater hat grüßen und ermahnen lassen. Wie hat der Sterbende gesprochen?«

Der gebrochene Mann hatte sich hoch aufgerichtet, seine Glieder zuckten im Fieber, aber sein Antlitz leuchtete. »Sage meinem Sohne«, sagte er feierlich, »daß er bei seinem Handwerk bleibe und nicht sinnlos ins Verderben gehe. Sage meinem Sohne, daß er besser und glücklicher werden möge als sein Vater!«

»Ja! ja!« rief Fedko, »so hat es mir auch die Mutter erzählt, obwohl sie sich die Worte nicht genau gemerkt hat! Nun, dann habe auch ich nichts mehr unter den Weißröcken zu suchen. Friede mit dem Toten!«

»Friede mit ihm!« wiederholte Moschko feierlich, während ihm die Tränen über die Wangen niederrannen. Dann faßte er sich mühsam und fragte:

»Du bleibst hier und wirst, soweit es von deinem Willen abhängt, niemals Soldat werden?«

»Niemals!«

»So wahr dir Gott gnädig sei!«

»Ja!«

»So – nun kann ich gehen!«

»Gehen?« rief Fedko. »Du bleibst! Ich lasse dich schwachen, kranken Mann nicht allein durch Sturm und Nacht heimwanken! Du schläfst heute hier!«

»Nein!« erwiderte Moschko. »Deine Tante Veronia würde es dir übel vermerken! Ich will nicht, daß du meinetwegen Kränkung erfährst!«

Dagegen half keine Einrede. »So will ich dich wenigstens begleiten!« bat Fedko.

»Wozu?« lächelte der alte Mann und öffnete die Tür. »Ich kenne den Weg besser als du!«

Der Sturm schlug ihm die schweren Regentropfen entgegen, daß er einen Schritt zurückwich. Dann aber schlug er den zerlumpten Mantel fester um die Glieder. »Ich danke dir!« sagte er und verschwand in der Dunkelheit.

»Wofür?« rief ihm Fedko nach. »Ich habe dir zu danken! Du kommst doch morgen wieder?«

Aber ihm antwortete nur das Heulen des Sturmwinds. Moschko schien den Zuruf nicht mehr vernommen zu haben.

## Fünfzehntes Kapitel

Sturm und Guß wollten nicht enden in jener unheimlichen Nacht; Stunde um Stunde währte das eintönige Gebrause fort. Fedko konnte keinen Schlaf finden, sein erregtes Herz hielt ihn wach, und sooft der Sturmwind sich stärker erhob und an den Fenstern rüttelte, fuhr er erschreckt auf; ihm war's, als klänge Hilferuf durch die Nacht, die Stimme des Invaliden … Der Bursche machte sich bittere Vorwürfe, daß er ihn habe ziehen lassen, und als das erste Morgengrauen durch die Fenster schien, raffte er sich, von ihm unerklärlicher Angst getrieben, auf, um ins Städtchen zu eilen und sich zu überzeugen, daß Moschko glücklich heimgekehrt.

Der wüsten Nacht war ein wüster Morgen gefolgt; es regnete nicht mehr, aber noch hingen die Wolken dicht hernieder, und ein naßkalter Wind ging in kurzen, heftigen Stößen über das schlammige Heideland. Den Jüngling durchschauerte es, während er den Feldweg dahineilte und zuweilen anhielt und um sich blickte, so weit des Auges Sehkraft in diesem grauen Düster reichen konnte. »Was sollte ihm auch geschehen sein?!« sprach er dann laut vor sich hin, »das sind törichte Sorgen!«

Doch immer wieder trieb es ihn vorwärts, immer wieder hielt er still und spähte umher. Ihm war's, als müßte er im nächsten Atemzuge erblicken, was ihm die erregte Phantasie vormalte: die morsche Gestalt im grauen Mantel, regungslos auf das schlammige Erdreich hingestreckt … Aber er gewahrte nichts und atmete erleichtert auf, als er die ersten Häuser des Städtchens erreichte. Noch regte sich kein Leben in den Gassen, sie lagen verödet, die Türen waren geschlossen. Nur im Klosterhofe der Dominikaner regten sich bereits die Knechte. »He, Fedko!« riefen sie ihn an, »wohin so früh?«

Aber er erwiderte nichts: erbleichend stand er still und starrte den Mann an, der ihm eben hastigen Schrittes entgegenkam. Es war Walerian. Auch er erschrak, als er Fedko gewahrte. »Ist er nicht bei dir geblieben?« rief er und bekreuzte sich, als der Bursche verneinte. »Alle Heiligen!« stöhnte er, »dann komm, er muß verunglückt sein!«

Sie eilten zum Städtchen hinaus, beide bleich und erregt. »Er hat sich vielleicht verirrt«, murmelte Fedko. – »Das gebe Gott«, erwiderte Walerian, »aber ich glaube es nicht. Mir zittert das Herz, daß er sich selbst ein Leid angetan hat!« – »Nein! nein!« rief Fedko entsetzt und eilte noch rascher vorwärts.

Als sie an die Stelle kamen, wo der Feldweg zur Schmiede von der Heerstraße abzweigt, begegnete ihnen ein Chumak, ein ukrainischer Lohnkutscher, welcher neben seinem Ochsenwagen einherschritt. Achtlos wollten sie an ihm vorbei, er aber rief sie an: »He, ihr Leute, seid ihr Barnower?«

»Was willst du?«

»Seid ihr Barnower?«

»Bassama lenka, ja!« fluchte Walerian.

»Nun also«, sagte der Chumak langsam, »dann geht es euch an! Einige hundert Schritt von hier liegt an der Heerstraße ein alter Soldat …«

»Wo?« riefen sie entsetzt. »Warum hast du ihn nicht aufgehoben?«

»Ich bin ja kein Barnower!« erwiderte der Fuhrmann. »Übrigens hat es auch keine Eile, der Mann ist tot! Neben dem roten Kreuze liegt er!«

Von Entsetzen gepeitscht stürzten sie nach dem Kreuze hin. Fedko erreichte es zuerst; mit einem gellenden Aufschrei sank er neben dem reglosen Körper in die Knie. Es war genauso, wie er es früher in seiner Herzensangst gesehen: Moschko lag im Schlamme dahingestreckt, das Antlitz erdfahl, die Augen geschlossen. »Um meinetwillen ist er gestorben!« rief der Jüngling jammernd. »Er hat sich in der Nacht verirrt und ist hier kraftlos zusammengesunken und im Unwetter verschieden!«

Walerian war langsam herbeigekommen; seine Lippen zitterten, aber er sprach kein Wort. Stumm kniete er neben dem Körper hin, riß den Mantel auf und befühlte die Glieder. Dann legte er das Ohr an sein Herz. »Fedko!« rief er, »es ist noch Leben in ihm! Wir müssen ihn rasch heimbringen und den Doktor rufen!«

»Doch nicht in die Scheune?« rief der Jüngling. »Er braucht ein Bett, eine warme Stube. Wir müssen ihn in die Schmiede tragen.«

»Und was wird dein Tantchen sagen, du Tor?«

»Dafür lasse mich sorgen!« erwiderte Fedko.

Sie luden ihn auf und trugen ihn querfeldein, der Schmiede zu, denselben Weg, den er einige Stunden vorher gegangen. Der kranke Mann war wohl in der tiefen Dunkelheit vom Feldwege abgekommen und ziellos durch das Feld gewatet, bis er am Graben der Heerstraße hingesunken.

Die Schmiede war geschlossen, die Bewohner schliefen noch. So luden die beiden den Reglosen vorläufig auf dem Bänkchen am Tore ab, Walerian hielt ihn in den Armen, während Fedko in die Hütte trat. Der alte Soldat horchte mit gespannten Sinnen, aber drinnen blieb es eine lange Weile noch still. Dann endlich begann ein lautes Jammern, Zetern und Fluchen; Hawrilo und Veronia schrien wirr durcheinander, aber noch lauter erklang die Stimme des Fedko: »Nehmt ihr ihn nicht auf, so gehe ich noch heute zum ›Werbbezirk‹ und lasse mich assentieren, so wahr mir Gott helfe!« Darauf keifte nur noch das Täubchen fort, während Hawrilo verstummte und nach einigen Minuten mit betrübter Miene zu Walerian geschlichen kam. »Ach!« seufzte er, »was sind das für Geschichten! Du armer Moschko! Ich würde dich ja gerne aufnehmen, aber sage selbst, kann ein Mensch sich mit des Teufels Großmutter messen?« Moschko vernahm die Klage nicht, er lag noch immer bewußtlos da, und nur zuweilen entrang sich ein leises Röcheln seiner Brust.

Endlich hatte auch Veronia ausgetobt. »Ach!« schluchzte sie, »wer mir gesagt hätte, daß ich den Burschen nur deshalb auferziehe, damit er mir einmal tote Juden ins Haus bringt! So schaffe ihn doch wenigstens nur in den Stall und nicht in dein eigenes Bett! Versündige dich doch nicht so gegen Gott!«

Aber Fedko blieb verstockt, bettete den Kranken in seiner Kammer und lief dann ins Städtchen zurück, den Arzt zu holen. Walerian und

Hawrilo blieben bei Moschko und mühten sich, ihn durch Branntwein, mit dem sie ihm die Lippen netzten, wieder zum Bewußtsein zu bringen. Aber wohl atmete der Kranke nun leichter und tiefer, seine Augen jedoch blieben geschlossen. »Das ist ein schlimmes Zeichen!« klagte Walerian. »Der Ärmste hat schon so lange keinen guten Tropfen mehr getrunken, daß er jetzt sicherlich vor Freude die Augen auftäte, wenn auch nur halbwegs noch Leben in ihm wäre!«

162

Nach einer Stunde kam der Stadtarzt vor die Schmiede gefahren; ein sehr ernster, aber freundlicher Mann in mittleren Jahren. Er beugte sich über den Kranken, prüfte sorgsam seinen Zustand und verordnete einige stärkende Mittel. »Das Fieber hat ihn betäubt«, sagte er. »Es läßt sich bannen, nicht aber die Entkräftung, die darauf folgt. Er wird in kurzer Zeit erlöschen wie eine Lampe, die kein Öl mehr hat.«

Fedko schluchzte laut. »Und hätte er ohne diese Nacht noch länger leben können?« fragte er angstvoll.

»Gewiß!« erwiderte der Arzt. »Es war das Schlimmste, was einem Menschen, der am Zehrfieber leidet, zustoßen konnte. Aber das ist schon an sich eine tückische, kaum zu besiegende Krankheit. Diese Nacht hat sein Ende beschleunigt, nicht herbeigeführt!«

»Um meinetwillen muß er sterben!« rief der Bursche verzweifelt und erzählte dann dem Arzt die Ereignisse der letzten Zeit.

Der ernste Mann hörte ihm aufmerksam und staunend zu. Vielleicht ahnte er, der sehr klug und sehr gut zugleich war und das Menschenherz kannte, schon damals, was den kranken Invaliden immer zur Schmiede getrieben. Aber er erwiderte nichts, sondern trat nur noch einmal an das Lager hin und legte die Hand auf die fieberheiße Stirn des Kranken. »Ich werde morgen wiederkommen«, versprach er. Und als darauf Veronia, die an der Türe horchte, mit gellender Stimme rief: »Das werdet Ihr nicht, Herr Doktor! Ich zahle Euch keinen Heller!«, da erwiderte er auch ihr nichts, sondern sagte nur zu Hawrilo, der ihn zum Wagen begleitete: »Ich werde kein Entgelt beanspruchen!«

Aber das wohlgenährte Antlitz des wackeren Schmiedes blieb umwölkt. »Ach, Herr Doktor«, seufzte er, »es ist ja nicht wegen des Geldes. Aber saget selbst, wie kommt ein Christenhaus dazu, durch einen sterbenden Juden entweiht zu werden? Es ist ja ein jüdisches Spital im Städtchen, könnte man ihn nicht dorthin schaffen? Ihr hättet es näher, und die Kosten würde ich gerne bezahlen!«

»Ich werde mit dem Vorsteher sprechen«, versprach der Arzt, bestieg den Wagen und fuhr ins Städtchen zurück. Wieder einmal empfand sein Herz lebhaft jenes Weh, welches ihm ein treuer Begleiter durchs Leben war. Er war in Podolien geboren, ein Sohn wohlhabender jüdischer Eltern, und hatte früh aus eigener, bitterer Erfahrung den doppelten Druck kennengelernt, der auf den Juden seiner Heimat lastete, den Glaubenshaß und den eigenen Fanatismus. Denn als er sich entschlossen, deutsche Bildung zu erwerben, da verketzerten ihn die eigenen Glaubensbrüder, und die Patres Piaristen wollten ihn nicht in das Gymnasium seiner Vaterstadt aufnehmen. Sein Wille jedoch war stärker als diese Hindernisse; er ging nach Wien, nach Deutschland, vollendete seine Studien und ließ sich dann als Arzt in München nieder. Aber sein Herz zog ihn mächtig zur Heimat zurück: die Sehnsucht nach den greisen Eltern, noch mehr der Drang, den Geknechteten ein Retter und Helfer zu werden. So wählte er denn das kleine, armselige Städtchen der Ebene zur Stätte seines Wirkens und widmete sich mannhaft seiner doppelten Aufgabe an Kranken und Gesunden. Wer im Lichte gewandelt, gewöhnt sich schwer an die Dämmerung, aber darüber kam er hinweg; die Trostlosigkeit der Zustände, auf die er traf, stählte nur seinen Willen, und wenn ihn seine Freunde einen Schwärmer nannten, so schüttelte er lächelnd das Haupt: »Laßt mich, ihr werdet einst anders sprechen!« Aber diese Zeit wollte nicht kommen, im nutzlosen Ringen vergingen ihm die besten Jahre, im vergeblichen Kampfe gegen übermächtige Gewalten zersplitterte sich seine Kraft. Kaum vermochte er das Vorurteil gegen sich selbst zu besiegen; die Christen vergaßen nie, daß er »doch nur ein Jude« sei, die Juden redeten ihm seine »Aufgeklärtheit« bitter nach; nur mühsam konnte er sich durch sein edles Herz, sein tüchtiges Wesen die liebevolle Achtung beider erringen. Er war ein vielbeschäftigter Arzt, dem sie willig die Sorge für ihre körperliche Gesundheit anvertrauten; über ihre Seelen gewann er keine Macht. Er hatte sich zwei praktische Ziele gesetzt; er wollte einen Krankenverein begründen, der für die armen Siechen beider Bekenntnisse sorgen sollte, und eine jüdisch-deutsche Volksschule. Beides wollte nicht gelingen; Christen und Juden sträubten sich gegen jedes gemeinsame Wirken, und die letzteren wollten von einer Schule nichts wissen, welche ihren Kindern den frommen Glauben rauben müsse. Aber dieser edle Mann war ja ein »Schwärmer«; er wurde sich bewußt, daß der einzelne wenig gegen das Vorurteil vermöge, aber diese Erkenntnis konnte weder sein Herz verbittern noch völlig entmutigen: er blieb sich gleich in seiner reinen, werktätigen Liebe zu den Menschen, in seinem Hoffen auf lichtere Tage. Darum rührte ihn die Erzählung des Fedko tief; er hatte den Invaliden nie vorher gesehen und nur weniges von ihm gehört; aber es tat seinem Herzen wohl, hier einer rein menschlichen Beziehung zu begegnen, welche allen Vorurteilen des Glaubens trotzte. Der sterbende Jude im Christenhause gepflegt – er hätte diese Tatsache kaum für möglich gehalten! Aber diese schöne Stimmung währte kurz; dafür sorgte das Keifen der Veronia, die Bitte des Hawrilo. Was dem Arzte durchs Herz ging, während er heimfuhr, war ja nur dieselbe schmerzliche Empfindung, die ihm täglich neu im Herzen erwachte, aber diesmal bewegte sie ihn tiefer, weil sie einer lichten und schönen folgte. Mit seinem Versprechen an den Schmied war es ihm ernst; er wollte nicht, daß der Todkranke noch in seinen letzten Tagen durch höhnische, gehässige Reden gekränkt werde. Darum ließ er seinen Wagen vor dem Hause des Vorstehers halten und trug diesem die Sache vor.

Nathan Grün hörte ihn respektvoll an. Dann aber erwiderte er: »Herr Doktor, daraus wird nichts. Sie wissen, ich bin kein harter Mann. Als Sie den Krankenverein gründen wollten, habe ich gesagt: ›Ich trete nicht bei, aber dreißig Gulden jährlich will ich bezahlen.‹ Und wenn Sie mich um Unterstützung für einen Kranken ersuchten, habe ich nicht erst gefragt, ob es ein Christ oder ein Jude ist. Aber dieser Mensch wird nicht in unser Spital aufgenommen; er hat sich im Leben selbst von uns geschieden und soll geschieden bleiben. Stirbt er, so werden wir ihm den Platz auf dem ›guten Orte‹ nicht weigern, weil wir aus Klugheit gutwillig tun wollen, wozu uns das Amt sonst zwingen würde. So – das ist alles!«

An dieser Festigkeit prallten die Vorstellungen, die Bitten des Arztes ab. »Ich tue es nicht aus Rachsucht«, beteuerte Nathan, »obwohl er mich greisen Mann einen Hund genannt hat. Ich tue es um Gottes willen. Was er an mir getan, würde ich ihm gern mit Guttat vergelten; was er an Gott getan, darf ich ihm nicht verzeihen!«

»Gut«, erwiderte der Arzt, »ich will mich auf Ihren Standpunkt stellen. Ich will glauben, daß der Unglückliche einen unsühnbaren Frevel gegen Gott begangen, indem er seine zweite Kapitulation antrat, will glauben, daß es eine Sünde wäre, ihn zu pflegen. Aber muß es in Ihren Augen nicht eine noch größere Sünde sein, wenn ein Jude einsam dahinstirbt, wenn kein Glaubensbruder an seiner Seite ist, der ihm das letzte Bekenntnis abhört und dem Sterbenden das ›Höre, Israel!‹ zuruft?!«

165

»Nein, Herr Doktor!« erwiderte Nathan. »Es ist eine fromme Handlung, die Beichte des Sterbenden zu hören, aber nur deshalb, weil ihm damit eine Wohltat geschieht. Denn sie hat keinen andern Zweck, als ihm das Herz zu erleichtern. Sie wissen ja: bei uns kann kein Mensch dem anderen seine Sünden vergeben, vor Gott sind wir alle gleich und haften jeder für sich. Und ebenso ist es nur eine Wohltat für den Sterbenden, wenn wir im Augenblicke, wo sein Auge bricht, das Glaubensbekenntnis rufen. Er soll daran erinnert werden, daß nur sein Körper stirbt, während die Seele zu Gott zurückkehrt. Wohltaten jedoch haben wir dem Sellner Mosche nicht zu erweisen. Und wer sagt Ihnen, daß es eine Wohltat für den Sünder wäre, an die Unsterblichkeit seiner Seele erinnert zu werden? ... Ich weiß, was Sie denken: Ein harter Mensch! Aber ich kann nicht anders, und wenn es eine Sünde war, so zu sprechen, so mag mich Gott dafür strafen!«

»Nein«, erwiderte der Arzt, »keine Sünde, sondern ein trauriger Irrtum. Und in fünfzig Jahren werden Ihre Söhne und Enkel erkennen, daß es ein Irrtum war!«

»Davor sei Gott!« erwiderte Nathan. Aber er hat unrecht behalten und sein edler Gegner recht. Schon heute gibt es viele jüdische Männer in Podolien, nicht minder gottesfürchtig als Nathan, die doch anderen Bescheid auf ähnliche Bitten wüßten. Noch sind sie Ausnahmen, aber die Zeit ist nicht ferne, da auch hier die Menschlichkeit siegen wird!

Als der Arzt am nächsten Tag wieder in die Schmiede kam, erlebte er eine unverhoffte Freude. Verlegen trat ihm Hawrilo entgegen. »Herr Doktor«, sagte er, »ich habe gestern, will mir scheinen, eine arge Dummheit begangen. Verzeiht, aber das kann ja selbst einem so gescheiten Menschen, wie ich bin, geschehen – nicht wahr? Nun also! Kaum, daß Ihr gestern fortgefahren, begebe ich mich stracks zum Hochwürdigen von Korowla und trage ihm die Sache vor. ›Was?‹ schreit er. ›Einen Juden? Wirf den Kerl auf die Straße, dort mögen ihn die anderen Juden auflesen.‹ Das scheint mir aber ungebührlich, und ich bitte: ›Darf ich ihn wenigstens so lange behalten, bis er abgeholt wird?‹ – ›Liegt dir an ihm?‹ fragt er. – ›Ein wenig wohl!‹ erwidere ich und erzähle ihm von der alten Kameradschaft, und dann sei es auch wegen des Fedko. ›Hm!‹ sagt er, ›dann ließe sich ja etwas tun‹, geht zum Tische und zieht aus der Lade ein kleines Bild meines Schutzpatrons hervor, des heiligen Gabriel. ›Wenn ich dir dieses Bild verkaufe‹, sagt er freundlich, ›und meinen Namen auf die Rückseite schreibe, so kann der Jude sogar in

147

deinem Hause sterben, ohne daß eine Sünde auf dich kommt. Es kostet aber fünf Gulden!‹ Ich besinne mich eine Weile: das Bild ist fünf Kreuzer wert, und was der Name des Hochwürdigen wert ist, weiß man ja auch nicht recht! – ›Hm, Pope‹, sag ich, ›ich werde mir die Sache überlegen‹, und gehe heimwärts. Da begegnet mir die Kasia, nämlich meine Schwester, und ballt schon von weitem die Faust gegen mich. Und wie ich näher komme, macht sie mir die bittersten Vorwürfe: ›War nicht der Moschko stets dein guter Kamerad? Bist du nicht ein Christ, dem das Erbarmen von seinem Herrn und Heiland befohlen ist?! Liebe deinen Nächsten wie dich selbst! Und du willst den Sterbenden fortschaffen!‹ Kurz, sie walkt mir die Seele windelweich durch und weint dabei heftig, und ich weine auch, weil ich mich der alten Zeiten erinnere. Und da, Herr Doktor, da bin ich vernünftig geworden! Ich gehe heim und rede meinem Weibe zu, ganz freundlich, aber entschieden: ›Wenn du noch ein Wort sprichst oder die Suppe nicht kräftig genug kochst, so bleibt dir kein Knochen im Leibe ganz!‹ So, jetzt ist Ruhe im Hause, wie sie ein Kranker braucht! War das nicht recht, Herr Doktor?«

»Recht und vernünftig«, erwiderte der Arzt lächelnd und trat in die Stube. Nur Walerian saß neben dem Kranken. »Ich habe den Fedko schlafen geschickt«, meldete er mit militärischem Gruße, »weil er die ganze Nacht durchwacht hat.«

»Und wie hat sich unser Moschko aufgeführt?«

»Zu Befehl – wahnsinnig!« erwiderte Walerian. »Den ganzen gestrigen Tag und die Nacht hindurch hat er um sich gehauen und geglaubt, der Fedko wäre sein Sohn und ich der Feldmarschall Radetzky; den Hawrilo hat er für eine Kanone angesehen und die Veronia für eine Fahnenstange, kurz – wahnsinnige Sachen. Auch jetzt noch ist er bewußtlos, aber er tobt nicht mehr!«

Als sich der Arzt über das Lager beugte, schlug Moschko die Augen auf und musterte ihn irren Blickes. »Nein!« stammelte er angstvoll, »der Fedko darf es ja nicht erfahren!«

Wieder verordnete der Arzt einige Mittel und ging. »Ich glaube nicht, daß er im Fieber sterben wird«, sagte er dem Hawrilo. »Die Bewußtlosigkeit wird weichen, ehe der Tod eintritt!«

»Das wird meiner Schwester sehr tröstlich sein«, erwiderte der Schmied. »Sie möchte ihn gerne noch einmal sprechen und ihm für die Nachrichten danken … nämlich, ich war auch darin nicht gescheit, daß ich den Jacek Hlina … nämlich, aber …«

Während er so in höchster Verlegenheit wirre Worte stotterte, kam ein kleiner zerlumpter Knabe in den Flur gelaufen. »Was willst du?« fragte Hawrilo grimmig.

»Mich sendet der Hochwürdige von Korowla«, meldete der Kleine. »Er läßt Euch sagen: ›Weil Ihr es seid, so läßt er Euch das Bild um drei Gulden!‹«

»Schönen Dank!« erwiderte Hawrilo, »ich habe es nicht mehr nötig!«

Wieder fuhr der Arzt in seltsamen Gedanken heim. »Ach!« seufzte er, »was ist das für ein trauriges Dilemma, aus dem es keinen Ausweg gibt. Gewiß! diese armen Menschen bedürfen des Glaubens und sänken unergründlich tief, wenn man ihn ihnen freventlich rauben wollte! Und doch! – dem einen gebietet sein Glaube, einem Sterbenden jede Hilfe zu weigern, und dem anderen, ihn auf die Straße zu werfen, sofern sich nicht zufällig einige Gulden dabei verdienen lassen … Hier hat nun freilich die Menschlichkeit gesiegt, aber wie oft ereignet sich dies auf Erden?! Muß es so sein? Ist ein Glauben ohne Aberglauben wirklich nur ein Traum?!«

Als der edle Mann so dachte, ahnte er nicht, daß ihn dieselbe Veranlassung noch tiefer hineinlocken würde in die Grübelei über Fragen, auf welche es keine allgemeingültige Antwort gibt, und daß ihm doch zugleich aus dem Herzen eines armen, unwissenden Menschen ein Licht aufgehen würde über die Art, wie jeder einzelne sich selbst die ihm richtige Antwort suchen muß durch Erforschung des eigenen Herzens, durch Betrachtung der eigenen Schicksale …

Die Krankheit des Invaliden nahm jenen Verlauf, welchen der Arzt vorhergesehen. Die Betäubung wich, das Fieber minderte sich, aber mit ihm auch die Kraft. Ruhig, mit einem so sanften, verklärten Ausdruck, wie man ihn diesen verwüsteten Zügen nimmer zugetraut hätte, lag Moschko auf dem Leidenslager, den Blick auf das Antlitz des Fedko gerichtet. »Mir ist so gut«, flüsterte er immer wieder, »ich hätte es mir nie träumen lassen, daß das Sterben so schön ist! Fedko, sei gesegnet, sei tausendfach gesegnet.« Auch dem Arzte erwies er sich mit Wort und Blick überaus dankbar.

Der wackere Mann kam täglich, und als er eines Tages im April – es war der erste schöne Frühlingstag gewesen – über Land hatte fahren müssen, da ließ er sich die Mühe nicht verdrießen, noch am späten Abend in der Schmiede vorzusprechen. Er fand Moschko schwächer, aber auch heiterer als je. »Was sind Sie für ein Mensch!« empfing ihn der Kranke lächelnd. »Sie wissen so gut wie ich, daß mir nichts mehr helfen kann, und bemühen sich doch täglich, nur um einem alten Soldaten die Todesangst zu ersparen! Sie denken sich: wenn ich täglich komme und ein Rezept verschreibe, so wird der Alte betrogen und glaubt an Rettung! Gott segne Sie für diesen Betrug, Herr Doktor!«

Der Arzt zwang sich zu einer heiteren Miene. »Einen Betrüger hat mich doch noch keiner meiner Kranken genannt!« sagte er. »Ist das Euer Dank, Mosche?« Und etwas unsicheren Tones fuhr er fort: »Übrigens glaube ich wirklich an keine Gefahr ...«

Da aber wurde der alte Soldat unruhig. »Nein, Herr Doktor«, murmelte er, »ängstigen Sie mich nicht! Es geht nicht, daß ich gesunde, es darf nicht sein! Jetzt gerade steht die Rechnung zwischen *mir* und *ihm* ganz gleich, gerade so, wie sie stehen soll: es hat keiner von uns ein Guthaben und keiner eine Schuld! Ich will nicht, daß die Rechnung von neuem angeht ...«

Der Arzt schüttelte den Kopf und griff ihm nach der Hand, den Puls zu fühlen.

»Sie glauben, es ist wieder das Fieber?« fragte der Kranke. »Ach! Herr Doktor, so gescheit wie jetzt war ich mein ganzes Leben nicht! Verstehen Sie nicht, daß ich die Rechnung mit dem da droben meine?«

»Mit dem rechnet man nicht!« sagte der Arzt feierlich. »Er ist ein Allerbarmer!«

Moschko hob abwehrend die Hand. »Nein!« erwiderte er, »er ist ein Allgerechter. Und darum macht er mit jenen Menschen, die es nur ein wenig verdienen, die Rechnung schon diesseits ab – und jenseits ist dann Ruhe und Frieden. So ein Glücklicher bin auch ich. Aber nur jetzt, in diesem Augenblicke. Denn wenn ich länger lebe, so fängt wieder das Schuldenmachen und Bezahlen an!«

Der einzige Zeuge dieses Gesprächs, der gute Hawrilo, hatte bis dahin schweigend neben dem Bette gesessen. Er hatte die Worte angehört, ohne sie zu verstehen, Moschko sprach jüdischdeutsch, der Arzt erwiderte hochdeutsch. Nun aber, da er den Kranken so heftig reden hörte, mischte sich der Schmied besänftigend ein: »Schone dich, Alter! Der Herr Doktor meint es ja gut!«

»Wir zanken nicht«, versicherte der Arzt lächelnd und übersetzte ihm die Worte des Kranken.

»Ja! ja! Herr Doktor«, versicherte Hawrilo, »so komisch sind immer seine Reden! Ich halte es für ganz verrücktes Zeug, aber die Kasia, der ich davon erzählt habe, meint, es sei ein gewisser Verstand darin. Nun meinetwegen!« Und er zog die Achseln so hoch empor und schnitt eine so finstere Miene, als ob diese Ansicht der Kasia eine schwere persönliche Beleidigung für ihn sei.

Aber der Arzt schien es gleichfalls mit der Kasia zu halten. Er faßte die Hand des Kranken und hielt sie in der seinen. »Soviel ich von Eurem Leben weiß«, sagte er mit wehmütigem Lächeln, »braucht Ihr Euch diese Sorge nicht zu machen! Wenn schon gerechnet werden soll, dann will mir scheinen, als hättet Ihr, armer Mann, noch ein so stattliches

Guthaben, um davon viele Jahre zehren zu können!«

»Nein, Herr Doktor! Da irren Sie! Ach! was wissen Sie von meinem Leben?!« Er wollte sich aufrichten, sank aber sofort zurück und schloß die Augen. So lag er eine Weile da, und weil auch seine Atemzüge ruhig gingen, so glaubte ihn der Arzt im Einschlummern und wollte seine Hand sanft zurückziehen. Aber bei dieser Bewegung schlug Moschko die Augen wieder auf.

»Ich habe nicht geschlafen«, murmelte er, »ich habe bloß nachgedacht, ob ich es schon heute tun soll. Ich will es wagen – vielleicht ist es morgen zu spät … Herr Doktor, Sie sind so gut gegen mich! Darf ich Sie doch noch um etwas bitten? Sie haben den ganzen Tag gearbeitet und sind ermüdet; daheim warten Ihr Weib und Ihre Kinder auf Sie. Ich weiß das und bitte Sie dennoch: schenken Sie mir heute noch eine Stunde Zeit!«

»Gern, von Herzen gern!«

»Ich danke Ihnen … Lieber Hawrilo, laß uns allein!«

»Was sind das wieder für Geschichten?« grollte der gute, dicke Mann. »Willst du dich wieder aufregen? Ich verstehe dich ja ohnehin nicht!« Aber auch der Arzt winkte ihm zu gehen, und so verließ er murrend die Stube.

»Setzen Sie sich neben mich«, bat der Kranke und deutete auf den Stuhl an seinem Bette. Dann faßte er die Hand des Arztes und blickte ihm fest in die Augen.

»Herr Doktor!« sagte er, »ich werde in einigen Tagen sterben!«

Wieder wollte der Arzt eine Ausflucht suchen, aber als er in diese ruhigen, fast verklärten Züge blickte, fand er nicht den Mut zu einer, wenn auch noch so edelmütigen Lüge. Er schwieg.

»Ich danke Ihnen! Und nun eine zweite Frage. Sie wissen ja, ich habe immer in demselben Regimente fortgedient …«

»Bei Parma?!«

»Ach nein! bei Parma freilich auch, aber das meine ich nicht, verzeihen Sie, ich rede mit Ihnen jetzt so wie sonst nur mit mir selbst. Ich meine, bei dem Regimente, zu welchem ich schon durch meine Geburt assentiert worden bin ...«

»Ihr seid beim jüdischen Glauben geblieben?«

»Ja – obwohl ich schon seit langer Zeit weiß, daß ich bei einem Wechsel nur unter einen anderen Obersten gekommen wäre. Der General ist für alle Regimenter derselbe. Ich habe aber meine Montur doch nicht gewechselt, obwohl ich dadurch zur Kavallerie gekommen wäre, die immer hoch zu Roß sitzt. Aber, da rede ich schon wieder ...«

»Ich verstehe Euch«, versicherte der Arzt.

»Nun also, ich bin eben bei der armen Infanterie geblieben, die immer schwer bepackt geht und es immer schlimmer hat auf Erden als die anderen. Und darum möchte ich auch sterben und begraben werden wie jeder andere vom selben Regiment. Nun habe ich gehört, durch den Walerian, dem man es im Städtchen erzählt hat, daß Sie, Herr Doktor, mit Nathan Grün über mich gesprochen haben. Was hat er Ihnen gesagt?«

Wieder wollte ihm der Arzt die Antwort barmherzig verschweigen, aber wieder zwang ihm der Bann dieser leuchtenden Augen die Wahrheit auf die Lippen. Er befürchtete eine schmerzliche Erregung des Kranken, aber dieser blieb ruhig.

»Also Nathan meint, daß wir geschieden sind, ich und die anderen?« fragte er lächelnd. »Es überrascht mich nicht, es gehört mit zu meiner Rechnung! Und warum sollte er's nicht meinen, er weiß ja nicht, wer Gott ist! Sein ganzes Leben lang ist es ihm gut ergangen, und er hat seine Nase nicht aus Barnow herausgesteckt, da soll man Gott kennenlernen? Ich nehm es ihm nicht übel; wenn er Schmied gewesen wäre wie ich und dann Soldat bei Parma, wenn er so viel in der Welt herumgekommen und dann in der Schlacht gestanden wäre, in der Schlacht, Herr Doktor, da lernt man Gott kennen, da weiß man, daß er ein General ist und kein Oberst! Nun aber, es dient ja doch jeder nur eben in seinem Regimente, wo werde ich begraben werden?«

»Auf dem ›guten Orte‹«, versicherte der Arzt. »Auch Nathan ist nicht dagegen. Für einen Grabstein will ich sorgen ...«

»Schönen Dank, den begehre ich nicht!« unterbrach ihn der Invalide. »Ein Grab ist notwendig, ein Stein nicht; ich habe mich mein Leben lang mit dem Notwendigen begnügt. Wozu sollen Sie sich die Kosten machen? Und dann, wenn sie Ihnen erlaubten, mir einen Stein zu setzen, eine Inschrift werden sie nicht zulassen. Ich bin ja ein ›Sünder‹, also ›soll mein Name nicht genannt werden‹! Ich bin damit ganz zufrieden; ich will ruhig schlafen. Die Leute meinen freilich: ein Stein und der Name darauf sind notwendig, sonst kann ja der Engel, der zum Jüngsten Gericht weckt, den Namen des Toten nicht lesen und ihn vor Gott rufen. Aber das beweist wieder nur, daß sie nie in der Schlacht waren. Da werden Hunderte in einem Grabe verscharrt, ein Hügel wölbt sich darüber – das ist alles! Und doch! wenn der Engel den Nathan Grün ruft, dann wird er auch jene braven Soldaten nicht vergessen. Ich will es nicht besser haben als meine Kameraden. Mit dem Grabe also wären wir in Ordnung, Herr Doktor! Nun ist aber noch zweierlei zu bereden. Wenn ein Jude stirbt, so muß jemand dabeisein, der ihm zuruft: ›Schema Jisroel, adonai eloheni, adonai echod!‹ (Höre, Israel, der Herr, unser Gott, ist ein einiger, einziger Gott!) An meinem Sterbelager wird niemand diesen Ruf erheben, aber auch dies grämt mich nicht. Nur auf eines möchte ich nicht verzichten: auf das letzte Bekenntnis!«

Moschko seufzte tief auf und heftete seinen Blick flehend auf das Antlitz des Arztes.

»Sprecht nur«, sagte dieser bewegt, »ich will Euch gerne zuhören. Und wenn Ihr mir vielleicht noch einen Auftrag geben wollt, er soll nach bester Kraft erfüllt werden!«

»Nein! nein!« rief der Kranke, »es ist ohnehin Gnade genug! Manche Guttat haben Sie schon getan, aber nie eine größere! Übrigens will ich Sie nicht zu lange belästigen. Ich will Ihnen nur sagen, wie es mir mit *ihm* ergangen ist!«

Dann begann er: »Sie haben meinen Vater, mit dem Friede sei, noch gekannt?«

»Nein!«

»Nun, es ist ohnehin nicht viel über ihn zu sagen! Er war fromm und hat sich mühselig durchs Leben geschlagen. Ich will ihm nichts Böses nachreden, es war nicht seine Schuld, aber dennoch hatte ich schon dadurch ein Guthaben bei *ihm*, daß *er* mich als jüngsten Sohn von Avrumele Schulklopfer geboren werden ließ. Sie dürfen mich aber nicht schlecht verstehen, Herr Doktor. Ich mache ihm nicht das Regiment zum Vorwurf, zu welchem er mich assentiert hat. Denn es ist ja doch ein gutes, altes Regiment, und wenn es auch größere Strapazen ertragen muß wie die anderen, so gleicht sich dies aus, weil hier die einzelnen einander treulich helfen, die Mühsal zu tragen. Ich habe einmal geglaubt, daß es ein Unglück ist, als Jude geboren zu werden, aber jetzt bin ich klüger: es ist weder ein Glück noch ein Unglück, es ist ein Schicksal wie jedes andere. Auch klage ich ihn nicht deshalb an, weil er mir so arme Eltern gegeben hat, es kann nicht jeder reich sein. Aber als Jüngstes, als Sechstes hätte er mich ihnen nicht aufbürden sollen! Das war bitter für diese armen Leute und noch bitterer für mich. Ein Kind soll seinen Eltern eine Freude sein und nicht eine schwere Last, denn sonst wird ihre Liebe von der Sorge erstickt. Meine Eltern haben mich nicht lieben *können* – und das ist mein Guthaben bei ihm, schon von der Geburt her! Denn dieses Glück sollte so allgemein sein wie der Sonnenschein. Mir ist es nicht geworden!

Sehen Sie, das hat er auch gefühlt und darüber nachgedacht, welchen Ersatz er mir dafür geben soll. Und da ist er auf den merkwürdigen Einfall gekommen: Ich will ihn durch seine Schicksale dazu bringen, daß er mich erkennt, wie ich bin! Die anderen Leute in Barnow halten mich nur für einen jüdischen oder einen christlichen Gott, ich aber bin ein Gott für alle Menschen. Die anderen glauben, ich ließe mich durch Flehen beugen, ich aber rechne mit jedem und gebe jedem, was er verdient. Ich bin kein Gott der Barmherzigkeit und kein Gott der Rache, sondern ein Gott der Gerechtigkeit! Und wenn es auch die anderen nicht wissen, der Mosche Veilchenduft soll dies erkennen! Ja, Herr Doktor, das war seine Absicht mit mir, und er hat sie getreulich erfüllt.

Sein erstes war, daß er mich stark und kräftig werden ließ und darum anders als die übrigen. Mit der Kraft kommt der Mut, und mit dem Mut kommen sonderbare Gedanken. Wenn ich früher über mein Leben nachgedacht habe, dann habe ich mir gesagt: diese Kraft war mein Unglück! Aber jetzt weiß ich es besser: es war damit genauso wie mit meiner Jüdischkeit – kein Glück, kein Unglück, sondern eben ein Schicksal! Darum mußte ich Schmied werden, und dann mußte der Wurm zu bohren anfangen, und dann mußte ich die Liebe ...«

»Welcher Wurm?« fragte der Arzt erstaunt.

Der Kranke erklärte es ihm ausführlich, wie ihm die Zweifel gekommen, zuerst bei dem Feste im Hause des »goldenen Mendele«, dann auf der Straße, als Baron Starsky den Beer Blitzer beschimpfte, endlich bei seinen Unterredungen mit Hawrilo und dem alten Wassilj. Und ebenso offen erzählte er, wie er »die Liebe bekommen«, und verschwieg nichts als den Namen des Mädchens.

»Dieses alles«, fuhr er fort, »ist nur deshalb über mich gekommen, weil ich kräftig war. Die Richtung hat er mir gegeben, damit ich ihn erkenne, aber jeden einzelnen Schritt hat er mir nicht vorgeschrieben. Das tut er überhaupt nicht, er läßt den Menschen die Freiheit, Gutes und Böses zu tun, und begnügt sich nur, die Rechnung darüber zu führen und sie von Zeit zu Zeit auszugleichen. Lange, fast durch sieben Jahre, hatte er dies bei mir nicht nötig, sie stand ohnehin glatt. Was ich etwa an kleinen Sünden begangen, büßte ich durch den ›Wurm‹ ab und durch den Schmerz, den mir meine Liebe im Herzen machte. Da aber, Herr Doktor, beging ich einen schweren Frevel: ich begehrte das Mädchen und riß es an mich. Dazu hatte ich kein Recht; auf Kosten eines anderen Menschen glücklich zu sein steht niemand zu; ich war es auf Kosten der armen Dirne. Mein alter Freund, der Marschallik, mit dem Friede sei, hat damals gemeint, es sei deshalb eine Sünde, weil sie eine Christin sei – und ich selbst dachte manchmal Ähnliches. Sehen Sie, so selbstsüchtig wird ein Mensch, wenn er *ihn* nur für seinen eigenen Obersten hält und nicht für den General aller! Es war eine Sünde, weil sie ein ehrlich Mädchen war!

Nun, ich habe es gebüßt! Ganz still, ohne viel Lärm hat er es mir vergolten – durch meine Assentierung. Mir geschah dadurch, was mir gebührte, das Schlimme, und dem Mädchen, was ihm zukam, das Gute. Denn indem er mich in die weite Welt schickte, konnte sie daheim vergessen und verschmerzen und mit einem anderen glücklich werden. Auch für das Kind war es das beste. Und da gibt es noch Menschen, die gegen seinen Ratschluß murren, der er ein Allgerechter ist!

Mir freilich war es sehr traurig zumute, als ich fortzog, und es war gut für mich, daß ich immer gehorchen mußte wie eine Maschine, denn ich war wirr, mein Kopf wüst und mein Herz verbittert. Alles widerte mich an: meine Kameraden und der neue Stand und am meisten ich selbst. Es erging mir anfangs wirklich übel; die Juden sind weder bei den Soldaten noch bei den Offizieren gut angeschrieben, man hält sie für faul und feig, und so mußte ich für Sünden büßen, an denen ich unschuldig war. Was ist da viel zu klagen, so sind nun einmal wir ungerechten Menschen! Auch die Kost wollte mir nicht behagen; ich werde nie vergessen, wie schwer es mir wurde, zum ersten Male Speck zu essen. Das Bitterste aber war mir, daß ich so gar nicht begriff, wozu mein Stand taugte. Wie kam ich, ein tüchtiger Handwerksmann, dazu, meine Tage in diesem nutzlosen und doch so ermüdenden Müßiggang zuzubringen? Kurz, alles verdroß mich, sogar mein neuer Name. Zu Hause war ich Mosche gerufen worden, in der Schmiede Moschko, nun wurde ich plötzlich ein ›Moses‹. Ich haßte den Namen, und sooft ich ihn hörte, empörte sich mein Trotz dagegen, daß sie mich wider meinen Willen umgenannt hatten wie einen Hund. Nun ist aber Trotz keine Eigenschaft, die einem Rekruten nützen kann – wie viele Kolbenstöße und Ohrfeigen ich von meinen Vorgesetzten bekommen habe, ist gar nicht zu zählen. Das mußte mich aber, wie schon meine Natur war, nur noch finsterer und trotziger machen. Wir waren inzwischen durch das ganze Österreich marschiert und nach Mailand gekommen; ich merkte es kaum, meine Augen blickten gar nicht in die schöne Welt, sondern nur immer in mich und mein Elend hinein. Es hätte wohl schlimm mit mir geendet, wenn nicht damals gerade zufällig ein neuer Regimentspater zu uns gekommen wäre. Der kleine, dicke Mann, ein Kapuziner, machte sich an mich heran und wollte mich zum Christentum bekehren. Er gab sich gar keine Mühe, mich zu überzeugen, sondern fragte nur einmal: ›Höre, Jude, was möchtest du gern?‹ – ›Heim!‹ sagte ich, ›und wieder in einer Schmiede arbeiten!‹ – ›Das erste ist nicht möglich‹, meinte er, ›wohl aber das zweite. Ich will dich in einer Feldschmiede unterbringen, da hast du deine gewohnte Beschäftigung, guten Lohn und bist ein freier Mann!‹ Ich dankte ihm herzlich, er ging und kam am nächsten Tage wieder. ›Es ist alles in Ordnung, du brauchst dich nur taufen zu lassen. Auch ist eine Gräfin hier, die dir außerdem fünfzig Gulden Patengeschenk gibt!‹ Davon wollte ich nichts wissen: ›Es wäre eine Sünde an dem Gott meiner Väter!‹ Und dabei blieb ich, was er auch sagen mochte. Ich bereue es noch heute nicht, ich handelte recht und vernünftig, denn es wäre eine schwere Sünde gegen *ihn* gewesen, wenn ich mich hätte taufen lassen. Denn ihm ist es ja gleich, in welcher Art man ihm dient, aber seinen Namen anzurufen, um aus einem Gemeinen ein Feldschmied zu werden – das tut nur ein schlechter Kerl!

Nun kam eine böse Zeit, die schlimmste während meines Dienstes. Es war dem lustigen, dicken, durstigen Kapuziner gar nicht um meine Seele zu tun, aber jene alte Gräfin zahlte ihm hundert Gulden für jeden Bekehrten, und die wollte er mit aller Gewalt an mir verdienen. Darum steckte er sich, als es in Güte nicht ging, hinter die Offiziere und machte mir das Leben so sauer, daß ich jeden Tag daran verzweifelte, auch noch den morgigen ertragen zu können. Aber gerade diese Verfolgung wurde mir zum Segen. Sie sollen wenigstens keinen Grund haben, mich zu quälen, dachte ich und wurde so aus Trotz der eifrigste, pflichtgetreueste Soldat der Kompanie. Die Kameraden bekamen Respekt vor mir, und die Offiziere ließen von mir ab, ja, sie behandelten mich nun mit großer Güte, weil sie erkannten, daß mich das Pfäfflein nur verleumdet hatte, um zu neuem Geld für seinen Durst zu kommen. Und was ich anfangs nur aus Trotz getan, tat ich bald aus Gewohnheit, endlich auch aus gutem Willen. Gern tat ich meinen Dienst und fühlte mich wohl dabei. Dazu kam es, daß wir einige Jahre in Italien blieben, wo ein gutes, lustiges Leben für den Soldaten war. Nur wenn ich an die Heimat dachte, gab es mir einen Stich durchs Herz, aber auch dies ereignete sich immer seltener.«

Moschko schwieg und lehnte sich erschöpft zurück, die lange Rede hatte ihn ermüdet. »Und so blieb es bis zu Eurer Wiederkehr?« fragte der Arzt.

»Ach nein!« seufzte der Kranke, »da liegt noch viel dazwischen: schwere Versündigung und harte Buße und vor allem, wie ich *ihn* erkannte. Sehen Sie, Herr Doktor, der Soldatenstand ist schön, selbst wenn man nur Gemeiner bei Parma ist, aber eine Gefahr ist dabei für jeden: der Kaiser gibt täglich Brot und Löhnung, gestern, heute, morgen – man hat keine Sorgen, man lebt so lustig vor sich hin und macht sich keine Gedanken. So erging es mit der Zeit auch mir: ich dachte nur an die Sachen, welche der Tagesbefehl verkündete, und von Gott war darin nicht die Rede, auch nicht von meiner Zukunft. Wenn meine Stubenkameraden zur Messe kommandiert wurden, blieb ich allein zurück, aber da zog ich auch nicht die kleinen Tefillim (Gebetriemen) hervor, welche mir ein frommer, mährischer Jude einst in meiner Rekrutenzeit geschenkt hatte, sondern pfiff Schelmenlieder vor mich hin oder dachte an des Hauptmanns Köchin, die mich trotz meines Glaubens wohl leiden mochte. Wenn ich an die Chassidim (jüdischen Fanatiker) daheim dachte, mußte ich lachen; wie schauten die die Welt an, was wußten die von der Welt?! Ich kam mir ganz stolz vor in meiner ›Aufgeklärtheit‹, und gar so unrecht hatte ich ja auch nicht. Wenn man so jahraus, jahrein mit Christen brüderlich zusammen lebt, von denselben Lasten gedrückt, von denselben Freuden gelabt – wie sollte man da noch hochmütig auf seinen Glauben sein und sich, wie ein Chassid, für besser halten als ein anderer, bloß weil man ein Jude ist?! Aber Unrecht war es von mir, daß ich nicht bloß die Tefillim vergaß, sondern auch ganz und gar Gott. Das wurde immer ärger, je länger ich fortdiente, und endlich kam ein Tag, wo ich mich meines Glaubens schämte und ihn aus Eitelkeit verleugnete.

Das begab sich in folgender Weise. Wir waren aus Italien nach Steiermark versetzt worden, nach der Stadt Marburg. Dort durften gar keine Juden wohnen; die Leute von Marburg hatten einen großen Rischchus (Judenhaß), und wenn einer meiner Kameraden mich auf der Straße anrief: ›Moses‹, da blieben alle stehen, blickten mich scheu an und beschimpften mich. Nun war mit der ganzen Kompanie natürlich auch der Hauptmann und seine Köchin nach Marburg gekommen, und während sich dieses Weibsbild in Verona gar kein Gewissen gemacht hatte, mich zu lieben, gab sie mir nun den Laufpaß. Dies alles war mir natürlich nicht angenehm. Und so, Herr Doktor, fasse ich mir eines Tages ein Herz, trete vor den Herrn Hauptmann und bitte, ob ich nicht einen anderen Vornamen haben könnte. ›Hoho!‹ lacht er, ›wozu?‹ Ich erzähle ihm alles. ›Nun, dann laß dich taufen!‹ – ›Das geht nicht‹, sag ich, ›ich will die Scherereien mit Messe und Beichte nicht und möchte auch die Pfaffen nicht anlügen.‹ Da aber wird er zornig und macht mir ein Höllendonnerwetter. ›Kerl‹, ruft er, ›ein Soldat muß gottesfürchtig sein, das steht sogar im Reglement!‹ Dann aber beruhigt er sich doch wieder. ›Also – was willst du eigentlich?‹ – ›Ich möchte ›Moriz‹ gerufen werden‹, bitte ich. – ›Sonst nichts‹, lacht er. ›Das soll dir gewährt sein!‹ Und die Sache war in Ordnung …

Als ein solcher ›Moriz‹ habe ich die zweite Kapitulation angetreten. Sie wissen, wie sehr mir die Leute im Städtchen die Tat verübelt haben, und auch ich muß sie als Frevel erkennen, obgleich anderer Gründe wegen. Denn nur aus Eitelkeit, aus Leichtsinn, aus Schlechtigkeit habe ich für weitere sieben Jahre den Handschlag geleistet. Der ›Gefreite‹ lockte mich, die Prämie und die Auszeichnung, das könnte ich mir noch verzeihen. Aber ich blieb auch deshalb beim Militär, um das sorgenlose Leben fortzusetzen, und wenn mir mein Kind in den Sinn kam« – die Worte fielen ihm nur mühsam von den Lippen –, »da dachte ich: Die Mutter wird es schon versorgen! Oh, Herr, haben Sie schon je solchen Frevel gehört?«

»Vierzehn Jahre sind eine lange Zeit!« tröstete der Arzt. »Ihr hattet ja das Kind nie gesehen! Und dann, wie schwer habt Ihr diesen Fehler gebüßt!«

»Ja!« rief der Kranke und richtete sich erregt empor, »Gott sei Preis und Dank, ich habe ihn gebüßt und brauche nicht hinüberzugehen mit dieser ungezählten Schuld auf meiner Rechnung!«

Dann sank er wieder zurück und fuhr mit leiser, aber fester Stimme fort: »Meine Buße begann vier Jahre später, bei dem ersten Treffen da unten in Italien. Ich blieb ruhig, als die Nachricht vom Kriege kam, und konnte sogar darüber lächeln, wie nun plötzlich so viele fromm wurden. Denn wohl dachte ich an Gott, aber an welchen sollte ich glauben? Zu dem Gotte der Chassidim konnte ich nicht beten und ebensowenig zu dem Manne am Kreuze. Trotzig ging ich ins erste Feuer und empfand keine Todesangst. Aber während des Treffens, da der Tod mähte, und noch später, da wir die Gefallenen begruben, Christen und Juden, die Unsrigen und die Italiener, alle in einem Grabe, da gingen mir wieder dieselben Schauer durchs Herz wie schon einst in der Jugendzeit, da erkannte ich ihn, den Allgerechten, und klammerte mich an ihn an. Es war nicht die Furcht vor dem Tode, die mich hierzu trieb, denn nachdem 179 ich ihn erkannt, nachdem mir mein ganzes Leben klargeworden, da wußte ich ja, daß ich nicht sein Erbarmen erwarten dürfe, sondern nur seinen Zorn! Ja, Herr, das wußte ich, und dennoch beugte ich mich ihm und mühte mich, täglich genauer sein Walten zu erkennen in meinem und der anderen Leben! Warum? Wenn wir einen weiten Marsch in Italien tun mußten und die Sonne brannte verdorrend hernieder, daß uns die Zunge am Gaumen klebte, und wir kamen an tiefen, stillen, kühlen Wassergrotten vorbei, da stürzte immer die halbe Kompanie auf die Quelle zu und trank von dem Wasser, obwohl die Leute wußten, daß sie sich damit vielleicht das Fieber in den Leib tranken und den Tod dazu! Wer verschmachtet und nun endlich die Quelle sieht – o Herr, wie hätte ich mich nicht vor dem Allgerechten beugen sollen, obwohl ich wußte, wie meine Rechnung bei ihm stand?! …

Nun – ich habe meine Schuld bezahlt! Hätte er mich von einer Kugel fallen lassen, rasch und schmerzlos, wir wären nicht ausgeglichen gewesen. So aber hat er mir Wunden geschickt, die mir furchtbaren Schmerz bereitet haben, und Fieber, das meine Kraft verzehrt hat, und mit vierzig Jahren hat er mich zum hilflosen Greise gemacht – unsere Rechnung stand wieder glatt. Nun kam ich heim und wurde von Türe zu Türe gescheucht wie ein unreines Tier, meinem eigenen Sohne mußte ich ein Fremder bleiben! Das erkannte er, der Allgerechte, und vergalt es mir:

ich durfte meinem Kinde mit dem Rest meiner Lebenskraft noch einen Dienst leisten –«

Er unterbrach sich erschreckt – »und werde in seinen Armen sterben dürfen!« hatte er sagen wollen. Aber war nicht ohnehin schon zuviel verraten? Denn so grenzenlos sein Vertrauen zu diesem edlen Manne war, er durfte ja dieses Geheimnis nicht preisgeben, das nicht ihm gehörte. Doch ein Blick in das Antlitz des Arztes beruhigte ihn wieder. In diesen klugen, klaren Augen schimmerten Tränen.

»Herr Doktor«, stammelte der Kranke, »das verdiene ich nicht!«

Der Arzt hatte sich erhoben und ergriff die Hand des Invaliden. »Ihr habt recht!« sagte er feierlich. »Er ist ein Allgerechter!«

»Und drüben wird Ruhe und Friede sein!«

»Amen!« sprach der Arzt und verließ tiefbewegt die Stube.

Das war die letzte lange Unterredung, die Moschko hatte. Als er sich am nächsten Morgen noch viel schwächer fühlte, winkte er den Hawrilo an seine Seite.

»Lieber Kamerad«, sagte er, »du hast mir oft gesagt, die Kasia sei draußen und wünsche mich zu sprechen. Ich habe sie stets gebeten, den Besuch aufzuschieben, weil – weil ich mich zu schwach fühlte. Aber heute fühle ich mich stark genug ...«

»Heute?« fragte Hawrilo, und seine Lippen bebten; er wußte ja, daß der Mann vor ihm ein Sterbender war.

»Heute! Willst du sie nicht rufen lassen? Ich habe ihr noch etwas zu sagen –«

»Von dem Polen? Ich verstehe; ich werde dich allein mit ihr lassen ...«

Eine Stunde später trat das kräftige, noch immer hübsche Weib in die Stube. Sie hatte den Kranken bereits vor wenigen Tagen, da er schlummerte, heimlich betrachtet; sie wußte, daß dieser Greis keinen Zug mehr gemein habe mit dem Jünglingsbilde, das ihr in der Erinnerung lebte, aber als sie seine Stimme wieder vernahm, da sank sie fassungslos an dem Fußrande seines Lagers nieder und weinte bitterlich.

Ihm aber war es, als wäre seine Jugend noch einmal zu ihm gekommen, ihn vor dem Sterben zu grüßen. Lange, lange hatte er nicht mehr geweint, nun fühlte er noch einmal das tröstende Naß seine Lider netzen ...

»Kasia!« sagte er, »ich weiß, daß du mir verziehen hast. Aber ich wollte nicht gehen, ohne es aus deinem eigenen Munde zu hören!«

»Du Armer! Du Guter!« schluchzte sie. »Ich habe dir ja nichts zu verzeihen!«

»Doch! Aber du bist gut und barmherzig. Wegen des Fedko habe ich dir nichts mehr zu sagen: er ist wohlgeraten, und es wird ihm gut ergehen. Nur für mich selbst hätte ich noch eine Bitte! Es ist die Sitte bei uns, daß der Sohn am Todestage seines Vaters immer ein Gebet spricht. Erinnere den Fedko daran, daß er alljährlich an meinem Sterbetag ein Vaterunser für mich spreche. Es ist ein christliches Gebet, und ich bin ein Jude, aber *er* wird es dennoch hören und – vielleicht auch ich!«

Sie versprach es unter heißen Tränen. Dann trat Hawrilo ein und geleitete die Weinende aus der Stube.

Von Stunde zu Stunde minderte sich die Kraft des Sterbenden. In rührenden Worten dankte er Hawrilo, Walerian und dem Arzte für all ihre Liebe und Sorge. Nur dem Fedko sagte er noch kein Wort des Abschieds. »Bleib bei mir«, bat er.

Aber es hätte dieser Bitte nicht bedurft. Keine Macht der Welt hätte den Jüngling von seinem Platze an diesem Sterbelager fortscheuchen können.

So verging der Tag; es wurde Dämmerung. Moschko war still atmend mit geschlossenen Augen dagelegen. Nun aber regte er sich plötzlich, versuchte sich aufzurichten und tastete nach der Hand des Jünglings.

»Fedko«, murmelte er, »leb wohl.«

Angstvoll schlang dieser seinen Arm um den Verscheidenden. »Soll ich den Arzt ...«, rief er.

»Nein! – Deine Hand – ich danke dir ...«

So ist Moschko von Parma in den Armen seines Sohnes verschieden.

Am nächsten Morgen begruben ihn die Leute von der »heiligen Brüderschaft« auf dem »guten Orte«. Er schläft am Rande des Friedhofs, hart an der Heerstraße.

Kein Denkstein steht an seinem Grabe. Aber es ist wohlgepflegt, und von den ersten Frühlingstagen bis in den späten Herbst hinein blühen darauf die schönsten Blumen der Ebene.

# Biographie

| | |
|---|---|
| **1848** | *25. Oktober:* Karl Emil Franzos wird in Czortków (Galizien) als Sohn des jüdischen Arztes Heinrich Franzos und seiner Ehefrau Karoline, geb. Klarfeld, geboren. |
| **1854** | Nach dem Tod seines ersten Lehrers Heinrich Wild besucht Franzos die Klosterschule der Dominikaner in Czortków. |
| **1858** | Tod des Vaters. |
| **1859** | Umzug der Familie nach Czernowitz, der Hauptstadt der Bukowina. |
| | Besuch des Gymnasiums in Czernowitz (bis 1867). |
| **1867** | Abitur in Czernowitz. |
| | Franzos hat den Wunsch, Altphilologie zu studieren und hofft angesichts seiner schlechten finanziellen Lage auf ein Stipendium vom Staat. Dieses wird jedoch Juden nicht erteilt. |
| | Studium der Rechtwissenschaft, Philosophie und Geschichte in Wien und Graz (bis 1871). |
| **1871** | Als Sprecher der progressiven Burschenschaften zieht sich Franzos einen Gesinnungsprozeß zu. |
| | Aus politischen Gründen und wegen seiner jüdischen Konfession erhält Franzos trotz eines guten Studienabschlusses keine Anstellung im Staatsdienst. |
| | Franzos verzichtet auf die Eröffnung einer Anwaltspraxis. Er wird freier Schriftsteller und Journalist. |
| | Mitarbeiter der Zeitschrift »Über Land und Meer«. |
| **1872** | Feuilletonredakteur der Tageszeitung »Ungarischer Lloyd« (bis 1873). |
| | Veröffentlichung erster Erzählungen und Skizzen in Zeitschriften. |
| | Als Journalist unternimmt Franzos in den folgenden Jahren ausgedehnte Reisen durch England, Frankreich, Italien, die Schweiz, Deutschland, Ungarn, Rußland, die Türkei, Kleinasien und Ägypten (bis 1877). |
| **1876** | Franzos lebt in Wien (bis 1886). |
| | Reporter und Redakteur der »Neuen Freien Presse« in Wien. |
| | »Aus Halb-Asien. Kulturbilder aus Galizien, der Bukowina, Südrußland und Rumänien« (Skizzen, 2 Bände). |

| 1877 | Eheschließung mit der Schriftstellerin Ottilie Benedikt, die unter dem Pseudonym Franzos Ottmer publiziert. |
|---|---|

1877    Eheschließung mit der Schriftstellerin Ottilie Benedikt, die unter dem Pseudonym Franzos Ottmer publiziert.
Die Novellensammlung »Die Juden von Barnow« erscheint. Sie wird zu seinen Lebzeiten in sechzehn Sprachen übersetzt.

1878    »Vom Don zur Donau« (Skizzen, 2 Bände).

1879    Franzos gibt Georg Büchners »Sämtliche Werke« zusammen mit dem handschriftlichen Nachlaß heraus, darunter erstmals den »Wozzek« (in einer verstümmelten Fassung).
»Junge Liebe« (Erzählungen).

1880    »Moschko von Parma« (Roman).

1882    »Ein Kampf ums Recht« (Roman).

1883    »Das Ghetto des Ostens« (Schilderungen).

1884    Franzos wird Herausgeber und Chefredakteur der »Wiener Illustrierten Zeitung« (bis 1886).

1886    Herausgeber und Chefredakteur der in Stuttgart erscheinenden literarischen Halbmonatsschrift »Deutsche Dichtung« (bis zu seinem Tod 1904), in der er u.a. Novellen von Theodor Storm und Ferdinand von Saar erstveröffentlicht und zugleich einen heftigen Kampf gegen den Naturalismus führt.
»Tragische Novellen«.

1887    Übersiedlung nach Berlin.
Fortsetzung der journalistischen Tätigkeit.

1888    »Aus der großen Ebene« (Skizzen, 2 Bände).

1891    »Judith Trachtenberg« (Roman).
Franzos tritt in Berlin dem »Zentralkomitee für die russischen Juden« bei, das Geld für die verfolgten Juden in Rußland sammelt.

1893    »Der Wahrheitssucher« (Roman, 2 Bände).
Aus Enttäuschung über die gesellschaftliche Situation, in der sein Wunschtraum einer deutsch-jüdischen Kultursymbiose nicht zu verwirklichen ist, veröffentlicht Franzos seinen fertiggestellten autobiographischen Roman »Der Pojaz« nicht. Er erscheint erst nach seinem Tod (1905).

1897    Franzos gibt die Sammlung »Briefe und Aufzeichnungen aus dem 19. Jahrhundert« heraus (4 Bände, bis 1900).

1903    »Deutsche Fahrten« (Reise- und Kulturbilder, 2 Bände).

1904    »Neue Novellen«.
*28. Januar:* Karl Emil Franzos stirbt in Berlin.

HOFENBERG

HOFENBERG

HOFENBERG

## Erzählungen aus dem Biedermeier

Biedermeier - das klingt in heutigen Ohren nach langweiligem Spießertum, nach geschmacklosen rosa Teetässchen in Wohnzimmern, die aussehen wie Puppenstuben und in denen es irgendwie nach »Omma« riecht.

Zu Recht. Aber nicht nur.

Biedermeier ist auch die Zeit einer zarten Literatur der Flucht ins Idyll, des Rückzuges ins private Glück und der Tugenden. Die Menschen im Europa nach Napoleon hatten die Nase voll von großen neuen Ideen, das aufstrebende Bürgertum forderte und entwickelte eine eigene Kunst und Kultur für sich, die unabhängig von feudaler Großmannssucht bestehen sollte.

**Georg Büchner** Lenz **Karl Gutzkow** Wally, die Zweiflerin **Annette von Droste-Hülshoff** Die Judenbuche **Friedrich Hebbel** Matteo **Jeremias Gotthelf** Elsi, die seltsame Magd **Georg Weerth** Fragment eines Romans **Franz Grillparzer** Der arme Spielmann **Eduard Mörike** Mozart auf der Reise nach Prag **Berthold Auerbach** Der Viereckig oder die amerikanische Kiste

*ISBN 978-3-8430-1884-5, 444 Seiten, 29,80 €*

### Erzählungen aus dem Biedermeier II

**Annette von Droste-Hülshoff** Ledwina **Franz Grillparzer** Das Kloster bei Sendomir **Friedrich Hebbel** Schnock **Eduard Mörike** Der Schatz **Georg Weerth** Leben und Taten des berühmten Ritters Schnapphahnski **Jeremias Gotthelf** Das Erdbeerimareili **Berthold Auerbach** Lucifer

*ISBN 978-3-8430-1885-2, 440 Seiten, 29,80 €*

### Erzählungen aus dem Biedermeier III

**Eduard Mörike** Lucie Gelmeroth **Annette von Droste-Hülshoff** Westfälische Schilderungen **Annette von Droste-Hülshoff** Bei uns zulande auf dem Lande **Berthold Auerbach** Brosi und Moni **Jeremias Gotthelf** Die schwarze Spinne **Friedrich Hebbel** Anna **Friedrich Hebbel** Die Kuh **Jeremias Gotthelf** Barthli der Korber **Berthold Auerbach** Barfüßele

*ISBN 978-3-8430-1886-9, 452 Seiten, 29,80 €*